KB083504

젊은 날의 시인(퇴계 이황)은 사유와 통찰의 길을 찾아 떠난 고독한 여행길에서 별처럼 빛나는 詩를 읊었다.

박대우 역사인물소설   오용길 실경산수화

꿈(Vision)을 꾸는 사람은, 단 하나의 가능성을 위해 지도에도 없는 곳을 향해 예측할 수 없는 길을 떠납니다.

밥 딜런(Bob Dylan)은 〈바람에 실려서(Blowin in The Wind)〉 라는 그의 노래에서

"얼마나 많은 길을 걸어야 진정한 인생을 깨닫게 될까?(How many roads must a man walk down before you call him a man?)"를 노래하면서, 통기타를 둘러메고 길을 떠났습니다.

《쌍계사 가는 길》은 왕권 중심 사회에서 백성을 위한 정치를 고민했던 젊은 날의 시인이 사유와 통찰의 길을 찾아 떠난 고독한 여행이었으며, 그 길 위에서 별처럼 빛나는 詩를 읊었습니다. 그는 별이 빛나는 성산星山의 별터를 넘었고, 가야의 고분에서 꿈을 꾸면서 낙동강 상류의 도산에서 땅끝 곤양까지 천릿길을 여행하였습니다.

파울로 코엘료의 소설 《연금술사》의 양치기 산티아고는 스페인 안달루시아에서 출발하여 지중해를 건너고 사막을 횡단하여 이집트의 기자 피라미드(Giza Pyramid)까지 여행하면서 양치기에서 장사꾼으로, 사막을 횡단하는 대상에서 전사로, 매번 자신을 둘러싼 상황에 따라 변신하지만, 꿈을 포기하지 않음으로써 우주의 신비인 연금술의 원리를 찾을 수 있게 됩니다.

明文堂   A5판(150mm×210mm)/All Color/368쪽/값 18,000원

우리가 이 길을 걸으면 세계인도 따라 걷습니다.

쌍계사 가는 길
따라걷기

청량산
노송정
문경새재
하회마을
성산별티
경주남산
해인사
주남저수지
쌍계사

《쌍계사 가는 길》은 한 무명의 시인이 자신의 꿈을 찾아 눈 덮인 도산 골짜기를 떠나 강물이 풀리는 관수루에 오르고,
산수유 꽃 피는 가야산을 돌아 곤양까지 여행하면서 만나는 민초들의 가난한 삶을 애통해하고, 선인들의 충절에 감동하며
불의의 권력에 분노하고, 존망이합存亡離合에 가슴 아파하면서, 산티아고가 우주의 신비인 연금술의 원리를 찾게
되듯이, 시인도 수많은 시를 읊고 성리의 원리를 찾게 됩니다.

〈산티아고 순례길(Camino de Santiago)〉은 남프랑스의 생 장 피드포르(St Jean Pied d' Port)에서 시작되어 스페인 북서쪽
산티아고 데 콤포스텔라(Santiago de Compostela) 대성당 야곱의 무덤에 이르는 약 700km의 길입니다.

청량산에서 벚꽃 피는 쌍계사까지의 〈퇴계의 녀던 길〉은 서른세 살의 무관無冠의 처지에 한 무명 시인으로서 그의
생애에서 가장 자유로운 여행이었습니다. 이 길은 낙동강을 따라서 걷다가 옛 가야의 땅으로 들어가 통영대로를 거치는,
퇴계의 詩 흔적을 찾아서 걷는 우리의 문화유산 순례길입니다.

시인(퇴계)은 어관포에게 보낸 여행의 소회를 밝힌 편지에서, "집 떠날 땐 목말라 맑은 얼음 깨진 걸 찾았더니, 돌아올 땐
말안장 위에서 詩 읊으며 푸른 보리 이랑 건넜네."라고 읊었습니다.

明文堂

영업 733-3039/734-4798   편집 733-4748   FAX 734-9209
www.myungmundang.net mmdbook1@hanmail.net

청량산 길

퇴계 이황의 〈쌍계사 가는 길〉 순례
그 첫 번째 여정

박대우 역사인물소설

圖書
出版 明文堂

작가의 말

소설 《쌍계사 가는 길》은 왕권 중심 사회에서 백성을 위한 정치를 고민했던 젊은 날의 퇴계 이황이 낙동강 상류의 도산에서 땅 끝 곤양까지 천릿길을 여행하면서, 그 길 위에서 詩를 읊었습니다.

500여 년 전의 그 길은 전란의 폭풍우가 몇 차례 휩쓸었어도 강 언덕에 정자가 있고, 나루터마다 사연을 품은 주막이 있었으며, 억새같이 다시 일어서는 민초들의 무용담이 배어 있고, 사금파리 같이 반짝이는 詩가 있습니다.

육당 최남선은 그의 《심춘순례尋春巡禮》에서, "조선의 국토는 그대로 역사이며, 철학이며, 詩이며, 정신입니다. 문자 아닌 채 가장 명료하고 정확하고, 재미있는 기록입니다." 그는 이르는 곳마다 꿀 같은 속살거림과 은근한 이야기와 느꺼운 하소연을 들었으며, 그럴 때마다 출렁거림을 일으키고 실신할 지경이었다고 합니다.

사도 야고보의 전도 여행지 〈산티아고 데 콤포스텔라〉 순례길은 파울로 코엘료의 자전적 소설 《순례자》로 인해, '자아自我의 표지標識'를 찾기 위한 순례자들이 몰려들고 있습니다.

〈퇴계의 녀던 길〉은 퇴계의 청량산 예던길에서 옛 영남대로로 이어지는 길입니다. 퇴계는 상주에서 솔티를 넘어서 낙동강 관수루에 오르고, 구미·성주·고령·의령·진주·사천까지 낙동강을 따라가면서 시를 읊었습니다. 퇴계는 그 길에서 '자아自我'를 찾은 소회를 읊었습니다.

집 떠날 땐 목말라 맑은 얼음 깨진 걸 찾았더니,
돌아올 땐 말안장 위에서 시 읊으며 푸른 보리 이랑 건넜네.

길이 가진 가장 중요한 기능은 소통입니다. 길을 통해서 원근이 교류하고, 과거와 현재가 소통하고, 길 위에서 자신의 내면과 소통합니다. 길은 한 곳으로만 난 것이 아닙니다. 누구나 삶에서 갈림길을 만나고 또 그곳에서 망설이게 됩니다. 결국 한 길을 택하게 되고 모든 것이 달라집니다.

퇴계 이황이 사직원을 내고 고향으로 돌아와 있을 때, 한서암을 출발하여 강을 따라 난 길을 걷다가 고산정에서 하루 묵고, 놀티재와 불티재를 넘어서 나븐들 나루에서 배를 타고 낙강을 건너 청량산으로 들어가면서 읊은 詩에서 퇴계의 '청량산 예던 길'이 그려져 있습니다.

가고 또 가니 힘은 이미 다했지만　　　　行行力已竭
오르고 또 오르니 마음 더욱 굳었노라　　上上心愈猛

나는 퇴계처럼 언어를 문학적으로 창출하는 뛰어난 문필가가 못되며, 사실을 비판하고 조망할 수 있는 역사가는 더욱 아닙니다. 다만, 〈퇴계의 녀던 길〉을 걷게 된다면, 누구나 우리 국토에 대한 사랑이 저절로 생겨나도록 글을 쓰는 것이 목적입니다.

국토에 대한 애착이 예지자叡智者 육당에 미칠 수야 없지만, 〈퇴계의 녀던 길〉을 몇 개 구간으로 나누어서 한 권 한 권 써나갈 계획입니다.

〈쌍계사 가는 길〉 순례의 첫 번째가 '청량산 길'입니다. 서울에서 봉화의 청량산까지 여정에서, 태백산 지역의 높고 깊은 골짜기와 낙동강·내성천·운곡천이 발원하는 봉화의 빼어난 자연, 거기에 살아가는 봉화 사람들의 이야기입니다.

만운 김병조 선생의 문집을 국역해 주신 이창경 형, 한문을 고증해 준 장광수 선생과 한국국학진흥원 임노직 자료부장, 졸고拙稿를 출판해 준 명문당의 김재열 님께 감사드립니다.

이제, 〈퇴계의 녀던 길〉의 전 여정을 글로 쓰는 대장정의 출발점에 섰습니다. 마지막 여정까지 완주할 수 있을지는 독자 여러분들의 성원이 있어야 하고, 지속적인 건강과 예지는 오직 신神의 가호가 있어야 가능합니다.

2018년 봄 박대우

차 례

1. 봄나들이

尋春巡禮

열차가 출발하는 순간은 일상에서 풀려나는 기분으로 자유를 느끼게 된다.

청량산淸凉山을 가기 위해 청량리역淸凉里驛에서 열차에 오르면서, 역의 이름이 청량산과 같아서 청량산역淸凉山驛이라는 생각이 들었다. 청량리역은 중앙선의 시종역始終驛이어서 당나라의 '신라방新羅坊'이나 LA의 '코리아타운Korea Town'처럼 '경동시장'을 중심으로 경상도 방언이 왁자지껄하다.

열차가 출발하는 순간은 일상에서 풀려나는 기분으로 자유를 느끼게 된다. 어떤 이는 이런 기분을, "가슴속이 호연해짐이 마치 매가 새장에서 나와 바로 하늘높이 올라가는 기세이고, 천리마가 재갈을 벗고 천리를 치닫는 것 같다."고 했다.

중앙선을 달리는 열차는 축지법을 써서 목적지에 빨리 가기 위한 KTX와는 다르다. 태백산맥의 영서嶺西를 느릿느릿 움직이면서 차창에 스치는 높고 깊은 산속의 뙈기밭에 엎드린 촌락들과 교감하면서 각자의 스토리를 엮어가게 한다.

아파트의 밀림 속을 비집고 달리던 열차가 덕소역에 가까워지면서 한강이 시야에 들어오는 순간, 아침 햇살에 물고기 비늘 같은 잔잔한 은린銀鱗을 반짝이자, 한강이 살아서 퍼덕이는 생동감에 아! 탄성이 절로 새어나오면서, 도시의 밀림 속에 갇혀 막막하던 가슴이 활흉活胸하는지 산뜻한 기운이 온몸에 흘렀다.

덕소역을 지날 때, 서울을 벗어난다는 것을 실감케 되면서, '가노라 삼각산아, 다시보자 한강수야'를 흥얼거리다가 한 생각

이 스쳤다. 그것은 미사리 모래톱이 내려다보이는 덕소의 석실 뒷산 언덕의 안동김씨 조종祖宗 김상용, 김상헌 형제의 묘역이다.

종묘의 신주를 받들고 봉림대군을 시종하여 강화도에 피신했던 우의정 선원仙源 김상용(金尙容, 1561~1637)이 강화성이 함락되자 자폭하였고, 남한산성에서 항전했으나 패하자 항복문서를 찢고 자결하려다, 고향 안동 소산素山으로 낙향했던 청음淸陰 김상헌(金尙憲, 1570~1652)이 '관작을 받지 않고 청淸의 연호를 쓰지 않는다'는 이유로 심양으로 압송되면서, 수치심과 언제 돌아올지 모르고 끌려가는 포로의 심정을 주체할 수 없어 슬픈 노래를 토해냈다.

한강이 아침 햇살에 물고기 비늘 같은 잔잔한 은린을 반짝이자, 아! 탄성이……

가노라 삼각산아 다시보자 한강수야
고국산천 떠나고자 하랴마는
시절이 하 수상하니 올똥말똥하여라

산들바람 부는 고향산천과 정든 고국을 떠나면서 요단강 강물에 인사하는 히브리 노예들의 합창이 들려오는 듯하다.

"오 내 조국, 빼앗긴 내 조국, 내 마음속에 사무치네……"

심양에 잡혀와 있었던 최명길(崔鳴吉, 1586~1647)과 김상헌이 만났다. 최명길은 잡혀온 처지가 서로 다를 바 없다고 항변했다.

끓는 물과 얼음 모두 물이고,　　　湯氷俱是水 탕빙구시수
가죽옷과 갈포옷 모두 옷입니다.　　裘葛莫非衣 구갈막비의

김상헌은 자신보다 열여섯 살 아래인 최명길에게 주화主和든 척화斥和든 서로 다른 의견이 있을 수 있고, 천운天運에 따라 달라질 수 있으나, 분명한 것은 의義로워야 한다고 타일렀다.

비록 아침과 저녁이 뒤바뀔지라도
치마와 웃옷을 거꾸로 입어서야 되겠는가.
권도權道는 현인도 혹 그르칠 수 있지만
정도正道는 누구도 어겨서는 안 된다.

雖然反夙暮 수연반숙모　詎可倒裳衣 거가도상의
權或賢猶誤 권혹현유오　經應衆莫違 경응중막위

　당시 조선 인구 500만 명 중에 1만 명이 전사하고 21만 명의 백성이 죽었으며, 60만 명이 끌려갔다. 우여곡절 끝에 환향한 여인들은 '화냥년還鄕女'으로 살아야 했다. 그들을 대하는 시선은 안타까우면서도 마음속으로 도덕적 우위를 가졌을 것이다.

　시대는 다르나 일본군 위안부 소녀상은 "너희 중에 죄 없는 자가 먼저 돌로 쳐라(요한 8 : 7)."는 소리 없는 외침이며, 소녀상 옆에 놓인 빈 의자는 진심어린 공감을 의미하는 것이다.

　명·청 교체기에 요동을 정벌한 청淸이 사대事大를 요구했을 뿐인데, 명에 대한 임진왜란의 재조지은再造之恩으로 이를 거절한 대가로는 피해가 너무 컸다. 전쟁은 승패에 상관없이 아녀자는 유린당하고 백성들은 유리걸식流離乞食하게 된다.

　수·당의 침략을 시작으로 요·몽과 왜·호란에 이르기까지 끊임없는 외래의 압박에 한반도의 평화는 오래 계속되지 못했고, 백성은 즐거움을 잃고 강함을 잃었다. 적의 공격에 피할 여유도 피할 곳도 없는 좁은 땅 한반도의 지정학적 운명은 강하지 않으면 유柔해야 살아남는다.

　서희徐熙는 거란의 소손녕과의 담판에서 싸우지 않고도 압록강 강동 280여 리의 영토를 차지할 수 있었다.

퇴계는 적과 강화의 이유[1]로 오랑캐를 금수禽獸에 비유하여, "군신 상하의 분별을 고집한다면 오랑캐의 성질을 거슬리게 하는 결과를 초래하여 치지 않으면 물려고 할 것입니다. 다스리지 않는 법으로 다스리는 것이 깊이 다스리는 것입니다."

예나 지금이나, 주화·척화의 논의는 있을 수 있으나, 백성을 생각한다면 전쟁은 기필코 피해야 한다.

1645년 김상헌은 소현세자와 함께 돌아와 망국의 한을 품은 채 석실에 은거하였다. 그의 은거는 척화斥和의 연장으로 볼 수 있으나, 심양에서 서구문명에 자극받아 망국의 한을 굴기崛起의 칼날을 갈았을 것이며, 백성의 안위보다 왕권유지를 위해 던져주는 관작官爵을 결코 받을 수 없었을 것이다.

지성은 금석에 맹서했고 대의는 일월처럼 걸렸네.
천지가 굽어보고 귀신도 알고 있네.
옛것에 합하기를 바라다가 오늘날 도리어 어그러졌구나.
아, 백년 뒤에 사람들 내 마음을 알 것이네.
　　　　　　　　　—《청음집》 광명(壙銘, 무덤에 넣는 글)의 명銘

그의 불굴의 기개氣槪는 전쟁에 패하고도 나라의 독립은 유지할 수 있었으나, 오늘날 청나라는 흔적도 없이 사라졌다. 청음의

---

1)《명종실록》1545. 7 .27. 퇴계 이황 상소, '일본과의 강화와 병란에 대비할 것'

후손은 '삼수육창三壽六昌'2)으로 번성하였으나, 유배와 사사賜死로 폐족 지경에 그의 현손 김제겸金濟謙의 「임인유교遺敎」를 받들어 김조순金祖淳은 현요顯要한 자리를 피하고 당파를 초월했으나, 정도正道의 청음을 흘려듣고 권도權道의 늪에 빠진 척족세력들에 의해 안동김씨 세도정치의 조종祖宗의 오명을 쓰게 되었다.

강에서 멀어지는가 싶더니 갑자기 철거덕거리는 소리에 차창으로 시선을 돌리니 청둥오리 머리처럼 짙푸른 북한강을 가로질러 걸쳐진 양수철교를 건너고 있었다. 검단산과 용마산 그늘의 팔당호가 물안개를 드리운 채 아직 몽롱한 잠에 취해 있었다.

실학자 강산薑山 이서구(李書九, 1754~1825)가 일찍이 영평(포천)에서 대궐로 오던 길에서 한 소년이 책을 한 짐 지고 남양주 운길산 수종사水鍾寺로 오르는 것을 보았다. 10여 일 후에 고향 영평으로 돌아오는 길에서 지난번의 그 소년을 다시 만났다. 그런데 또 책을 한 짐 지고 있었다.

"자네는 누구이기에 글공부는 하지 않고 돌아다니느냐?"

"책을 읽고 절에서 내려오는 길입니다."

"짊어진 책은 무슨 책이냐?"

"《강목綱目》입니다."

《강목綱目》은 《자치통감강목資治通鑑綱目》을 일컫는 것으로

---

2) '삼수三壽'는 손자 김수항(영의정)·수증·수흥, '육창六昌'은 김창집(영의정) 등 김수항의 여섯 아들.

중국역사를 다룬 방대한 책이다.

"《강목綱目》을 어찌 열흘 만에 다 읽을 수 있다는 말이냐?"

"읽은 것이 아니라 외웠습니다."

이서구는 수레를 멈추고 그 중에 한 책을 뽑아 시험하니, 소년이 돌아서 외웠다. 그 소년은 정약용이었다.

다산茶山 정약용(丁若鏞, 1762~1836)이 태어나서 자라고, 배소에서 돌아와 여생을 보낸 곳은 팔당호반의 강마을 마재(馬峴)이다. 마재는 남한강과 북한강이 합수하는 곳에 사람의 목젖처럼 돌출해 있었으나, 1924년 을축년 홍수에 허리가 잘리어 소내(笑川)와 갈라졌다가 1973년 팔당댐 건설로 소내는 팔당호 가운데 섬이 되었다. 다산이 고향을 생각하고 쓴 詩에 마재가 그려진다.

배꽃 한껏 핀 정원 내 집이 저긴데도 갈 수 없어 나로 하여 그림보고 방황케 하네

푸른 산줄기 휘감긴 곳에 철마가 서 있고
깎아지른 기암에서 금부가 날아가며
남자주가에는 방초가 푸르르고
석호정 북쪽에는 맑은 모래 깔렸으며
저 돛은 팔탄을 지나는 배 분명하네
나룻배는 귀음을 가면서 부르는 듯
검단산은 절반이나 구름 속에 들어 있고…….

다산은 1762년 사도세자가 죽은 해에 태어났으니, 정조는 다
산을 자신의 아버지가 환생한 양 그를 아꼈다. 아버지 정재원(丁
載遠, 1730~1772)의 임지인 화순·예천·진주·서울로 옮겨 살면서
부친으로부터 경사經史를 익혔으며, 대학자 이가환(李家煥, 1742~
1801)과 매부 이승훈(李承薰, 1756~1801)이 성호星湖 이익(李瀷, 1681~
1763)의 학문을 계승한 것을 알게 되면서 실학에 관심을 갖게 되
었다.

당시 유럽에서는 산업혁명과 민주주의 정치가 진행되면서,
다산은 중국 중심이던 세계관에서 벗어나 지구상에는 수많은 국
가가 있으며 기술문명을 발전시켜야 남의 나라의 지배를 받지 않
고 나라의 독립을 유지할 수 있게 된다고 보았다.

습수濕水와 산수汕水의 두 물줄기가 마재에 막혀서 숨고르기를
한 후 열수洌水가 되어 흐르듯이3), 그는 당색을 초월하여 두 물줄

기를 막아서서 국정을 쇄신하려 했지만, 정조의 비호로 명맥민 유지하던 남인 시파時派로서 당시 정국을 주도하던 노론 벽파僻派의 거센 물줄기에 밀려서 마재와 소내처럼 찢어지고 말았다.

다산은 〈솔피의 노래 海狼行〉에서 정조正祖를 고래로 상징하고, 고래를 죽인 솔피(海狼, 범고래)를 노론 벽파로 표현하였다.

......

아아! 불쌍한 고래가 죽고 만 게로구나.
혼자서는 뭇 힘을 당해낼 수 없는 것,
약삭빠른 조무래기들 큰 짐을 해치웠네.
너희들아, 그렇게까지 혈전을 왜 했느냐,
원래는 기껏해야 먹이 싸움 아니더냐.
가도 없고 끝도 없는 그 넓은 바다에서,
너희들 지느러미 흔들고 꼬리 치며 서로 편히 살지 못하느냐.

嗚呼哀哉鯨已死 오호애재경이사   獨夫不遑敵衆力 독부불황적중력
小黠乃能殲巨慝 소점내능섬거특   汝蜚血戰胡至此 여비혈전호지차
本意不過爭飮食 본의불과쟁음식   瀛海浡洋浩無岸 영해분양호무안
汝蜚何不揚 여배하불양   鬐掉尾相休息 기도미상휴식

다산은 1800년에 유배되어 18년간 귀양 살고 57세에 해배解配

---

3) 다산의 〈산수심원기汕水尋源記〉에 북한강은 '汕水', 남한강은 '濕水', 한강 본류를 '洌水'라 하였다.

되어, 1836년 세상을 뜰 때까지 18년간 고향에서 학문을 마무리하였다. 그는 경세의 구체적 실천방안으로 《경세유표經世遺表》, 《목민심서牧民心書》, 《흠흠신서欽欽新書》 등 대표작 '2표 1서'는 공전절후空前絶後의 명저이며, 《마과회통麻科會通》은 홍역과 천연두 치료법을 모은 책으로 9명의 자녀들 중에 천연두에 걸려 죽은 5명을 지켜보며 눈물로 쓴 책이다.

다산이 퇴계의 《도산사숙록陶山私淑錄》을 곁에 둠 같이, 베트남의 국부로 추앙받는 호치민은 다산의 《목민심서》를 곁에 두었으며, 다산의 기일忌日에는 제사를 지냈다고 전한다.

다산은 친구 김이재金履載가 신유사옥辛酉邪獄으로 고금도古今島 귀양에서 해배되어 귀향길에 찾아왔을 때, 그의 부채에 적어 준 다산의 詩를 본 김조순이 순조에게 주청하여 다산이 해배되었다고 전한다.

역정에 가을비 내리니 님 보내기 서러워 머뭇거리네,
멀고도 먼 이 고을 강진 땅 누가 다시금 찾아주려나.
……
고독한 대나무에 내려앉았던 달빛은 새벽이 되면서 엷어가고,
고향의 동산 회고하니 머리 숙여 눈물 흘릴 뿐이네.

驛亭秋雨送人遲 역정추우송인지　絶域相尋更有誰 절역상심갱유수(略)
若竹數叢殘月曉 약죽삭총잔월효　故園回首淚垂垂 고원회수루수수

다산은 마재를 소내〔笑川〕 또는 두릉杜陵이라고 하였는데, 철마가 묻혀 있다는 철마산鐵馬山을 등지고, 남한강 · 북한강 · 초천강苕天江이 합류하는 풍치 좋은 강마을로서, 여유당 뒷산에는 노송이 우거진 사이로 다산의 무덤이 한강을 내려다보고 있다. 그는 한강을 사랑하여 '다산' 이외에 한강의 또 다른 이름 '열수洌水'라는 호를 쓰기도 했다. 다산의 5대조부터 살아온 생가 여유당與猶堂의 뜻은 '살얼음판을 건너듯이 조심하라'는 《도덕경》의 한 대목이다.

갑자기 고향마을 이르렀는데,
문 앞에는 봄 강물이 흐르고 있네.
흐뭇하게 약초밭 내려다보니,
예전처럼 고깃배 눈에 들어오네.
꽃잎이 화사한데 산가 고요하고,
솔가지 늘어져라 들길 그윽하구나.
남녘 땅 수천 리를 노닐었으나,
어디서 이런 언덕 찾으리오.

忽已到鄕里 홀이도향리　門前春水流 문전춘수류
欣然臨藥塢 흔연림약오　依舊見漁舟 의구견어주
花煖林廬靜 화난임노정　松岳野徑幽 송악야경유

南遊數千里 남유수천리　何處得慈丘 하처득자구

　　다산의 귀거래사 〈소내의 고향집에 돌아오다還苕川居〉를 읊는
동안 팔당호가 멀어지고 용문산과 정암산 사이로 남한강이 삼전
도三田島 삼궤구고두三跪九叩頭4)의 수모를 뒤로 감춘 정암산 그늘
에 드리운 검은 대탄(大灘, 한강)은 무겁게 흐르고 있었다.
　　다산은 해배된 후 배를 타고 충주로 향하면서 강행절구江行絶
句 송파수작松坡酬酢 〈남한산성 감회〉를 읊었다.

　　천운이 기구했던 병자년 겨울
　　회계산 군대가 이 고봉에 주둔했는데,
　　푸른 말 때 달려 강물이 끊어지고
　　황옥거는 우뚝해라 돌구멍 봉하였네.
　　국경 간 삼신에 부질없이 접견했고
　　근왕의 제장들은 교전도 못하고,
　　다만 지금 가랑비 속의 삼전도에
　　화각 속 큰 비석이 글자마다 붉구려.

　　天步崎嶇丙子冬 천보기구병자동　會稽棲甲此高峯 회계서갑차고봉

---

4) 삼전도에서 청 태종에게 세 번 절하고 아홉 번 머리를 조아리는 '삼궤구고두'
　로 항복사실을 몽골문, 만주문, 한문 3개 문자로 써진 세계유일의 굴욕적 비.

靑驄蹴地河流斷 청방축지하류단　黃屋凌霄石竇封 황옥능소석두봉
出塞三臣空把袂 출새삼신공파몌　勤王諸將未交鋒 근왕제장미교봉
只今煙雨麻田渡 지금연우마전도　畫閣穹碑字字彤 화각궁비자자동

정선 아우라지에서부터 뱃사공이 오직 뗏목 위에서 외로워서
자연발생적으로 읊조렸던 정선아리랑의 구슬픈 노랫가락이 뗏목
을 따라 저 강물 위로 흘렀으리니.

정선 읍내 물레방아 사시장철 물을 안고 도는데, 우리 집 서방님은
날 안고 돌 줄을 모르나.

아우라지 뱃사공아 배 좀 건네주게.
싸리골 올동박이 다 떨어진다.
아리랑 아리랑 아라리요 아리랑 고개로 나를 넘겨주소.
눈이 올라나 비가 올라나 억수장마 질라나
만수산 검은 구름이 막 모여든다.
······

1533년 서른세 살의 퇴계 이황이 '지리산 쌍계사' 여행을 떠났
으나, 덕천강 완사계를 마지막으로 성균관으로 발길을 돌렸다.
문경새재를 힘겹게 넘어온 그는 충주 허흥창에서 세곡稅穀선에
올라 여주·두물머리를 지나 마포나루 광흥창까지 황포 돛을 한
껏 부풀린 뱃전에 앉아서 〈배 안에서 읊다 舟中偶吟〉를 읊었다.

뱃전에 오뚝이 앉아서 무엇을 생각하는가,
어부들은 낚싯대 하나로 족하구나.
아 흰 새들은 푸른 강물에서
제멋대로 훨훨 날아 오락가락하는데.

兀坐舟中何所思 올좌주중하소사   漁人多了一竿絲 어인다료일간사
可憐白鳥滄江裏 가련백조창강리   飛去飛來自得時 비거비래자득시

저 강물에 뗏목이 흘렀고, 분憤과 한恨의 詩가 흘렀으니, 강은

자신을 비워서 베풀되 결코 소멸하지 않고 과거에서 미래로 이어지는 소통의 길이다.

모든 길은 한 곳으로만 난 것이 아니다. 누구나 삶에서 갈림길을 만나고 또 그곳에서 망설이게 된다. 결국 한 길을 택하게 되고 그것 때문에 모든 것이 달라진다.

"아, 나는 어디로 가고 있나?"

차창에 흐르는 강물에서 나 자신에게로 시선視線을 돌려서, 나의 내면과 소통해 본다.

종활(終活, 죽음 준비)에 빠진 한 친구가 '메멘토 모리 시리즈'로 수필을 발표하더니, 그의 버킷리스트 중에 자신이 출생했던 '홋카이도(北海道)'로 떠났다.

"나도 여행이나 떠나볼까?"

화계장터에서 쌍계사로 가는 십리 벗꽃길이 눈에 선하였다. 당장 길을 나서고 싶지만, 목적 없는 삶의 일상日常이지만, 여행을 떠나기란 쉬운 일이 아니었다.

소설《쌍계사 가는 길》에서 그 시인도 곤양까지 먼 길을 여행할 처지가 못 되었다. 아직 대과에 급제하지 못했으며, 스물일곱 살에 허씨 부인을 여의고 속현으로 권씨 부인을 맞이하여 형님 댁에 어머니와 아이들을 두고 지산와사芝山蝸舍에 따로 나왔고, 셋째 언장 형이 별세하여 아직 상중喪中인 데다가, 장수희를 비롯해서 조카들을 가르치고 있었다.

시인의 어머니 춘천 박씨가 아들을 불러 앉혔다.

"우물 안 개구리는 바다를 알지 못하느니라."

"때가 아닌 듯합니다."

"기회는 새와 같으니라."

"아직 글을 더 읽어야 합니다."

"'독만권서 행만리로讀萬卷書 行萬里路'라 하지 않느냐. 여행도 공부니라, 네 어찌 백면서생白面書生만 할 것이냐?"

여행은 종착지에 도착하는 것만 목적이 아니다. 만남과 헤어짐이 있고, 보고 듣고 생각이 깊어질 것이다.

"버리고 떠나야 채울 수 있느니라."

그 시인은 사유와 통찰의 길을 찾아서 여행을 떠났었다.

나는 '쌍계사 가는 길'의 노정路程을 더듬어가다가, 순례의 시종始終은 봉화의 청량산이라는 것을 알고, 사전준비도 없이 무작정 길을 나서게 되었다. 떠나는 길은 버리고 가는 길이다. 적어도 내려놓거나 두고 떠난다. 어디를 어떻게 여행할지 구체적으로 생각한 바 없다.

인생에서 확신할 수 있는 게 아무것도 없다. 여행은 길 위의 인생이다. 갈림길에서 망설이게 되고 만남과 헤어짐이 있다. 여행은 한 번도 본 적이 없는 소를 찾아(尋牛) 길을 떠난다는 심우도尋牛圖5)와 같다. 《벽암록》에, 처음 선禪을 닦게 된 동자童子가

본성이라는 소를 찾기 위해서 산중을 헤매다가 마침내 도를 깨닫게 되고, 최후에는 선종의 최고 이상향에 이르게 된다는 10장의 그림이 있다.

아득히 펼쳐진 숲을 헤치고 소를 찾는다.
강은 넓고 산은 멀어 길은 다시 깊어졌다.
힘은 빠지고 마음은 피로한데 소는 없다.
들리는 것이라곤 단풍나무의 매미소리뿐이다.

茫茫撥草去推尋 망망발초거추심　水闊山遙路更深 수활산요로갱심
茫茫撥草去推尋 역진신피무처멱　但聞楓樹晚蟬音 단문풍수만선음

나는 이미 오래 전에 인생길 위에서 미아迷兒가 되었다. 〈심우도〉의 그 동자처럼 한 번도 본 적이 없는 나(自我)를 찾아 떠나기로 했다.

'스스로 봄길이 되어 끝없이 걸어가는 사람이 있고, 사랑이 끝난 곳에서도 스스로 사랑이 되어 한없이 봄길을 걸어가는 사람이 있다'는 정호승 시인의 〈봄길〉을 읊으며, 길이 끝나는 곳에서도 또 스스로 봄길이 되어 나(自我)를 찾아 걸어가기로 했다.

길이 끝나는 곳에서 길이 있다.

---

5) 선禪의 수행단계를 소와 童子에 비유하여 도해한 그림으로, 수행과정을 10 단계로 하고 있어 십우도十牛圖라고도 한다.

길이 끝나는 곳에서도 길이 되는 사람이 있다.

스스로 봄길이 되어 끝없이 걸어가는 사람이 있다.

강물은 흐르다가 멈추고 새들은 날아가 돌아오지 않고

하늘과 땅 사이의 모든 꽃잎은 흩어져도

보라, 사랑이 끝난 곳에서도

사랑으로 남아 있는 사람이 있다.

스스로 사랑이 되어

한없이 봄길을 걸어가는 사람이 있다.

소설 《쌍계사 가는 길》에서 그 시인이 말했듯이, '여행은 목적지에 도착하는 것만 목적이 아니다. 만남과 헤어짐이 있고, 보고 듣고 생각이 깊어질 것이다.' 라는 기대로 모처럼 떠난 여행을 즐기면서, 밥 딜런(Bob Dylan)6)의 〈걷다 죽게 해다오(Let me Die in My Footstep)〉를 흥얼거렸다.

'삶의 의미는 바람 속에 흩어지고, 사는 법을 배우는 대신 죽는 법을 배우고 싶다'는 알듯 모를 듯한 노랫말을 헤아리는 사이 열차가 치악산과 백운산의 협곡을 구불구불 오른다. 산기슭의 떼기밭을 보면서 신필영 시인의 〈중앙선〉7) 詩가 떠올랐다.

---

6) 밥 딜런(Bob Dylan) ; 미국의 가수 · 작사 · 작곡가. 2016년 노벨문학상 수상.

7) 신필영 시집 《달빛 출력》 (책 만드는 집) 2014.

구불구불 산의 속길 에워간다 준급행열차
뙈기밭 밟지 않고 흐르는 물 흐르게 두고
집집이 떡돌림 하듯 발품으로 안부 놓는
봇짐만큼 헐렁한 생각 잡혔다 풀려나며
드나드는 선잠의 터널 어둑밭도 눈에 익어
사투리 고향 쪽으로 기대앉는 봉놋방

제천역은 태백선과 충북선이 중앙선에서 십자로 갈라진다. 제천 봉양역을 지나면서, 중학생 때 전교생이 충주비료공장을 견학한 생각이 났다. 그때 내 친구 준儁은 비장한 어조로 말했다. "나는 장차 화학자가 될 거야!"

1928년에 조치원에서 청주까지 운행되던 충북선을 1958년에 봉양까지 연장하고, 1959년 충주시 목행에 충주비료공장이 우리 기술로 건설되었다. 당시 외국으로부터 2억 5,000만 달러의 원조 중에서 1억 달러가 비료 수입에 쓰였을 정도였으니, 농업중심이면서 퇴비나 분뇨에 의존하던 농촌에 비료가 절대적으로 필요했다.

사람이 음식물을 먹어야 생명을 유지하듯이 모든 생물은 영양분을 섭취해야만 생육할 수 있다. 식물은 잎의 광합성을 통해 탄소동화작용을 하고 뿌리를 통해 스스로 수소를 얻을 수 있다. 그러나 질소는 식물 자체에서 만들어지지 않는다. 공기 중에는

78%가 질소이지만 삼중결합으로 묶여 있어 식물은 이를 섭취할 수가 없다. 암모늄·질산이온 등의 비료 형태로 식물세포가 이용할 수 있도록 외부에서 공급해 주어야 한다.

1908년 질소비료의 개발은 단위 면적당 식량 생산량이 6배 이상의 효과가 있어 세계 인구는 4배나 증가했을 정도이다. 그러나 화학비료는 식물의 미네랄이 감소하고 토양을 산성화시킬 뿐 아니라 식물이 흡수하지 못한 절반가량이 지하수로 스며들거나 강과 바다로 흘러들어감으로써 수질의 부영양화富營養化 현상을 일으키게 되면서, 오늘날 다시 유기농업과 유기비료로 돌아가려는 노력도 일어나고 있다. 하지만 무기비료인 화학비료, 유기비료 어느 쪽이든 지나치거나 모자라면 문제가 발생할 수 있다.

지금도 석유화학공장의 파이프라인이 TV화면에 비칠 때면, 중학교 때 준雋의 비장했던 모습이 어른거린다. 우리는 국내외에서 석유화학공장 건설(plant)에 참여하고 있으나, 아직 공정과정을 설계할 능력이 없는 실정이라고 하니, 서울의 명문 공업학교 화학과에 합격하고도 진학하지 못한 준雋의 그 푸르렀던 꿈이 안타깝다.

제천은 원주의 치악산과 영월에 인접해 있어서 충청도이면서 강원도와 같은 느낌이 드는 곳이다. 제천의 세명대학교 캠퍼스 인근에 삼한시대에 만들어진 의림지義林池가 있다.

《호동서락기湖東西洛記》의 작가 금원당錦園堂 김씨가 열네 살 이던 1830년 남장을 하고 금강산 유람 길에 의림지에 한나절 들

러 시를 지었다.

연못가 수양버들 푸르게 늘어지니
봄시름을 스스로 아는 듯 하고
꾀꼬리8)그 위에 숨어서 우는 것은
님을 보낼 때 슬픔을 이기지 못함이리.

池邊楊柳綠垂垂 지변양류녹수수   蠟曙春愁若自知 납서춘수약자지
上有黃隱啼未己 상유황은제미기   不堪趣紂送人時 불감취주송인시

《호동서락기湖東西洛記》는 제천의 湖, 금강산의 東, 의주의
西, 한양 용산의 洛을 나타내는데, 금원은 제천─단양─영춘─청
풍을 둘러보고 금강산으로 향했다고 한다.

《호동서락기湖東西洛記》9)의 서문에 "규중의 여인으로 살아
그 총명과 식견을 넓힐 수 없어 끝내 사라져버리게 되는 것이 어
찌 슬프지 않겠는가?" 여행하는 기분은 '마치 매가 새장에서 나
와 하늘 높이 올라가는 기세이고, 천리마가 재갈을 벗고 천리를
치닫는 것 같다.'고 했다.

원주와 제천역에서 승객이 내린 후 듬성듬성 앉아 있는 승객
들은 터널을 들락거리며 산속을 헤매는 창밖 풍경에 심드렁해 졸

---

8) 한자어로는 앵(鶯, 鸎) 또는 황조黃鳥·황리黃鸝·여황鸝黃 등의 이칭.
9) 김태준《한국의 여행 문학》이화여자대학교출판부, 2006.

고 있었다. 열차가 터널 속으로 들어가자, 답답하고 무료해서 차창에 뿌옇게 서린 김을 손으로 문질러 닦아내자 거울이 되었다. 흐릿한 거울 속에는 열차 안의 군상들이 어슴푸레하게 비치면서 애니메이션처럼 보이다가 터널을 빠져나오자 거울은 창으로 변했다.

나의 건너편에는 의자를 마주하여 놓고 삼십대의 젊은 부부가 세 아이를 데리고 있다. 열두어 살로 보이는 큰 아이와 서너 살 터울의 동생은 사내아이인 것이 분명한데 어머니 품에 안긴 아이는 알 수 없었다. 열차가 다시 터널 속으로 들어가자, 건너편 가족이 애니메이션의 배우로 등장하고 있었다. 어슴푸레하게 비치는 화면 속에 어른 아이 할 것 없이 깡마르고 지쳐 있어 얼핏 보기에도 피난민의 몰골이었다. 해방 후 만주에서 귀국하던 가족처럼 보였는데, 온 가족이 예쁜 꽃신을 신은 것이 특이했다.

만주에서 귀국할 때 꽃신을 신고 왔다는 나의 친구 준儁이 생각났다. 그는 해방 이듬해 어머니 등에 업혀서 귀국길에 올랐으나, 이미 러시아군이 삼팔선을 가로막고 있었다. 삼엄한 삼팔선을 숨죽이고 넘었으나, 초승달은 넘어가고 칠흑같이 캄캄한 밤 예성강을 건너다가 미끄러운 강바닥에 어머니가 휘청거리면서 등에 업은 준儁을 잡는 순간, 치마에 싼 신발을 모두 강물에 떠내려 보내고, 선물로 챙겨오던 꽃신을 신었다고 한다.

열차가 터널을 빠져나오자, 애니메이션의 영상이 신기루처럼

사라지고, 세 봉우리가 남한강의 수면을 뚫고 불쑥 솟있는지 도 담삼봉嶋潭三峰이 돛단배 되어 강물에 떠 흘렀다.

1548년 4월 19일 단양군수 퇴계 이황은 다섯째 형 징澄이 찾아와서 도담에서 놀면서 詩 〈도담島潭〉을 읊었다.

어느 해 영묘한 물건이 벼락을 쳐서
절경 가운데 큰 돌을 꾸며놓았구나.
만고에 파도와 물결에 흔들리지 않고
우뚝 솟아 그대 오길 기다리는구나.

萬古不隨波浪去 巍然如待使君來

何年神物動雲雷 하년신물동운뢰   絶境中間巨石開 절경중간거석개
萬古不隨波浪去 만고불수파랑거   巍然如待使君來 외연여대사군래

퇴계의 둘째아들 채寀가 외종조부 허경(許瓊, 퇴계의 처삼촌, 곽재우의 외조부)의 집에서 두 달 전에 병사하였다. 안타깝게도 그는 정혼하여 혼례를 준비하고 있었다.

'시인은 슬픔을 잊을 만큼 자연의 외연巍然에 넋을 잃었을까?' 나는 안타까운 생각에 잠겨 차창을 넘보니, 석회석을 파먹는 시멘트공장이 하얀 석회가루를 덮어쓰고 숨을 몰아쉬고 있었고, 남한강을 가로지른 상진철교를 건너자 이내 단양역이었다.

단양역을 출발한 열차가 단성역을 지나면서 쏘가리를 잡고 무늬석을 찾아 돌을 뒤집던 옛(舊) 단양의 추억이 충주호반에 아련하다.

금수산과 소백산의 산협을 휘돌아 나온 남한강이 충주댐에 갇혀 청풍호를 이루면서 옥순봉·구담봉이 호수에 잠긴 비경을 이루게 된다.

퇴계의 〈옥순봉 여행기〉는 읽는 이로 하여금 마치 청풍의 산 자수명한 풍경을 그림을 보는 듯하다.

"5월에 첩보(牒報, 보고)하는 일로 청풍에 가려고 하진에서 배를 타고 단구협丹丘峽을 나가 구담龜潭을 경유하여 화탄花灘에서 내렸다.

그날 밤 청풍군 응청각凝清閣에 유숙하고 이튿날 새벽의 서늘한 틈을 타서 흐르는 물을 거슬러 올라가서 삼지탄三智灘을 지나 내매담迺邁潭 위에 이르러 지붕을 걷고 바라보니, 물이 두 골짜기 사이에서 나와 높은 데서 바로 쏟아지니, 굴러내리는 돌이 그 아래 있는 뭇 돌을 치며 성난 기세가 분주히 달아나 구름이나 눈 같은 물결이 출렁거리고 용솟음치는 것은 화탄花灘이요, 산봉우리는 그림 같고 골짜기는 서로 마주 벌어져 있는데, 물은 그 가운데에 괴어서 넓고 맑고 엉키고 푸르러 거울을 새로 갈아서 공중에 걸어놓은 것 같은 것은 구담이다.

화탄을 거슬러 남쪽 언덕 절벽 아래로 따라 오르면 그 위에 여러 봉우리를 깎아 세운 것이 죽순竹筍 같아서 높이가 천백 장丈이나 되며 우뚝하게 기둥처럼 버티고 서 있는데, 그 빛은 푸르기도 하고 창백하기도 하다. 푸른 등나무와 고목이 우거져 아득하

고 침침한데 멀리서 볼 수 있어도 오르지는 못하겠다. 내가 옥순
봉이라 이름 지은 것은 그 형상 때문이다."

　　푸른 물은 단양과 경계를 이루는데,
　　청풍에는 명월루가 있다 하네.
　　만나려던 신선은 기다려 주지 않아,
　　실망 속에 외로이 배만 타고 돌아오네.

　　碧水丹山界 벽수단산계　淸風明月樓 청풍명월루
　　仙人不可待 선인불가대　怊悵獨歸舟 초창독귀주

'산티아고 순례길(Camino de Santiago)'[10]은 프랑스에서 피레네 산맥을 넘어야 산티아고로 갈 수 있듯이, 청량산 또한 단성역에서 소백산 죽령을 넘어야 갈 수 있다. 죽령은 중앙선 철로가 열리기 전에는 고갯길을 걸어서 넘었는데 도적떼와 맹수들로 불안하고 힘든 길이었다.

퇴계의 詩 〈죽령을 넘다 비를 만남 竹嶺途中遇雨〉에서 죽령의 가파른 고갯길이 연상된다.

죽령의 길 깎아지른 듯 막혀 갈 수 없어
새나 오를 길 근심스레 기어오르며 가파른 산마루 바라보네.
만 리 높은 하늘에서 구름 기운 솟아오르더니
울창한 참대 숲으로 빗소리 보내오네.
세상일 견디기 어려워 가로막힘 많고
나그네길 허비함 몇 번이나 흐렸다 맑아졌는가.
무슨 영유로 ○○분명히 들추어 파헤치리
밝은 낮에 가벼이 임금님 계시는 서울 향해 가네.

신라는 40여 개의 성읍을 관할하는 대야성을 김춘추의 사위 김품석을 성주로 삼았다. 견고한 성城일수록 안에서부터 무너지

---

10) 프랑스의 생장피에드포르에서 스페인의 산티아고 데 콤포스텔라(Santiago de Compostela)까지의 순례길.

는 법, 방탕한 성주에게 불만을 품었던 검일黔日과 모척毛尺의 모반으로, 백제의 공격에 난공불락의 대야성이 무너졌다. 신라군은 체념했지만, 죽죽竹竹장군은 끝까지 맞서 최후를 맞았다. 죽령은 신라의 죽죽장군이 죽령 길을 개척하였다는 전설에서 붙여진 이름이라고 한다. 조선시대에는 고갯마루에 죽령사竹嶺祠라는 산신당을 설치하여 길손의 안전을 빌었다.

퇴계는 1548년 1월에 단양군수가 되었다. 그 당시 단양은 오랜 가뭄으로 백성들이 초근목피로 연명하는 형편이었다. 무엇보다 가뭄을 해결할 수 있는 저수지를 만들기로 하고, 그는 한강변을 따라서 소백산 계곡을 답사한 끝에 단성의 탁오대濯吾臺 바위옆 여울목의 깊고 좁은 곳에 보堡를 쌓아 가뭄을 막고 홍수를 조절하는 다목적댐인 '복도소複道沼'라는 저수지를 만들었다고 한다.

그러나 그의 형 온계溫溪 이해李瀣가 충청도관찰사로 오게 되자, 퇴계는 형제간의 사사로움을 피하여 아홉 달 만에 풍기군수를 자원하였다. 그가 단양을 떠나 가파른 죽령에 올랐을 때, 단양 관아의 관리가 삼꾸러미(麻束)를 짊어지고 왔다.

"관아의 밭에서 거둔 것입니다. 사또께서 가져가십시오."

"관아의 물품을 내가 사사로이 받을 수 있느냐."

"사또의 전출 노자로 드리는 관례가 있습니다."

"다음 군수에게 기민구제에 쓰시라 일러라."

퇴계가 단양을 떠날 때 짐 보따리는 다만 괴석 두 개가 실렸

을 뿐이었다. 그가 떠난 뒤에 단양의 아전들이 관사官舍를 수리하
려고 들어가 보니, 방과 창의 도배지는 모두 새것으로 깨끗하고
침 자국이나 물 얼룩이 하나도 없었다고 한다.

열차는 쇠바퀴와 철로의 마찰력으로 나아간다. 선로 기울기
가 100m 거리에 높이의 차이가 3m를 넘으면 오르막에서는 기관
차가 헛바퀴를 돌고 내리막은 브레이크를 걸어도 미끄러진다. 높
이의 차이가 극심한 두 지역을 잇는 산악지대의 철로는 회전터널
을 뚫거나 열차가 톱질하는 식으로 전진과 후진을 반복하며 오르
는 스위치백(switchback), 그리고 쇠줄로 열차를 끌어 오르내리는
설비인 인클라인 식이 있다. 실제로 해발고도가 680m인 통리역
에서 고도 차가 209m나 되는 심포리역 사이 1.1km에 인클라인
을 설치하였는데, 그 후 스위치백 방식으로 바뀌었다가 2012년
동백산—도계 간 솔안터널이 개통되면서 사라졌다.

소백산 죽령은 단성역 쪽이 지대가 높아서, 단성역과 죽령역
사이는 터널 속에서 4.5km를 360도 회전하는 나선형식 루프 터
널이다. 암막을 친 것처럼 캄캄하고 답답한 창과 열차의 소음으
로 시끄럽고 숨 막히는 터널 속에 1분이 한 시간같이 느껴졌다가
드디어 죽령 터널을 빠져나오자, 봄옷으로 차려 입은 소백산역이
환하게 반겼다.

소백산 역에서 희방사喜方寺 오르는 길은 폭포를 비롯하여 소

백산의 산세가 절경이다. 어느 해 소백산 스케치여행에서 하루
종일 내린 눈으로 희방사 토방에 갇혔다가, 눈길을 걸어서 하산
길 어둠 속에 등대처럼 불을 밝히던 동토凍土의 풍기역이 알라딘
의 램프에서 빠져나오듯이 기억이 새롭다.

　　그해 겨울, 희방사 스케치여행
　　내리고 또 내리는 소白산 눈꽃
　　온종일 산사山寺 토방에 두런두런 얘기꽃
　　빈 도화지 하얀 풍경 눈眼 스케치
　　저무는 하얀 길 미끄러지고 자빠지며
　　어둠 속 불 밝힌 풍기역 등대
　　역전 포장마차 가스등 불빛
　　포장 그림자들 우동 한 그릇 훌훌

언제 그랬냐는 듯 설국 환상은 녹아내리고, 풍기역은 측백나
무 울타리 사이로 노란 개나리를 피우고 화사하게 반겼다.

　　나는 개나리를 보는 순간, 나의 생각은 화개장터에서 쌍계사
가는 십리 벚꽃 길을 걷고 있었다. 그 때, 주머니 안에서 진동모
드의 폰이 '드르륵' 신호를 알렸다. 옛 친구의 미망인이 카카오톡
으로 문자를 보내왔다.

　"오늘이 그이 기일, 장례차를 타고 떠나는 그날도 오늘처럼 벚꽃이 만개되어 세상천지가 꽃대궐이었지요. 차창 너머 사람들은 꽃구경을 떠나는데, 나는 그이를 묻으러 산으로 가자니 이런 죄인이 어디 있을까……. 그 후 만개된 벚꽃은 아파서 볼 수가 없어서 눈을 감았고, 매년 이맘때면 된통 몸살로 앓아누웠지요. 손자가 태어나면서부터 그 몸살도 사라지고 손자가 맛있게 먹을 것을 생각하면서 기일忌日을 축제처럼 제물祭物을 장만하게 되어요. 세월이 약인가 봅니다. 이젠 벚꽃도 다시 아름다워지고 언 땅을 헤치고 나온 풀꽃도 신비롭고 경이로워 세상사 모든 것을 품을 수 있어요."

'아, 그때가 봄날이었구나!' 그 친구 장례식에 갔던 기억을 떠올리는데, 억센 경상도 방언이 소란해지기 시작했다. 시나브로 졸고 있던 승객들이 종착역이 가까워지면서 부산해졌다. 건너편의 그 아이들도 부스스 눈을 뜨고 기지개를 펴면서 이리저리 살폈다. 아기를 남편에게 맡기고 자리에서 일어선 여인은 야위고 수척해 보였으나 훤칠한 키에 표정이 밝았다.

엄마 냄새가 멀어지자, 아빠의 품에서 아기가 슬며시 빠져나와 마른 코를 후비며 통로로 내려섰다. 기저귀도 차지 않은 아랫도리의 비쩍 마른 두 다리 사이에 번데기 하나가 꼬물거렸다. 아기는 주위를 둘러보더니 나에게로 걸어와서 앙증맞게 작고 하얀 앞니를 보이며 생긋이 웃었다. 젖내가 솔솔 났다.

"몇 살?" 하고 묻자, 두 개는 펴지고 손가락 한 개는 엉거주춤 반쯤 펴보였다.

"세 살? 어이구, 똑똑하네. 이름은?" 하는 순간 아기는 쉬를 쏟아내었다. 아버지와 형들은 난감해 하면서도 아기의 자존감이 상하지 않게 배려하는 눈치였다.

"이름은 박대준이고요, 첫돌이 겨우 지나서 아직 말을 못해요." 둘째 형이 냉큼 오줌을 닦으면서 속삭이듯 귓속말을 했다.

"그렇구나……" 건성으로 흘려듣다가, 만주에서 귀국했다던 나의 친구 준儁과 이름이 같다는 사실에,

"뭐, 박대준이라고?" 되묻는 순간 통로 쪽에서 걸어오는 엄마

를 본 아기가 오리처럼 뒤뚱뒤뚱 바쁘게 걸어갔다. 넘어질 듯이 다가오는 아기를 두 손으로 들어 올려 엄마는 볼을 비볐다.

"대준이가 저 아제 앞에 쉬 했네." 큰 아이가 계면쩍은 표정으로 아기의 실례失禮를 모친에게 알리자, 그녀의 정중한 목례目禮는 반가의 법도가 배어 있었다. 나는 괘념치 말라고 손을 저으면서도 그녀의 시선에서 모성母性을 느꼈다. 화가 이중섭의 은지화銀紙畵 '가족'처럼 단란해 보였다.

소백의 영봉이 둘러쳐진 풍요로운 들판을 인삼밭과 능금밭 사이로 달리던 열차가 어느새 서천강 철교를 건너면서 선반 위에서 짐을 내리는 이, 자리에서 일어나 통로를 걸어가는 이들로 열차 안은 분주하고 소란해지는 사이에 플랫폼에 서서히 멈춰 섰다.

건너편 자리의 그 가족들은 짐을 챙기느라 뒤쪽에 쳐져 있었다. 나는 혼자서 플랫폼을 걸어 나오다가 그 아기의 이름을 떠올리며 뒤를 돌아보았다. 아침햇살이 그들의 뒤쪽에서 서치라이트처럼 쏘아댔다. 커다란 보따리를 머리에 이고 아기를 등에 업은 여인이 햇빛 속에서 긴 그림자를 밟으며 움직이는 듯 멈춰 선 듯했다.

역광逆光에 비친 실루엣이 회갈색 바탕에 아기를 업은 박수근의 흐릿한 그림 속의 여인과 오버랩 되었다.

2. 승부동천

承富洞天

酸化를 막기 위해 아연 도금을 하지만……,

　　겨울이면 영동선의 눈꽃열차가 눈을 구경하기 힘든 남부지역
사람들을 설레게 한다. 눈꽃열차가 가는 곳은 바로 봉화 분천역
에서 석포역 사이의 하늘도 세 평 땅도 세 평이란 숲속에 하늘이
빠꼼이 보이는 승부역이다. 태백산 준령이 겹겹이 싸여 있어서
강물도 40여 회 굽이치며 꿈틀거려야 빠져나오는 곳, 양원·비
동마을은 그 흔한 도로도 없는 곳, 산이 높고 골이 깊으니 봄눈도
녹지 않는다. 눈꽃열차는 순백의 산록을 뚫고 터널과 교량을 번
갈아 설국으로 들어간다. 그 설국이 봉화 땅이다.

꽃밭도 세 평, 마당도 세 평, 하늘도 세 평, 숲속에 하늘이 빠꼼이 보이는 승부역

봉화는 예부터 외부의 접근이 쉽지 않은 오지奧地이다. 그러나 산업화가 시작되면서 봉화의 심심산골은 잠에서 깨어났다.

김옥균은《치도약론治道略論》에서, 가령 농사짓는 일이 제대로 되었다고 할지라도 운반이 불편하다면, 양식이 남는 곳의 곡식을 양식이 모자라는 곳으로 옮길 수 없다. 그러므로 길을 닦는 일이 시급히 요구된다. 최창조는《한국의 자생 풍수》에서, 풍수에서 도로는 물길을 대신하는데, 길이 시원치 않다는 것은 물이 부족한 경우와 마찬가지로 사람을 궁색하고 편협하게 한다고 했다. 결국 길은 경부고속도로와 같이 산업화를 촉진시킬 수 있는 필수 요건이다.

영주와 철암을 잇는 영암선이 1944년 봉화역에서 멈추었다. 정부수립 이후 공사를 재개했지만 6.25 동란으로 중단되었다. 전후 복구와 산업화 촉진을 목적으로 태백산 지역의 풍부한 임산자원과 지하자원을 수송하기 위하여 1953년 승부협곡의 난공사 구간을 재개하여 1955년 철암까지, 1963년 동해북부선(묵호—강릉)과 연결하여 영주에서 강릉까지의 영동선이 개통되었다.

영동선이 개통되면서 철암·태백지역의 탄광이 개발되고, 탄광의 갱목을 공급하기 위한 산림 벌채가 곳곳에서 벌어졌다. 소작농과 화전민들이 탄광과 산림 벌채 현장으로 진출하면서, 영동선역마다 목재와 무연탄이 산더미처럼 쌓이고 노동자가 전국에서 몰려왔다. 봉화지역의 일자리가 창출되고, 농촌소득이 올라가고 금

융·상업·재재·수송업이 활성화되면서 봉화는 잠에서 깨어나기 시작했다. 소작농일지라도 농사가 대본인 줄 알았는데, 농사보다 소득이 높은 광산과 산판山坂으로 사람이 몰렸다.

열악한 자금과 기술부족으로 안전에 무방비한 탄광의 잦은 매몰사고로 희생자가 속출하고, 무허가 남벌로 인하여 울창하던 숲이 파괴되기 시작했다. 브라질의 아마존 상류 밀림지대의 순박한 삶이 문명에 의해서 파괴되는 현상을 프랑스의 인류학자 레비스트로스(Claude Levi Strauss)는 '슬픈 열대(Tristes tropiques −熱帶)'11)라고 하였다. 이처럼 길은 물류의 유통으로 산업을 일으키는 반면, 여러 가지 부적負的인 요소를 동반하게 된다.

1980년대 이후부터 석탄이 석유로 대체되면서 봉화의 탄광이 사양길로 접어들었고, 갱목으로 쓰이던 목재의 반출도 줄어들게 되자 일자리를 찾아서 사람들은 도시로 떠나갔다. 철도에만 의존하던 봉화지역이 국도확장 등으로 봉화와 태백(31번), 봉화와 울진(36번), 봉화와 안동(35번) 간 국도가 확장되고, 철도도 경강선 고속철과 태백선으로 분산되면서 영동선의 역할도 줄어들게 되었다.

숲이 제자리를 찾게 되면서 때맞춰 백두대간 수목원이 조성되었고, 산업화와 인구밀집 등으로 도시의 공해문제가 심각해지자, 봉화의 자연환경이 청정지역으로 인정받기 시작했다.

---

11) 구조주의 인류학자 레비스트로스가 1930년대와 40년대에 떠난 브라질 오지 탐험의 경험을 풍부한 인문학적인 통찰과 더불어 기록한 기행문.

　봉화는 승부역뿐 아니라 봉화에서 동점역까지의 영동선 열차
가 지나는 연변의 마을마다 금강송 숲에 송이가 자라고 노루 사슴
이 뛰어다니며 고선계곡·구마계곡·우구치계곡·사미정계곡·
반야계곡·매호유원지·청옥산휴양림 등의 산과 계곡이 관광유원
지로 개발되고 물 맑은 내성천과 낙동강에는 천연기념물 열목어가
서식하니, 연비어약鳶飛魚躍이요 무릉도원이다. 도시 사람들이 산행
을 하거나 휴가를 즐기러 찾아오는 사람들이 늘어나고 있다.

　봉화奉化는 산이 깊지만 봉화읍 도촌리, 물야면 개단리, 춘양
면 의양리 등에 선사시대의 고인돌이 있으며, 고구려에서 신라로
불교가 전파되는 과정에서 물야면 북지리에 거대한 마애불과 석
조반가사유상, 축서사의 석조여래 좌상과 석탑, 춘양면 의양리의
각화사覺華寺 터에 삼층쌍탑을 남겼다. 강원도와 접경하여 고구려
장수왕 때는 고구려의 고사마현古斯馬縣이었을 정도로 경상북도
의 최북단 지역으로 태백과 소백의 백두대간이 병풍처럼 둘러쳐
져 있고, 태백에서 소백으로 산맥이 이어지는 지점의 문수산을
중심으로 촌락을 이루고 살았으니, 1,207m의 문수산文殊山은 봉
화의 진산鎭山이다.

　봉화奉化의 '奉' 자는 나무가 우뚝 솟은 형상이듯이 문수산은
금강송을 비롯한 침엽수가 숲을 이루었다. 깊은 슬픔이 있을 때
심산유곡을 소요하면, 격정이 수그러들고 차차 안정을 찾게 되는

것은 갖가지의 소리를 감춘 숲의 침묵 속에는 초자연적인 어떤 힘을 느낄 수 있기 때문이다. 《논어》〈옹야〉편에, 지자知者는 물을 좋아하고 인자仁者는 산을 좋아하듯이(知者樂水 仁者樂山), 퇴계는 산을 좋아하여 〈산에 사는 취미〉를 읊었다.

산의 취미 다름 아니라 다만 편안한 마음 지니는 것이나
고개 돌려 이따금 다시 유독 나 자신을 근심하네.
내년에는 꽃의 군자 기다릴 만하니
구름과 노을 향해 서서 쓸쓸히 살아감 원망하지 않는다네.

山趣無他只晏如 산취무타지안여　回頭時復獨愁予 회두시부독수여
明年好待花君子 명년호대화군자　不向雲霞恨索居 불향운하한삭거

봉화는 예부터 외부의 접근이 쉽지 않은 오지奧地로서, 조상들의 삶을 기록한 《조선왕조실록》을 보관하는 태백산사고太白山史庫를 뒤로 감추고 있었으며, 내성천의 발원지인 문수산文殊山 산록에는 국립백두대간수목원과 문화재용 목재림, 그리고 오전·두내·다덕 약수터와 산수유꽃 노랗게 피는 띠띠미마을 등 생생한 자연의 숨결을 간직하고 있다. 구문소를 빠져나온 아기낙동강의 물굽이가 돌아 흐르는 육송정 삼거리에서 물 맑은 명호明湖까지의 금강송 자생지는 태고의 자연환경이 살아 숨 쉬는 청정지역이다.

고려 초에 봉화현이 되었으며, 후기에는 봉화를 본관으로 하는 금의琴儀, 정도전鄭道傳을 배출하였고, 조선 중기에 안동의 선비들이 옮겨와서 향촌에 성리학적 질서를 세웠다. 봉화 사람들은 자신들이 살고 있는 땅을 존중하여 지명 하나에도 가벼이 여기지 않고 깊은 의미를 부여하였다.

봉화군의 군청소재지를 내성乃城, 상서로운 상운祥雲, 산물이 풍성한 물야物野, 양지바른 춘양春陽, 봉화현 소재지 봉성鳳城, 첩첩산중 소천부곡小川部曲의 소천小川, 낙동강 최상류의 석포石浦, 군의 중심지 법전法田, 호수같이 맑은 명호明湖, 산세가 아름다운 재산才山 등 10개 면의 명칭이 각기 그 지역의 자연적 특색을 표현하고 있어, 이름만 들어도 그 지역의 산물과 인심이 묻어난다.

외부에서 접근이 쉽지 않아 병화兵禍가 적은 봉화군에는 조선왕조실록을 보관하는 태백산사고를 비롯해서 금강송 목재로 지은 정자와 고가古家들이 바래미, 황전, 닭실, 오록, 버저이, 조래, 춘양, 노루골, 서벽, 도심 등에 집성촌을 이루고 살았을 뿐 아니라, 전통 민속의 원형을 그대로 전승·보존하고 있다.

법전면 소천리 어은골의 서낭당은 금강송으로 둘러싸인 언덕에 거북바위(음석) 알바위 개바위와 팔각 돌무더기 위에 얹힌 바위(남근석)가 외로 꼰 새끼금줄로 묶여 성역을 표시하고 있고, 향鄕·소所·처處·장莊 의미의 계단 부곡部曲12)은 옹기, 질그릇,

---

12) 전근대사회에 존속했던 특수 행정구역으로, 삼국시대부터 있었으며, 고려

유기를 생산하는 경공업단지를 형성했던 흔적이 남아 있고, 신흥리 유기는 조선의 방짜유기의 원조로 지금도 이어지고 있다.

봉화군 지도에서 눈에 띄는 것은 영동선 철도였다. 인접한 영양군·울진군은 철도가 없는 반면에 봉화군은 10개 면 중에 6개 면을 열차가 통과한다. 이 구간의 영동선은 봉화의 심장부를 지날 뿐 아니라, 태백산맥의 깊숙한 골짜기 속을 뚫고 지나는 철로 연변의 촌락마다 민초들의 삶이 있고, 원시의 금강송과 강물이 어우러진 비경 속을 목이 아프도록 젖히고 올려다보면서 굽이굽이 산골짜기를 빠져나가게 된다.

영동선 선로를 따라서 지도 위에 줄을 그으니 마치 동물의 등뼈처럼 보였다. 영동선에서 상운·명호·삼동·울진으로 통하는 네 곳의 도로를 선으로 긋고, 석포에서 청옥산을 넘는 도로와 춘양에서 문수산 주실령을 넘어서 물야로 이어지는 반원형의 두 도로를 그렸더니, 두 개의 육봉과 네 개의 긴 다리를 가진 동물 모양이 그려졌다. 석포에서 반야계곡으로 오르는 산길과 봉화에서 영주로 통하는 짧은 도로를 그렸더니 반야 길은 낙타의 머리, 영주로 통하는 도로는 꼬리로 보였다. 영락없는 쌍봉낙타 한 마리가 지도 위에서 꿈틀거렸다.

영동선의 선로는 뱀처럼 구불구불한 곡선의 연속이지만, 현

때에는 상당한 규모로 전국적으로 분포했다.

동에서부터 석포역까지는 태백산 협곡을 뚫고 흐르는 낙동강을 따라서 철교와 터널을 연속으로 번갈아 빠져나가는 철도는 산과 강이 어우러진 스위스 산악철도와 같이 경관이 빼어나다. 영동선은 본래 석탄과 목재를 운반하는 산업철도로 건설하였으나, 지금은 석탄의 이용도가 낮아지면서 광산이 폐광이 되면서 영주에서 동해안의 정동진까지 여객열차가 운행하고 있다. 철도청에서는 이 지역의 빼어난 청정 환경을 이용하여 서울역에서 출발해 제천에서 철암역까지, 철암역에서 제천을 지나 서울역까지 운행하는 중부내륙순환열차(O—Train), 중부내륙지역의 산악구간을 왕복하는 백두대간협곡열차(V—train)를 운행하고 있다.

O—train의 O는 'One'의 약자이며 순환을 상징하는 모양으로, 중부내륙 3도(강원, 충북, 경상북도)를 하나(One)로 잇는 순환열차를 의미한다. V는 'valley(협곡)'의 약자이며, 동시에 협곡의 모양을 의미한다. 분천·양원·승부·철암 구간(27.7km)을 운행하고 있으며, 특히 가장 아름다운 분천에서 승부에 이르는 구간은 시속 30km로 천천히 이동하며, 태백준령의 비경을 충분히 감상할 수 있도록 배려하는 관광전용열차이다.

이 열차는 흰 바탕에 검은색 줄무늬를 한 백두대간의 아기 호랑이를 닮은 열차로, 진달래꽃이 내려앉은 듯 선명한 진분홍빛 객차는 숲속과 협곡의 청정자연을 느낄 수 있는 개방형이다. 천정을 제외한 구간을 유리로 처리한 길고 넓은 창문은 관광객의

시야를 넓혀서 청정자연의 공기를 그대로 느낄 수 있다.

나는 지도에 나타난 백두대간협곡에 끌렸다. 돈키호테(Don Quixote)가 되어 애마 로시난테(Rosinante)를 타고 풍차를 향해 돌진하는 호탕한 기분으로 미지의 백두대간협곡을 둘러보고 싶었다. 부산의 부전역에서 출발하여 울산과 경주를 거쳐서 중앙선을 쉼없이 달려온 로시난테에 올랐다.

봉화역까지는 영주역에서 15분이면 갈 수 있는 지척이다. 영주역을 출발한 로시난테가 영주 시가지를 벗어나자 곧바로 봉화 땅 문단이었다. 간이역이 된 문단역을 통과하면서 문단역 앞 원구마을의 옹기종기 모인 집들이 스쳐 지나갔다. 그때 앞쪽 출입문이 저절로 열리더니 하얀 도포에 커다란 갓을 쓴 신선처럼 보이는 한 노인이 하얀 수염을 날리면서 성큼성큼 걸어왔다.

요즘 보기 드문 죽장망혜(竹杖芒鞋, 대나무 지팡이와 짚신) 단표(簞瓢, 표주박) 차림의 노인은 내 앞에서 멈춘 뒤 나를 지그시 내려다보았다. 나도 모르게 나는 자리에서 벌떡 일어섰다. 그러자 노인은 비어 있는 나의 옆자리에 앉았다. 나는 목례로 인사를 올렸다. 그 노인은 나에게 은근한 미소로 답례하고 이내 차창으로 고개를 돌렸다. 나는 조심스럽게 제자리에 앉아서 생각했다.

간이역인 문단역에서 분명히 열차가 멈추지 않았는데 홀연히 나타난 그는 시·공간을 자유자재로 운행하는 신선이라는 생각

이 들었다.

　나는 그의 은근한 미소를 대하는 순간, 그는 돈키호테, 나는 스스로 그의 충실한 종복從僕 산초 판사(Sancho Panza)로 전락하고 말았다.

　문단역에서 골래(花川 꽃내)를 건너고 도촌마을을 지나서 적덕마을 산모롱이를 돌자, 호골산 아래 범들(虎野)과 내성천이 S자로 몸을 비틀며 봉화읍이 저 멀리 모습을 드러내기 시작했다. 나는 고향냄새에 취한 한 마리 연어가 되었다.

　문전옥답 범들이를 곡간穀間으로 품은 의성김씨 집성촌 바래미(波羅尾, 海底) 전통문화마을이 나지막한 학항산 아래 옛 모습 그대로 전통미를 간직한 채 살아가고 있었다.

　"저 마을은?" 돈키호테가 마을을 가리키며 묻자,

　"바래미마을입니다." 나는 '산초 판사'답게 공손히 대답했다.

　"의령여씨宜寧余氏 마을?"

　"네, 여씨들이 살았으나, 지금은 의성김씨 집성촌입니다."

　의령여씨는 백제 의자왕의 왕자 여풍장余豊璋의 후손으로, 바래미에 입향한 여흥렬·여성렬 형제의 유덕을 기리는 경체정景棣亭을 짓고 살았으나, 지금은 몇 가구를 제외하고 의성김씨 팔오헌 김성구의 후손들이 대를 이어 살고 있는 마을이다.

　봉화의 초입에 있어, 바래미는 봉화사람들의 자존감이요 바

래미 고택들은 봉화의 랜드마크다. 학록서당과 큰 샘을 중심으로 윗마을 만회고택과 토향고택, 아랫마을 김건영 가옥, 해와고택, 남호구택, 소강고택, 개암종택, 팔오헌종택이 옛 모습 그대로 보존되고 있어, 마을 입구의 독립운동기념비를 뒷받침하는 실존적 자료가 되고 있기 때문이다.

'만회고택'은 심산心山 김창숙(金昌淑, 1879~1962) 선생이 이곳에서 고종황제의 밀서密書 '파리장서巴里長書'를 초안하여 이를 1919년 파리강화회의에 보내 우리 민족이 독립을 절실하게 염원하고 있음을 세계만방에 전파하였다.

바래미마을 만회고택

「한민족은 불행히도 그간 일제의 간악한 침략으로 인하여 현

재는 노예적 상태에 있지만, 역사적 전통과 현실적 역량에 있어서 충분히 독립자존의 능력을 갖추고 있으므로 인간 및 만물을 통하는 독립생존원리에 비추고, 또 강화회의에서 실현코자 하는 민족자결원칙에 입각하여 우리 한민족에 대해서도 자주독립을 보장하라」13)

심산은 성주 태생이지만, 1864년 23세에 바래미에서 성주의 사월마을 동강 집안에 양자로 들어간 김호림의 아들이니, 바래미 사람들은 심산의 실질적인 혈족이다. 바래미 사람들이 앞장서서 독립의 횃불을 든 것은 심산의 영향이 컸다.

로시난테는 봉화역에 서서히 들어섰다. 봉화역 측백나무 울타리 사이로 샛노란 개나리에 봄 햇살이 내려앉아 있었다. 새벽부터 불을 밝히고 여행객들이 붐비던 청량리역 풍경에 비하면 정겨운 시골역이다.

1940년대에 건설되기 시작한 영동선 철로는 1944년 봉화가 종착역이었으나, 전쟁으로 중단되었다가 전쟁복구와 산업화를 위해 철로를 철암까지 연장하여, 1955년 영암선이 완공되면서 태백산 지역의 목재와 석탄, 해산물을 실어 나르고 수천 년을 잠자던 두메산골을 산업현장으로 변화시켰다.

봉화역이 위치한 솔안(松內) 마을의 환수정還水亭 정자는 1512

13) 파리장서巴里長書 ; 이 장서는 심산 김창숙이 짚신으로 엮어서 상해 임시정부로 가져갔다.

년 성균관대사성이던 류숭조柳崇祖 선생이 갑자기 세상을 뜨자 그를 기리기 위하여 그의 후손이 내성천 자라바위에 건립하고, 그 이듬해 1513년 퇴계의 숙부 송재 이우李堣 공이 환수정기還水亭記를 지었다. 이 환수정기14)에서 내성 지역의 자연과 정자의 규모를 짐작할 수 있다.

「내성乃城은 현이 작고 부에서는 멀며 영주와 봉화가 닿는 곳에 끼여 있다. 풍속이 순박하고 백성들은 기뻐하며 반기니 힘을 맡기기에 편리하다. 정자는 작고 제도가 간략하여 번거롭지 않아 자재를 다듬고 짓기 한 달이 지나지 않아 깨끗하고 아름다운 정자가 되었다. 물이 갈라져 흘러 사방에 고라를 만들어 잔잔하다가 우렁찬 소리를 치며, 혹은 거문고나 비파의 소리가 되기도 하고, 혹은 바람이 몰아치며 울부짖는 것 같기도 하다. 뛰는 물결과 산산이 부서지는 물방울은 빈 창에 뿌려지기도 한다.

비록 여름의 경치이나 장마와 찌는 듯한 더위에 답답한 사람의 가슴을 녹여 얼음창고나 눈구덩이 속에 들어가도 그보다 더 시원하고 상쾌하지 않을 것이다. 이는 마치 지조 높은 사람이나 신선이 사는 곳과 방불하다. 멀리 바라보는 경치는 '청산이 서북쪽에서 지느러미를 묶고 눈썹을 검게 칠하여 누웠다 일어나니 곧 소백산이요, 산이 나뉘어져 남으로 튀어나와 뭉쳐지고 벗기어 잘라져 척추가 되는 것은 죽령이고, 구름이 걷히고 안개의 장막이

---

14) 송재 이우李堣,《송재집》〈환수정기〉의 일부분. 1983.

나타나서 은은히 하늘 끝에서 보이는 것은 학가산鶴駕山이다. 용
개가 동쪽에서 우뚝 솟고 문수산이 북을 누르는데 양 산을 끼고
중간에 웅거한 것은 태백이다……」

……

지나온 산수는 관동을 말했고,
태백산이 남으로 이어져 지세가 험하다.
가운데 있는 외로운 성 경치를 보니,
비 갠 후 푸른 산봉우리뿐 사방이 비었네.

經來山水設關東 경래산수설관동　　太白連南地勢窮 태백연남지세궁
中有孤城當面目 중유고성당면목　　晴波碧巘四邊空 청파벽헌사변공

차창 밖으로 지나가는 솔안마을을 이리저리 살피던 돈키호테
가 물었다.
　"환수정還水亭 정자가 보이지 않는데?"
　"그 정자는 새로 옮겨지었습니다."
　내성천은 제방을 쌓기 전에는 자연하천이었으며, 제방(堡)을
쌓으면서 생긴 마을이 보밑마을이다. 환수정은 내성천 보堡를 쌓
기 전에 솔안마을 앞 내성천 강가에 있었으나, 어느 해 큰 홍수에
유실되었다. 지금부터 100여 년 전에 후손 류범규柳範珪가 솔안마
을 안으로 옮겨지었으며, 정자 옆에는 류숭조 선생의 위패를 모

신 존덕사尊德祠가 있다.

로시난테가 봉화역을 출발하면서부터 나는 봉화군 보건소 뒤 언덕에 하얗게 솟은 충혼탑과 봉화초등학교 교사校舍를 살폈지만, 논과 우시장이 있던 보밑마을에 건물들이 들어서서 시야를 가리는 틈에 어느 사이에 봉화 시가지를 벗어난 로시난테는 내성천 철로 위를 덜컥거리며 건너고 있었다. 철교 아래 흐르는 내성천이 봉화읍을 돌아나가며 삼강 나루까지 긴 여정을 시작하고 있었다.

로시난테가 유곡 터널을 눈 깜짝할 사이에 빠져나오자, 왼쪽 차창으로 충재冲齊 권벌權橃의 고향 전통마을이 들어왔는데, 충재는 퇴계의 숙부 송재松齋 이우李堣공과 각별한 사이였고, 두 집안의 혼반婚班관계15)가 충재의 전대부터 후대까지 계속 이어졌다.

퇴계는 1533년 6월, 대과 향시에 응시하기 위해 성균관에서 경상감영이 있는 상주로 내려가게 되었다. 마침 밀양부사로 제수되어 임지로 내려가는 권벌(1478~1548)과 마전포(송파구 삼전동)에서 만나서 동행하게 되었다. 이튿날 이천부의 생원 최준崔浚의 집에서 권벌의 행차를 기다리고 있던 김안국金安國을 만났으며, 충주 누암樓巖의 배 위에서 음애 이자李耔·이연경李延慶·이약빙李若氷을 만났었다.

---

15) 혼인을 매개로 혈연집단 사이에 형성된 사회적 관계. 조선시대의 양반층에서 연줄에 의한 잦은 혼인을 통하여 맺어지는 문중간의 관계를 일컫는다.

이들은 모두 퇴계의 숙부 송재 이우 공과는 경직京職에 있을 때부터 가깝게 지낸 사이였다. 이날 만났던 이약빙李若氷의 형 이약수는 조광조가 유배될 때 성균관 동료 유생 150여 명을 이끌고 조광조의 신원을 호소하다 옥에 갇히고, 이약빙은 이조정랑으로서 조광조와 이약수의 사면을 주청하다가 파직되었다. 퇴계와 만났던 1533년 당시는 이자와 이약빙이 파직된 상태였으나, 이자李耔는 그 해에 별세하였고, 이약빙은 1537년 복권되었다가 양재역良才驛 벽서사건壁書事件으로 권벌이 귀양 갈 때 그는 처형당하였다. 삶과 죽음, 만남과 이별이 있었다.

나지막한 산이 둥그런 원을 그리듯 닭이 알을 품고 있는 '금계포란형金鷄抱卵形'의 닭실마을은 내성천이 마을 앞 들녘을 적시고 지나면서 해마다 가을이면 집집마다 풍성한 곡식을 거둬들이는 부유한 촌락으로 충재 권벌의 현손 권상충은 정묘·병자호란에 난을 피하여 유리걸식遊離乞食하는 허기진 사람들을 위해서 곡식을 내어 구휼하는 인심이 넉넉한 가문이었다.

"오, 상충 공의 마을이구나!" 돈키호테가 나직이 외쳤다.

그는 문단 사람으로서 권상충과는 호형호제하는 사이라고 했다. 영문을 모른 체 어리둥절해 있는 나를 보더니, 나의 이름을 묻기에 대우大雨라 했더니, 자신은 홍습洪霤이라고 하면서,

"나는 홍수, 그대는 큰 비?" 돈키호테는 큰소리로 웃었다.

닭실마을을 뒤로하고 터널을 빠져서 곧 한적한 봉성역을 지나게 되었다. 1960년대의 봉성역은 재산과 명호 등지에서 벌채하여 옮겨온 목재들이 역두에 산더미처럼 쌓여 있었는데, 지금은 열차가 정차하지 않는 폐역이었다.

로시난테는 봉성역을 지날 때면 더먹머리 총각이 생각난다고 했다. 명호면 풍호리의 한 총각이 봉성 장에서 소(牛)를 팔아 부모님 몰래 서울로 가려고 봉성역에서 밤차에 올랐다. 이튿날 아침에 승무원이 도계역에서 그 총각을 깨웠을 때 열차를 잘못 탄 것을 알고 부랴부랴 내렸지만, 그는 탄광지대를 전전하면서 지금까지 도계에 살고 있다고 했다.

봉성역에서 곧 터널 속으로 빨려들었다가 어둠에서 빠져나오니, 왼쪽으로 전주이씨 집성촌인 법전면 풍정리 시드물마을 앞 들녘을 돌아나가고 있었다.

이 마을의 입향조入鄕祖16) 추만秋巒 이영기李榮基는 태종의 7대손으로 석천石泉 권래權來의 사위가 되어 유곡마을에 살다가 이곳에 사덕정(俟德亭, 문화재자료 249호)을 지어 후학을 가르쳤다.

"추만은 권상충 공과 남매지간이지."

돈키호테는 추만 이영기와 절친한 친구 사이라고 하였다. 나

---

16) 어떤 마을에 맨 처음 들어와 터를 잡은 사람 또는 그 조상. 마을 혹은 동성집단의 역사적 배경이자 일종의 상징으로서, 그 존재와 인식은 마을공동체 혹은 동성집단을 결속시키는 기능을 하였다.

는 400여 년 전의 역사적 인물과 친구라는 그의 언행이 이해할
수 없어서, 그가 현실과 환상을 잘 구분하지 못하는 것 같아서,

'돈키호테가 확실하군……'

그렇게 생각하면서도 겉으로는 그의 충직한 종복으로서, 그
를 존경하는 표정을 지었다.

"아, 네 그러시군요, 어르신."

추만 이영기의 아들 송월재 이시선(李時善, 1625~1715)은 송월재
라는 서당을 지어 후학을 가르쳤다. 송월재松月齋는 추사의 '세한
도'처럼《논어》〈자한子罕〉편의 '날씨가 추워진 뒤에야 소나무와
잣나무가 늦게 시듦을 안다(歲寒然後知松柏之後凋 세한연후지송백지
후조)'에서 따온 것이다. 송월재는 100여 년 전 버저이(法田) 음지
마을로 옮겨지은 것이다.

이시선은 성리학의 여러 서적과 사서史書·병가兵家·지리地
理·복서筮 서적 등 학문 전반을 섭렵하여 당대 유학의 대가로 알
려졌으며, 호쾌 활달한 문장으로 유명했고, 많은 저서를 남겼다.
이익은 그의《송월재집松月齋集》의 서문에서 "학문은 예전의 투식
套式에 빠지지 않고 새로운 지식을 발명하였으며 왕도王道를 높이
고 패도霸道를 천시하여 간편한 것을 따르고 공功을 숭상하는 비
루함을 없애려고 힘썼다."고 하였다.

시드물마을 뒤의 갈방산 아래 다덕마을에는 일제 강점기에
다덕 금광산이 있었으나, 지금은 폐광구의 흔적만 남아 있을 뿐

이다. 1970년대까지만 해도 소규모 채굴이 이루어졌는데, 금광석에 함유된 비철금속황화물에서 금을 추출하는 과정이 간단하기 때문에 가내수공업으로 가능했기 때문이다.

시드물마을이 차창에서 멀어지자, 오른쪽으로 돌다리(石橋)마을의 지붕이 몇 채 내려다보이더니, 왼쪽 차창에 법전면 버저이마을의 고택들이 보였다. 의금부도사 강윤조姜胤祖의 두 아들 잠은潛隱 강흡姜恰과 도은陶隱 강각姜恪 형제가 병자호란 때 부모를 모시고 내려와 이곳에 터를 잡으면서 이 지역 진주강씨들의 입향조가 되었다.

작은 실개천을 사이에 두고 형 강흡은 음지마을에, 아우인 강각은 양지마을(陽村)에 자리 잡고 우애 있게 살았는데, 강흡의 후손들은 노론, 강각의 후손들은 소론으로 서로 다른 정파에 속하였다. 남인사회인 교남(嶠南, 조령 이남, 영남의 다른 이름)에서 유일하게 서인으로 존립할 수 있을 만큼 정치적 성향이 강하였다.

법전면 소재지는 '버저이마을'에 가려져 보이지 않으나, 법전역 못 미쳐서 법전 중앙초등학교가 왼쪽 차창에 모습을 드러냈다. 학교 뒷산 낮은 언덕에 반남인 낙한정樂閒亭 박승준(朴承俊, 1512~1543) 부자父子의 묘역이 있다. 소고 박승임을 비롯한 그의 7형제가 모두 과거에 급제하여 관직에 나갔으나, 그는 사마시에 올라 성균관 진사로서 벼슬에 나가지 않고 창평에 낙한정을 지어 후학을 가르쳤다. 그의 묘소는 관을 쓰고 관복을 입고 손에는 홀

忽을 잡고 있는 문인석文人石 2쌍과 봉분이 왕릉처럼 큰 것에 비해, 바로 앞에 위치한 그의 아들의 묘소가 상대적으로 작은 것을 보는 이마다 노비의 무덤으로 여겼다. 그의 아들 간재艮齋 박용朴湧은 장사랑將仕郎 교수를 지낸 유학자로서 퇴계의 질서 민시원(閔蓍元, 맏형 潛의 사위, 영주 문수)의 사위이다.

로시난테는 춘양면 소재지가 내려다보이는 언덕을 반원곡선으로 돌아서 천천히 춘양역에 닿았다. 춘양은 봉화읍과 양대 중심으로 만석봉 아래 양지바른 들판과 농·임산물이 풍부한 곳이다. 1914년 봉화군청이 봉화읍으로 옮겨가기 전에 봉화현감이 있었던 곳으로 세곡을 보관하는 춘양창春陽倉과 그 인근에 도심 역驛이 있었고, 봉화의 춘양·소천·석포는 물론 영양·울진·태백·상동 등 백두대간 수림樹林지대의 중심지로서 목재의 집산지인데, 이곳의 목재가 서울로 수송되면서 '춘양목'이란 이름이 붙게 되었다.

태백산사고가 있었던 각화산과 문수산, 구룡산 등의 심산유곡에서 발원한 운곡천이 한수정寒水亭 앞 의양교 아래로 흘러서 창애정과 사미정 앞을 지나 명호에서 낙동강으로 흘러든다.

자연을 산수山水라 하는데, 영검이 있는 산수의 대지에서 걸출한 인물이 태어나고 살아간다. 봉화의 자연환경은 시대와의 불화를 빚은 선비들이 자발적으로 은거해 자신들의 뜻을 추구하기에 최적의 조건을 갖추고 있다.

1637년 병자호란의 치욕을 당하자, 춘양 문수산의 와선정臥仙
亭에서 자연을 소요하며 나라를 걱정했던 다섯 명을 태백오현太白
五賢이라 일컫는데, 청양군 심의겸의 손자 심장세, 만전당 홍가신
의 손자 홍우정, 송강 정철의 손자 정양, 참판 강집의 현손 강흡,
영의정 홍섬의 증손 홍석이다.

《철종실록 10권》17)에, 세상에서 태백오현으로 칭송하는 인물
들로서, 천지가 어두운 시절을 만나서 나아가 행하여 드러나거나
초야에 은둔함은 차이가 없지는 않았으나, 어진이가 험난한 세상
을 만나 처신하는 도리를 강구하면서 자신을 가다듬은 것은 마찬
가지라고 하면서, 증贈 이조참판 심장세沈長世 등 4인에게 시호를
내렸다.

"태백오현이라고?"

처음 듣는 이름인 듯 돈키호테는 고개를 갸우뚱하였다.

퇴계는 세상길에 나아가 바람과 티끌이 뒤엎는 속에서 여러
해를 보내면서 돌아오지도 못하고 거의 죽을 뻔하였다. 그는 을
사년 난리에 거의 불측한 화에 빠질 뻔하다, 권간權奸들이 조정을
어지럽히는 꼴을 보고는 되도록 외직에 보임되어 나가고자 하였
고, 얼마 후 형 해瀣가 권간을 거슬러 억울한 죽음을 당하자, 그때
부터는 물러갈 뜻을 굳히고 벼슬에 임명되어도 대부분 나아가지
않았다. 나이가 들어서 산수山水가 좋은 도산陶山에 집을 짓고 호

---

17) 철종 9년(1858) 1월 20일 정유 1번째 기사.

를 도수(陶叟, 도산에 은거하는 노인)로 고치기도 하면서, 비로소 세상의 굴레에서 벗어나 늘그막을 편히 보낼 곳을 구하였다.

퇴계는 은퇴하여 만년을 즐기는 데는 두 가지 종류가 있는데, 첫째는 현허玄虛를 사모하여 고상高尙을 일삼아 즐기는 사람이요, 둘째는 도의道義를 즐겨 심성心性 기르기를 즐기는 사람이라고 했다.

"퇴계 선생은 길재와 같이 세상과 인연을 끊고 은거하는 것은 은거하는 자체가 세속의 명리名利를 좇는 것으로서, 자신을 속이는 일이라고 보았는데……"

돈키호테는 무엇이 못마땅한지 혀를 끌끌 찼다. 나는 그의 종복 산초 판사의 입장에서 맞장구를 쳤다.

춘양역을 출발한 로시난테는 봉화에서 울진으로 통하는 국도와 나란히 달리다가 800m의 화장산 노루재를 넘지 못하고 산기슭을 돌아 슬금슬금 임기역으로 들어갔다. 석탄광산의 갱목으로 쓰일 목재가 산더미처럼 쌓였던 임기역은 태백지역의 탄광이 폐광되면서 그 역할이 줄어들었지만, 춘양에서 9.7km와 현동역까지 5.1km의 구간에 위치한 무인 역이다. 임기林基의 지명이 뜻하듯 심산유곡 두메산골에 몇 채의 빈집들이 남아서 대한석탄공사 임무소 시절의 모습을 상상할 수 있었다.

임기역에서 남쪽으로 멀리 일월산(1217.7m)의 준봉들이 겹겹이 가로막아선 골짜기로 낙동강이 돌아내린다. 일월산 속 우련전 마

을 화전민의 딸 영순이가 이미 가을부터 서울 시내버스 차장으로 취업해 있다가 이듬해 초등학교 졸업식을 맞아, 임기역에서 열차를 내린 후 영양군 일월면의 문암초등학교 용화분교장까지 30리 일월산의 오르막길을 오르고 대티를 넘어갔었다. 로시난테는 그 영순이를 서울에서 임기역까지 태워준 것을 자랑스럽게 여겼다.

임기역을 출발한 로시난테는 나뭇가지가 손에 닿을 듯 수림지대의 협곡을 아슬아슬하게 지나서 낙동강과 만나고 또 숲속을 달리다가 강가에 한두 채 드문드문 촌락을 이룬 두음마을이 보이는가 싶더니 어느새 강가 언덕에 위치한 현동역에 닿았다. 현동역에서 소천면 중심지 현동縣洞까지는 막지고개를 넘어가야 한다.

소천小川은 골짜기의 작은 물줄기들이 모여서 낙동강으로 합수하는 곳으로 청옥산의 고선계곡과 일월산의 남회룡 계곡에서 흘러내린 물줄기가 화장산 노루재를 넘지 못하고 소천에서 낙동강으로 흘러들어간다. 노루재는 태백과 울진으로 통하는 길목이어서 왜적을 막는 요충지였으며, 겨울철 눈이 내릴 때면 설악산의 미시령과 같이 터널이 생기기 전에는 차량이 통행하지 못하고 애를 태우던 곳이다.

소천부곡小川部曲은 신라부터 고려 말까지 있었던 말단 행정구역으로 국가 직속지인 둔전屯田·공해전公廨田·학전學田 등을 경작하였으며, 때로는 군사요충지에 동원되어 성을 수축하는 역을

부담하기도 하였다. 소천은 부곡部曲이 있을 만큼 정착의 역사가 오래된 곳으로 소천중고등학교가 위치한 창倉마을에는 군량미를 보관하던 창고가 있었으며, 임진란 당시 봉화 의병대장 류종개가 김인상, 윤흠신, 윤흠도와 더불어 의병을 거느리고 이 고개에서 왜군을 맞아 싸웠던 소천석성小川石城과 홍제사 등은 험준한 산지와 조화를 이루는 대표적 문화유적지다.

현동에서 울진과 태백으로 갈라지는데, 청옥산(1,278m)을 넘어 태백시와 석포면으로 통하고, 울진으로 통하는 길은 분천을 지나서 낙동정맥 답운치踏雲―를 넘고 불영계곡을 굽이돌아 동해에 닿게 된다. 울진에서 춘양장을 드나들었던 울진 상인들의 십이령길, 남회룡에서 일월산 우련전까지 통하는 조지훈의 〈승무〉의 외씨버선길18)이기도 하다.

봉화군의 연평균 기온은 10℃ 정도로 낙동강 하류의 김해지역보다 4.4℃ 낮은 편이며, 고온 지속시간이 짧고 여름철에도 20℃ 전후에 일교차가 커서 무·배추·고추·약초 등 고랭지채소 재배에 적당하고, 병해충 발생이 적어 고품질 화훼생산 여건이 갖추어졌다. 산지가 대부분인 봉화군은 932만 4,760m²의 풍부한 산림자원은 입목뿐 아니라 밤과 호두, 잣, 대추, 도토리, 섬유연료, 유지

---

18) 청송, 영양, 봉화, 영월로 이어지는 우리나라 대표 청정지역을 잇는 길이다. 이 네 곳의 길을 이어 보면 조지훈 시인의 작품 〈승무〉에 나오는 외씨버선처럼 보인다고 하여 '외씨버선길'로 불리게 되었다.

원료, 버섯, 산나물이 생산되고, 숲속에는 토종벌·고라니·멧돼지·노루·꿩이 서식하고 맑은 물이 흐르는 계곡을 따라 열목어와 도롱뇽이 서식한다. 특히 천연기념물 제74호인 열목어는 물이 아주 맑고 수온이 낮은 산간계류에서 작은 물고기나 곤충을 먹고 자라며, 여울 가장자리 모래와 자갈바닥에 알을 낳는다.

현동역에서 낙동강을 따라 굽이를 돌고 돌아 약 10분 만에 분천역에 도착하였다. 분천汾川은 물줄기가 돈다는 데서 비롯된 이름으로, 안동의 하회마을이나 영주의 무섬처럼 낙동강이 굽이도는 모래톱에 위치한 역이다.

분천역은 1956년 1월 1일 영암선 개통과 함께 문을 열고, 봉화·울진의 산지에서 벌목한 목재를 전국으로 운송하면서 일거리를 찾아 사람들이 몰려들었으나, 1980년대 들어 벌목업이 쇠퇴하면서 승객이 하루 10명 정도이던 이곳에 2014년 12월 산타마을이 처음 문을 열면서 관광명소가 되었다.

코레일이 V트레인(영주—철암, 백두대간 협곡열차)과 O트레인(서울—철암, 관광열차)을 연계해 관광열차를 운행하고 있다. 석탄과 목재를 실어 나르는 산업철로 구간이 풍경을 즐기는 관광코스로 바뀌었다. 분천역에서 강원 태백시 철암역까지 27.7km를 오가는 열차는 루돌프와 산타클로스 장식으로 꾸몄으며, 크리스마스 복장을 한 승무원이 승객을 맞이하고 지역 특성과 유래를 설명한다. 분천 역사는 산타클로스 집 모양으로 바뀌었다. 열차

승강장에서 마을 입구까지 150여 미터 구간에 산타 철로 자전거와 산타의 집, 산타 이글루, 대형 크리스마스트리를 설치했다. 이곳 주민들도 산타 옷을 입고 카페와 장터, 농산물을 판매한다.

겨울철에만 볼 수 있는 눈썰매장과 얼음썰매장에는 썰매 타는 인파로 북적거린다. 루돌프를 대신해 당나귀가 분천역 주변을 한 바퀴 도는 당나귀 눈꽃마차, 군고구마와 어묵, 호빵 등 맛있는 간식거리를 파는 가게는 사람들로 늘 북적인다.

분천역 산타마을

분천역에서 승부역까지 도로가 없고 오직 철로뿐인 구간이다. 여름, 겨울에 문을 여는 산타마을뿐 아니라, 분천역─비동마을─배바위고개(800m)─승부역 약 10km 산악구간의 트레킹코스는 계곡의 맑은 물줄기를 따라 화전민의 삶, 춘양목을 실어 나르던

멧갓길(산판길), 무장공비가 넘은 길이 4시간 정도 이어진다.

분천역에서 승부역까지는 낙동강이 산협을 돌아 나오는 곳이어서 차마고도(茶馬古道, Ancient Tea Route)와 같은 산협의 비탈길과 산기슭의 바위와 금강송이 어우러진 강을 따라 난 철로는 터널을 지나고 철교를 건너면서 숲속의 협곡을 달린다. 분천역과 승부역 구간에 도로가 없는 비동과 양원마을 사람들이 열차를 이용할 수 있도록 간이역을 만들었다.

승부역은 1956년 1월 1일 영암선 개통에 따라 보통 역으로 영업을 개시하였으나, 1997년 3월 11일 배치 간이역으로 격하되었다. 겨울엔 눈이 내려 산천이 눈꽃으로 덮이고 발목이 눈 속에 푹푹 빠지는 눈길을 걸을 수 있고, 여름철에는 태백산 협곡을 돌아 내리는 맑은 물에 발을 담그고, 밤이면 파란 하늘 가득한 별과 반딧불이를 볼 수 있는 곳이다. 1999년 겨울철 눈꽃열차가 운행되면서, 자동차로는 접근할 수 없는 오지奧地라는 데서 관광객이 몰리면서 2004년 12월 10일 보통 역으로 재 승격하였다.

현동역에서 석포역 사이의 약 20km는 도로가 없이 낙동강을 따라 터널과 교량을 건설해야 하는 난공사 지역이어서 공사가 중단되기를 수차례 끝에 영동선이 개통되면서, 장비와 기술이 부족하던 열악한 건설 환경에서 우리의 기술로 이루어진 대한민국 건국 이래 최초의 가장 큰 토목사업이었다. 1955년 승부역에 이승만 대통령의 친필 휘호 '영암선개통기념榮巖線開通記念' 높이 3.4m

의 기념비가 세워져 있다.

승부역 앞, 강을 가로질러 놓인 빨간 출렁다리 아래로 맑은 낙동강물이 흐르고 있다. 연탄을 연료로 쓰던 1960~80년대에 이곳 초등학교 아이들은 낙동강을 까맣게 칠했다고 한다.

로시난테는 50여 년 전에 한 젊은이를 이곳 승부역에 내려놓고 간 것을 가슴 아파했다. 제주도가 고향인 그 총각 선생은 제주에서 사범학교를 졸업하던 해 경상북도 상주시 은척의 초등학교로 발령을 받았다. 제주도 바닷가에서 까마득한 수평선을 바라보면서 살았던 그가 소백산에서 속리산으로 이어지는 백두대간의 두메산골에서 가까운 지인도 없이 앞산과 뒷산만 바라보는 숨 막히는 외로움을 벗어나기 위해 바다가 있는 울진군으로 전보를 희망했더니, 교육청에서는 당시 울진군에 속해 있던 승부 분교장으로 발령을 냈다. 울진군에서 기차역이 승부역이 유일하니, 방학 때 고향 제주도에 갈 수 있도록 배려한 것이다.

50여 년의 세월이 지나고 나서, 부산에서 정년퇴직한 그가 가족과 함께 승부역을 찾았을 때, 로시난테는 그를 보는 순간 너무 반가워서 어쩔 줄을 몰랐으며, 승부역에 내리는 그를 보면서 그동안 어디에서 어떻게 지냈는지 궁금했지만, 언제나 그렇듯이 그를 내려놓고 떠나야 했다.

그는 《오름아리아》를 비롯해서 여러 권의 수필집을 낸 수필

가이다. 그의 수필집 중 《어멍아 어멍아》에 실려 있는 〈승부의
추억〉에서 당시 승부 사람들의 삶을 짐작할 수 있다.

경북 봉화군 석포면 승부리는 마음속에 늘 신화처럼 똬리를
틀고 있는 곳이다. 내가 근무하던 1966년도에는 행정구역이 경
북 울진군 서면 승부리였다.

탄광지대인 통리 밑자락 바위틈에 가까스로 서 있는 이곳에
는 참나무 껍데기로 지붕을 이고 흙으로 벽을 쌓은 오두막집 두
채가 산비탈을 등지고 마주보고 있다. 내가 근무한 학교는 울진
군 서면 광회초등학교 승부 분교장이었다.

승부 분교장 전교생은 열일곱 명이었다. 이 산, 저 산 구석구
석 독가촌에서 모인 학생들이다. 나는 2, 4, 6학년 여덟 명의 담
임이었다. 함석지붕을 네 개의 나무기둥이 떠받치고 있는 교실에
서 3복식復式 수업을 했다. 6학년 음악시간에는 2, 4학년 동생들
이 수학, 사회공부를 하다 말고 같이 노래를 부르곤 했다. 교실
밖은 곧바로 산비탈에 가꾸는 옥수수밭 천지였다. 언덕 아래 도
랑에 아이들을 데려다가 목의 때를 씻겨주고 가재, 피라미를 잡
다 보면 하루해가 저물곤 했다. 놀이가 공부요, 공부가 놀이였던
그 시절이 아직도 내 가슴에 오롯이 남아 있다.

미술시간, 시멘트 포대를 도화지 크기로 잘라낸 누런 종이에
그린 그림에는 낙동강 원류가 새까맣게 흐르고 있다. 낙동강 상
류 지역이 온통 탄광지대이기 때문이다. 두 달에 한 번 꼴로 남학

생들에게 이발을 해주면서 동산 아래 승부역을 지나는 화물열차
소리에 〈기찻길 옆 오막살이〉 노래를 흥얼거리기도 했다.

승부역의 어느 역무원은 산골 오지 중의 오지인 승부역을 꽃
밭도 세 평, 마당도 세 평, 하늘도 세 평이라는 말로 시를 쓰기도
했었다. 세 평 간이역이 없었다면, 영동의 심장이요 수송의 동맥
이란 말도 필요 없었으리라.

학부형은 모두가 화전민이었다. 6학년 학생의 학생기록부에
는 전입·전출을 뜻하는 빨간색 글자가 빼곡하다. 불을 질러 만
든 옥수수밭이 몇 년 지나면 땅심이 약해져 다른 땅을 찾아 떠나
는 부모를 따라 학교를 옮겨 다녔기 때문이다.

　어느 날, 수업이 끝나자 2학년생 만덕이가 자기 집에 가자고 한다. 왜 그러냐고 물으니 그냥 가자고 한다. 그래서 그는 학생을 따라 나섰다. 세 학생이 앞장서는데 산을 둘러가지 않고 승부역 철도 쪽으로 가는 게 아닌가. 집이 어디냐고 했더니 저기 터널을 지나 조금 올라가면 된다면서 터널을 가리킨다. 화물열차가 수시로 지나다니는 걸 아는 터라 까만 터널 입구를 보는 순간 소리를 질렀다.

　"애들아, 죽을라고 환장했냐!"라고 했더니,

　"선상님, 걱정 마이소." 하더니, 한 학생이 철로 위에 엎드려서 레일에 귀를 갖다 댄다.

　"선상님, 지금 기차가 안 오니더. 터널을 두 번 걸어 지나도 괜찮니더."

　겁에 질린 나를 안심을 시키려고 했다. 이 아이들은 늘 이런 식으로 터널을 지나다녔다. 사실 터널이 아니면 절벽뿐이니, 다른 도리가 없었다. 깎아지른 듯한 절벽 틈새의 기찻길 터널을 지나는 동안, 금방이라도 기차가 터널 속으로 들어올 것 같아서 귀를 곤두세우고 침목 위를 걷는 동안 온 몸이 저리고 진땀이 났다. 그날의 기억은 지금도 칙칙폭폭 거리고 있다.

　오두막집에 도착해서도 석탄불 증기기관차가 달려드는 것 같아, 만덕이 아버지가 내놓은 강냉이술 한 사발을 단숨에 마셔버렸다. 그날 밤 까막눈인 만덕이 아버지를 위해 군대 간 아들에게

편지 대필을 하면서 주거니 받거니 몇 사발을 더 들이켰더니, 그제야 기차소리가 사라졌다.

고향이 제주인 나는 방학이 끝나기 이틀 전에는 어김없이 열네 시간짜리 목선을 타야 했다. 파도에 시달리며 부산에 도착하면 곧장 비둘기열차로 김천에서 경북선을 갈아타고 영주로, 영주에서 영동선을 갈아타고 승부역까지 가는 데 많은 시간이 걸리기 때문이다.

그로부터 사십여 년, 테마여행이라는 이름으로 다시 승부에 갔더니 상전벽해가 실감났다. 승부는 환상선 눈꽃열차를 타고 온 사람들로 북적대었고, 학교 앞 오두막집 두 채는 그냥 있는데, 학교는 폐교가 되고 그 자리는 고랭지 채소밭이 되어 있었다. 나와 함께 뛰놀던 제자들 중 나이 많은 학생은 육십이 다 됐겠다.

동행한 아내는 내 마음을 아는지 모르는지 그저 관광객 속의 한 사람이었지만, '백 투 더 타임머신'을 탄 나는 사십여 년 전의 세상에 빠져들었다. 나를 터널로 유인했던 만덕이, 그 늙은 아이가 나를 보고 웃고 서있는 옆에 레일에 귀를 대고 있는 아이들의 등이 구부러져 있다.

지금도 문득, 정말로 문득문득 승부역을 지나는 석탄열차가 나를 닮았다는 생각을 뜬금없이 할 때가 있다. 통일호가 지나가고 무궁화호가 지나간다. 열두 시간 만에 한 번 여객열차가 멎는 간이역에 비둘기호가 구구거리는 것 같다.

　승부역에 내리면 달랑 한 명뿐인 역무원과 얘기를 나눈다. 조상 탓, 신세타령하다가 춘양 장날 같이 가서 빈대떡에 대포 한잔 하자면서 눈을 맞추고 나면 학교로 통하는 언덕길이 그렇게 가벼울 수 없었다.

　승부는 예나 지금이나 속세를 내려놓은 곳이다. 소리도 비워 놓고 침묵하는 곳이다. 순백의 자연이 온전히 살아있는 승부는 소멸과 생성, 무無와 유有가 공존하며 넘나드는 곳이다. 시간은 모든 것을 변하게 만드는 것인가. 불현듯 내 마음 한편을 두드리는 소리가 내 안에서 들린다. 학교는 없어졌지만 아이들의 혼은 승부 골짜기마다 살아 있다고.

　그가 실타래처럼 풀어놓은 〈승부의 추억〉에서 승부가 '상전벽해'로 변했다고 했듯이, 승부역 뒤 언덕 위의 화전민촌에 있던 분교장이 고랭지 채소밭으로 변한 지 오래며, 지금은 승부역에서 석포역 사이에 강을 따라서 산협으로 도로가 나 있어서 승부역과 석포면 사무소를 오가는 마을버스가 운행하고 있다. 승부역에서 석포역까지는 낙동강을 따라서 10분이면 갈 수 있는 거리다. 석포역은 영동선 중 봉화군 최북단에 있는 역으로서, 다음 역인 동점역부터는 강원도 태백·철암의 탄광지대이다.

　분천역에서 석포역까지의 백두대간의 산협을 뚫고 흘러가는 낙동강과 700m 이상의 고산지대가 만들어놓은 비경은 마치 설악산 천불동 계곡과 수렴동 계곡, 금강산 만폭동을 연상케 한다.

　산은 산대로 우뚝하고, 물은 물대로 광분하고, 돌은 돌대로 괴석이니, 그대로 모든 것이 온자(蘊藉, 도량이 넓고 얌전함)하고 곱고 아름다워, 산자수명한 계산미溪山美가 천불동·만폭동에 비겨도 손색이 없다는 생각에 내가 "승부동천承富洞天!"이라 하였더니, 돈키호테도 고개를 끄덕였다.

　'승부동천'에서 터널을 빠져나오자, 곧 석포면 소재지의 석포역이었다. 태백산 깊은 골짜기 낙동강 최상류 강변에 아연광을 제련하는 석포 아연광 제련소가 수증기를 내뿜고 있다.

로시난테는 이별의 기적을 울리며 천천히 철교를 건너 육송정 쪽으로 꼬리를 감추었다.

　1960년대 석포면 대현광산에서 채굴된 아연광석을 이곳에서 선광하였으나, 지금은 경제성이 낮은 아연광산은 폐광하고 값이 싼 호주산 아연광석을 수입하여 동해항에서 태백준령을 넘어 이곳으로 수송하고 있다. 석포역에는 이곳에서 생산되는 황산 및 아연화물을 수송하는 전용 선로가 있으며, 제련소 직원과 주민을 위해 영동선의 모든 열차가 석포역에 정차한다.

　돈키호테는 애마 로시난테를 돌아보지도 않은 채 침통한 얼굴로 석포역을 나와서 아무 말 없이 성큼성큼 걸어갔다. 나는 돈키호테의 충실한 종복 산초 판사로서 당연히 그의 뒤를 종종걸음으로 따라야 했지만, 로시난테는 또 다음 역으로 가야 하는 처지였다. 로시난테는 이별의 기적을 울리며 천천히 강변을 따라서 가다가 철교를 건너서 육송정 쪽으로 꼬리를 감추었다.

　나는 로시난테를 보내고 난 후 돈키호테가 사라진 언덕으로 올랐더니 천태종 연등사가 있었다. 절간 마당에 서니, 마을과 학교가 들어선 시가지를 비롯하여 제련소와 영동선 철로가 한눈에 내려다보였다. 낙동강이 세 개의 공장 사이로 바짝 붙어 수태극水太極을 이루며 흘러가고 있었다.

　제련소에서 뿜어져 나오는 수증기가 제련소 주변 산으로 뭉개구름이 되어 피어올랐다. 뼈대만 남은 고사목들이 담배연기를 싫어하는 비흡연자처럼 코를 막고 고개를 옆으로 돌려서 아우성을 지르는 것 같았다.

〈승부리의 추억〉에서, 그 교사는 승부는 속세를 내려놓은 곳이라 했다. 소리도 비워놓고 침묵하는 곳이라 했다. 순백의 자연이 온전히 살아있는 승부는 소멸과 생성, 무無와 유有가 공존하며 넘나드는 곳이라 했다. 학교는 없어졌지만 아이들의 혼은 승부 골짜기마다 살아있다고 했다. 그 아이들이 승부동천의 정령이라면, '저 뼈대만 남은 고사목들 속에 정령이 있을까?'

인류의 역사는 석기시대로부터 청동기시대를 거쳐, 철기시대에 비로소 인류의 문명생활이 시작되었다고 볼 수 있을 정도로, 철은 우리가 사용하는 금속의 90% 이상을 차지한다. 이 세상에 영원한 것이 없듯이, 철(Fe)은 산화하여 녹이 슬기 때문에, 철 자체로 공기 중에서 오래도록 존속할 수 없다. 오늘날의 철제품은 아연 도금이 되어있어 잘 부식되지 않는다. 철판에 아연을 도금한 것을 함석이라 하는데, 스테인리스강에 비해 값싸게 생산되므로 널리 사용된다. 아연과 구리의 합금인 황동(놋쇠)은 통신장비, 악기, 물 밸브, 주화 등에 광범위하게 사용된다. 아연 화합물들은 페인트 안료, 인광체, 자외선 차단제, 의약품, 유기 합성 시약 등으로 요긴하게 사용된다.

제련소에서 아연 제련의 원료인 정광을 950도의 불로 태우는 '배소 공정'을 통해 황산과 소광(산화아연)으로 분리한 후, '조액공정'에서 소광을 용해·여과하여 아연액을 만든다. 그 아연액을 '전해공정'에서 박리를 통해 알루미늄 판에 붙은 아연을 분해하

고, '주조공정'에서 아연 금속판을 전기로에 녹인 후 주조기를 통해 소비자가 원하는 형태로 만든다.

석포제련소의 연간 아연 생산량이 36만 톤으로 단일 사업장 생산능력은 세계 4위, 자매회사인 고려아연 온산 제련소(연산 55만 톤)는 세계 1위다. 고려아연의 해외 계열사인 호주SMC(22만 톤)을 합하면 영풍그룹의 연간 아연 생산량은 113만 톤으로, 전 세계 시장점유율 10%로 세계최고 아연생산 기업이다.

아연의 약 70%는 광석에서 직접 생산되며, 나머지 30%는 폐제품에서 회수되어 재활용하며, 전 세계적으로 정련 아연(정광을 제련한 아연) 수요는 2016년 말 기준으로 1,357만 톤에 이른다.

석포 제련소는 대현광업소에서 아연 원석을 캐면서 시작되었으나 원석의 아연 함유량이 적은데다가 비용 대비 채산성이 낮기 때문에 지금은 아연 원석의 전량을 수입에 의존하고 있다.

아연은 여러 비철금속들 가운데 가장 먼저 한국이 자립에 성공한 금속으로서, 매년 안정된 내수공급을 유지하면서 상당량을 수출하고 있다고 한다. 산업에서 발생하는 환경오염은 정도에 따라서 차이가 있지만, 생산과정에서 분출되는 중금속이 공기나 토양, 수질을 오염시키고 2차적으로 땅속으로 스며들면 지하수를 오염시키며, 토양에 축적이 되면 미래의 후손이 살아갈 수 없는 황폐화된 국토로 변한다.

2008년 당시 한나라당 안동지역 국회의원 김광림 의원이 국회 예결특위에서 공개한 자료에 의하면, '91년 황산을 실은 15톤 탱크로리 전복, 94년 황산누출, 96년 유독성 산업폐기물 불법매립, 98년 황산탱크로리 전복, 2002년 5월 담수 저주조 폭발사고' 등 크고 작은 환경사고가 끊이지 않은 것으로 조사됐다.

2014년 11월 5일 제련소에서 가까운 낙동강 근처 도로에서 제련소를 오가던 탱크로리 차량이 넘어지면서 실려 있던 황산 200 ℓ 가 낙동강에 흘러들었다. 이날 밤 제련소 아래쪽 강에서는 피라미와 버들치 등 물고기 수백 마리가 죽은 채 물 위로 떠올랐다고 한다. 결국 강 상류의 주민과 하류의 주민이 생존권을 놓고 논쟁을 벌이게 된다.

박경효의《입이 똥꼬에게》19)는 서로 다른 입장의 주체가 논쟁을 벌이는 내용이다.

어느 날 입이 말한다. "또록또록 말을 하고 아름다운 노래를 부르며 뽀뽀도 할 수 있고 촛불도 끌 수 있다."며, 코·눈·귀·손·발이 질세라 제 자랑을 늘어놓는데, 갑자기 똥꼬가 방귀를 뀐다. 입과 그 친구들이 냄새나고 더러운 똥꼬가 없어졌으면 한다. 그리고 소망대로 똥꼬가 사라졌다.

입이 음식을 먹는다. 음식은 입, 위, 소장, 대장을 통해 똥이

---

19) 박경효, 〈비룡소 출판사〉 2008. 5. 29.(황금도깨비상 수상작)

되지만 똥이 나갈 똥꼬가 없다. 부글부글 끓던 똥들이 다시 대장, 소장, 위를 통해 입으로 뿜어져 나온다. 코에서는 콧물이, 눈에서는 눈물이 나온다. 입이 정신을 차리고 보자, 베개에 축 늘어진 채 침을 흘리고 있었다. 꿈을 꾼 것이다.

입이 똥꼬에게 말한다.

"미안하다. 넌 소중한 친구야."

똥꼬는 이 말을 들었는지 안 들었는지 피식 웃는다.

이 동화의 주제主題는 각 주체간의 갈등이다. 제련소를 둘러싸고, 강 상류와 하류지역 주민의 갈등을 암시적으로 해석할 수 있다.

"무릇 물이 없는 곳에서는 사람이 살 곳이 못된다."

이중환이 《택리지》에서 물의 중요성을 말하지 않았다 하더라도, 물은 생명을 잉태하고 생명을 유지할 수 있게 하는 원초임을 누구나 아는 사실이다.

이곡(李穀, 1298~1351, 이색李穡의 아버지)은 〈차마설借馬說〉에서,

"간혹 빌려서 타는 말이 걸음이 느리면 비록 급한 일이 있어도 감히 채찍질을 가하지 못하니, 조심하다가 곧 넘어질 것 같은 때도 있었다. (중략) 무릇 사람이 가지고 있는 것 가운데 빌리지 아니한 것이 없다. 임금은 백성으로부터 힘을 빌려서 높고 부귀한 자리를 가지게 됐고, 신하는 임금으로부터 권세를 빌려 은총과 귀함을 가지게 됐고, 아들은 아비로부터, 지어미는 지아비로

부터, 비복婢僕은 상전으로부터 힘과 권세를 빌려서 가지고 있는
것이다."

대다수의 사람들은 남의 것을 오랫동안 빌려 쓰고 있으면서
자기의 소유가 아니라는 것을 깨닫지 못한다고 했다.

우리의 국토는 선조로부터 물려받았지만, 앞으로 이 국토에
서 살아갈 후손들에게 돌려주어야 한다. 우리는 후손들에게서 국
토를 빌린 것이며, 빌린 것을 돌려줄 때에는 온전한 상적광토常寂
光土를 돌려주어야 함은 당연하다.

구상 시인은 〈강江〉을 노래하면서, 뭇 생명에게 베풀기만 하
고 그 값을 받으려 하지 않지만, 생성과 소멸을 거듭하면서 무상
無常 속의 영원을 보여준다고 했다.

강은 과거에 이어져 있으면서
과거에 사로잡히지 않는다.

강은 오늘을 살면서
미래를 산다.

강은 헤아릴 수 없는 집합이면서
단일과 평등을 유지한다.

강은 스스로를 거울같이 비워서
모든 것의 제 모습을 비춘다.

강은 어느 때 어느 곳에서나
가장 낮은 자리를 택한다.

강은 그 어떤 폭력이나 굴욕에도 무저항으로 임하지만
결코 자기를 잃지 않는다.

강은 뭇 생명에게 무조건 베풀고
아예 갚음을 바라지 않는다.

강은 스스로가 스스로를 다스려서
어떤 구속에도 자유롭다.

강은 생성과 소멸을 거듭하면서
무상 속의 영원을 보여준다.

석포역 앞을 지나는 저 강은 태백산에서 발원하여 구문소를
빠져나온, 아직 걸음마도 제대로 못하는 어린 강이다. 남해바다
까지 그 먼 길을 가야 하는 저 어린 강, 이제 첫걸음을 아장아장
걷는 저 어린 강을 보고 어떤 이는 사랑을, 어떤 이는 슬픔을, 어
떤 이는 죽음을 생각한다. 저 강물은 흐르면서 자라서 영남의 젖

줄이 된다.

제련소 측은 각 공정마다 집진기를 설치해 미세먼지나 가루가 외부로 나가는 것을 철저히 방지하고 있으며, 공장 주변에 저수구에 해당하는 비트를 만들어서, 정화되지 않은 오염수가 낙동강으로 유입되지 않도록 나름대로 최선을 다하고 있다.

당연히 그렇게 해야 하고, 그 과정이 제3자에 의해서 공정하게 관리되어야 한다. 진정한 용서와 화해는 진실과의 정직한 대면을 통해서만 가능하다. 상황을 있는 그대로 직시하고 해결할 때만 진정한 치유가 될 수 있기 때문이다.

북한이 핵사찰을 받겠다고 밝히면서, 핵사찰 수위가 어느 정도가 될지에 관심이 쏠리고 있다. IAEA의 사찰은 크게 임시사찰, 일반사찰, 특별사찰 등 3가지로 구성된다. 임시사찰은 NPT 가입국이 IAEA에 신고한 핵시설과 핵물질 미보유 현황이 실제와 맞는지를 확인하기 위해 실시하는 사찰이다. 가입국이 최초로 신고한 플루토늄, 우라늄 등 핵물질과 원자로 가공공장, 재처리공장 등을 시찰하고 계량 기록과 작업 기록 등을 점검하며 주요 핵시설에는 감시카메라에 봉인 등을 설치한다.

일반사찰은 핵물질과 핵시설의 변동 상황을 점검하기 위해 정기적으로 실시하는 사찰이고, 사찰은 핵물질 재고 파악, 봉인 및 감시 장비 작동 점검 등으로 1년에 3~4회 실시한다.

특별사찰은 IAEA가 일방적으로 실시할 수 있는 사찰이다. 북

한이 '핵사찰'을 받아들였다고 하는 것은 마지막 단계인 '특별사찰'까지를 긍정한 것이며, 궁극적으로 CVID(완전하고 검증 가능하며 돌이킬 수 없는 핵 포기)이어야 진정한 의미가 있다.

진정한 용기는 진실에 대하여 양심을 저버리지 않는 '무자기 毋自欺'이다. 사도 바울은 에베소에서 갈라디아 사람들에게, "스스로 속이지 말라 …… 무엇으로 심든지 그대로 거두리라. (갈라디아서 6 : 7)." 불가佛家의 성철스님도 남을 속이는 것이 좀도둑이라면 자기를 속이는 것은 큰 도둑이라고 하였다.

육당 최남선이 어느 해 심춘순례尋春巡禮 여정에 올랐다가 전라남도 화순의 어느 동네로 들어섰다. 깊은 골짜기에 시내를 끼고 있는 아늑한 마을이었다. 무슨 동네인지 알려고 이 아이를 붙들고 물으면 도은동, 저 아이를 붙들고 물으면 도언동, 다시 물으니 "두은동이라 하오." 하고 화를 버쩍 냈다.

양안에 도화 피어 도원桃源이라 하시는가.
문에 오류五柳 드리웠다 도은陶隱이라 하시는가.
구름이 동구를 막으매 두운杜雲인가 하노라.

아이야, 이 아이야, 바른 대로 일러다오.
발 감고 찾는 내 봄 멀고먼 제 있나니

이곳이 도원桃源이라도 머물 나는 아녀라.

도은道隱 도은 하니 무슨 도를 숨기신고.?
임께로 가는 직로直路 행여 잡아 두셨거든
천금을 내 내오리라 바로 일러주소서.

영양군 일월면 용화리 대티마을의 아연 선광장은 작업이 중
단된 지 수십 년이 지났지만, 지금도 대티 야생화 단지에 흉물스
럽게 괴물처럼 버티고 있으며, 그 괴물이 커다란 세 개의 입으로
쏟아낸 독극물들이 흘러내린 강바닥은 그 흔적이 오래도록 남아
있었다. 베트남전쟁 중에 뿌려진 고엽제가 식물을 말라죽게 하
고 물을 오염시켰는데, 참전용사들 중에는 그 고엽제로 인하여
각종 병에 시달리고 있으며, 그들의 2세까지 기형아가 출산되고
있는 실정이다.

안동 하회마을에서 출생한 류종개(柳宗介, 1558~1592)는 부친상
을 당하여 봉화현 상운면 문촌리에 와서 살았는데, 3년 친상을
마치고 조정에 복귀하려던 중에 왜란이 일어나자, 예천사람 윤
흠신, 윤흠도 형제, 김인상 등과 함께 의병을 일으켜, 소천 화장
산을 중심으로 왜적의 길을 차단하였지만, 마침내 적의 대부대
가 몰려오자 소수의 의병들이 지탱하기에는 중과부적衆寡不敵으
로 결국 포로가 되었다. 그들은 죽음을 각오하고 이 땅을 지키기

위해 싸웠다.

"얼굴을 벗기어도 굴하지 않고 의젓하게 적을 호령하다가 장렬하게 순국하였다네."

돈키호테는 마치 자신이 적에게 굴하지 않았던 것처럼, 진지하고 의연하게 말하였다.

나는 돈키호테가 존경스럽고, 그의 충실한 종복 산초 판사로서 긍지를 느꼈다.

돈키호테는 제련소에서 뿜어 나오는 수증기가 숲을 뒤덮으며 뭉게구름처럼 하늘로 피어오르는 것을 한참 동안 바라보더니, 엄숙한 표정으로 〈수양산首陽山〉을 읊었다.

수양산에 내린 물이 이제(夷齋, 伯夷叔齊)의 원루寃淚되어
주야불식晝夜不息하고 여흘여흘 우는 뜻은
지금에 위국충성爲國忠誠을 못내 슬퍼하노라.

돈키호테는 나를 그윽이 바라보며 진지한 자세로 말했다.

"그대, 애국가 한번 불러볼 수 있겠나?"

나는 돈키호테의 비장한 듯한 표정에 거부할 아무런 이유를 찾지 못한 채 나도 모르게 산초 판사의 입장에서 당연히 명령에 복종하였다. 나는 두 손을 맞잡아 아랫배에 대고 어깨를 펴서 바른 자세로 서서 헛기침으로 목을 가다듬었다. 그리고 애국가를

부르기 시작했다. 나는 오랜만에 애국가를 목청껏 불렀다. 나 스스로 애국가에 취해서, 돈키호테가 표표히 사라진 것도 눈치 채지 못한 채 목청껏 불렀다.

〈밤하늘의 트럼펫(Il Silenzio)〉을 생각하면서, 니니 로소(Nini Rosso)가 된 기분으로 애국가를 불렀다.

애국가는 반야계곡으로, 승부동천으로, 그리고 제련소로 메아리쳤다.

동해물과 백두산이 마르고 닳도록
하느님이 보우하사 우리나라 만세
무궁화 삼천리 화려강산
대한사람 대한으로 길이 보전하세.

낙동강과 태백산이 푸르고 맑도록 길이 보전하세

청량산 비나리마을

3. 반야정

盤野亭

안정된 반盤, 비상하는 연鳶

　석포리 시가지가 한눈에 내려다보이는 연등사 언덕에서 석포
초등학교 옆 골목으로 내려왔다. 석포초등학교 인근에는 석포교
회, 보건소, 면사무소, 농협과 마트, 우체국, 그리고 식당과 상점,
주택 등이 동네 가운데로 난 석포로의 좁은 길을 중심으로 서로
이마를 맞대고 옹기종기 모여 있다. 지금은 육송정 삼거리에서
석개재로 오르는 청옥로가 석포중학교 뒤의 석포 면민 체육공원
과 석포문화마을 앞으로 새 길이 있어서 대형 트럭이나 버스가
좁은 골목길을 피해서 시가지를 우회할 수 있다.

　석포초등학교는 1935년에 간이학교로 개교한 후, 반야분교장,
승부분교장, 광평분교장이 있었으나, 영동선 개통과 태백지역의
탄광개발 및 산업화가 이루어지면서 인구의 도시 이동으로 인한
학생 수 감소로 분교장이 모두 폐교되었다. 1999년 대현초등학
교를 편입하여 석포초등학교는 석포면에서 유일한 초등학교로 7
개 학급 125명의 학생과 병설 유치원이 있으며, 석포중학교는 현
재 3개 학급 32명의 학생이 다니고 있으나, 석포제련소와 협력업
체에 근무하는 1,600여 명의 직원과 그 가족들 중에는 젊은 부부
들이 많아서 학생 수가 점차 증가하고 있는 추세라고 한다.

　석포면은 봉화군 중에서도 최북단에 위치해 있어서, 동으로
는 강원도 삼척시와 북으로는 강원도 태백시와 경계 지역이다.
태백에서 발원한 낙동강이 석포면의 가운데로 흐르면서 강의 서

쪽은 연화봉・문수봉・청옥산・비룡산이 연이어 있고, 동쪽에는 삼방산・묘봉・오미산 등 1,000m 이상의 산이 가로막고 있어서, 영동선이 개통되기 이전에는 봉화군에 속해 있으면서도 가까운 태백시의 생활권이었다.

석포면石浦面은 본래 소천면에 속해 있었는데, 1963년에 소천면 석포출장소에서 면사무소 업무를 대행하다가, 1983년 울진군 서면의 전곡리(승부리) 일부를 포함하여 소천면에서 분리하여 석포면으로 독립하였다. 석포리, 승부리, 대현리 등 3개 법정리가 석포면의 관할지역이다. 석포리石浦里는 '돌이 많은 강'에서 유래하였고, 대현리大峴里는 청옥산을 넘는 '큰 고개(한티)'라 불리던 마을이다. 승부리承富里는 옛날 전쟁 때 '승부勝負가 결정'되었다는 '승부터'에서 붙여진 이름이었으나 지금은 승부承富로 명칭을 변경하였다.

1956년 1월 1일 영암선 개통에 따라 설치된 석포역은 영주 기점 76.8km, 승부역은 69.2km 지점에 있다. 석포역은 영동선의 모든 열차가 정차하지만, 승부역은 1997년 3월 11일 배치 간이역으로 격하되었다가 2001년 9월 8일 열차의 교행交行 또는 대피를 위한 신호장信號場으로 운영되다가, 1999년 환상선 눈꽃열차가 운행되기 시작하면서 자동차로는 접근할 수 없는 대한민국 최고의 오지奧地 역으로 전국에 알려지게 되었다.

석포리 초입의 석포역 앞 언덕에는 경찰지서와 주유소, 그리

고 강 건너편에 영풍석포제련소가 있다. 강 상류에 위치한 영풍석포제련소는 그동안 낙동강의 오염원으로 환경단체의 지적을 받아오다가, 2018년 2월 24일 불소·셀레늄 등의 허용기준을 초과한 폐수를 낙동강에 흘려보낸 데 이어 이틀 뒤 또다시 폐수를 공장 안의 토양에 유출함으로써, 경상북도로부터 20일간의 조업정지 처분으로 6월 11일부터 30일까지 가동을 중단하게 되었다. 회사 측은 이로 인한 조업 영향은 3개월 정도로 약 4천억 원의 매출 손실이 우려된다고 한다.

제련소 가동 이후 처음으로 당하는 조업정지 행정처분으로 1,600여 명의 직원을 포함한 2,200여 명의 석포 주민과 강원도 태백시민들의 경제활동에도 영향이 미칠 것으로 보인다. 환경단체들은 더 강력한 처벌을 주장했지만, 석포면 주민은 생업에 피해를 주는 조업정지만은 피할 수 있기를 바란다.

낙동강 원수의 수질은 생물학적 산소 요구량(BOD) 기준, 1990년부터 1993년까지 연평균 3~4ppm으로 환경정책 기본법 규정상의 3급수를 유지하였으나, 1994년부터 5ppm을 초과하였다. 1970년 이후 낙동강 중·상류에 구미공단·대구시의 공단 및 인구 급증으로 오염물질의 부하량이 한강, 영산강, 금강과 비교하여 수질오염의 정도가 현저히 높아졌으며, 중·상류지역에서 취수하여 일단 사용하고 방류한 물을 하류지역인 부산광역시 등에서 재사용하는 비율이 매우 높기 때문에 상수원이 아니라 중수원

에 해당된다. 낙동강의 오염원이 어느 한 가지만 탓할 수 없는 실정이다.

강의 최상류에 오염원이 될 수 있는 화학약품을 취급하는 제련소라는 점에서 꿀 먹은 벙어리 입장이 되었다.

'인간만사 새옹지마人間萬事塞翁之馬요, 인간도처유청산人間到處有靑山이라는데……'

나는 청산靑山을 찾아서 반야계곡으로 향했다. 영풍제련소 사원아파트 앞 삼거리에서 우측 길이 청산靑山으로 가는 반야계곡 길이다. 석포역에서 반야계곡으로 오가는 마을버스는 월·수·금요일에 주 3회 아침 일찍 운행되며, 택시도 이용할 수 있다.

석포 제련소 사원아파트 단지 옆을 흐르는 계류를 따라서 걷는 반야 길은 오전에는 해를 바라보고, 오후에는 해를 등지고 간다. 반야계곡에서 흘러내리는 계류는 삿갓봉 아래 문지골에서 시작하여 샘터마을과 반야마을 앞을 지나 서쪽으로 13km를 동에서 서쪽으로 흘러서 낙동강과 합류한다.

석포역에서 석포제련소 사원아파트 단지를 지나서 고랭지 채소밭 가장자리를 S자로 돌아서 약 2km 지점에서 송정리천 계류는 어느새 사라지고, 나래기(飛) 마을이 앞을 가로 막아섰다. 나래기마을은 산이다. 산에 밭을 만들고 집을 지었다. 이 마을을 지나가려면 고랭지 채소밭 가장자리를 돌아서 날아서 오르듯이 오

르막길을 오른 다음, 산굽이를 S자로 몇 번 돌아서 노루목 고개에 올랐다.

한숨을 돌리며 내려다본 발아래 천 길 낭떠러지 계곡은 계류가 큰 바위들 사이로 흐르고 있었다. 왼편의 산기슭에 붙어서 난 길은 오른편의 낭떠러지에 서 있는 금강송 가지 사이로 심연의 계곡이 아슬아슬하게 내려다보인다.

'노루목 고개는 무릉도원으로 들어가는 옥문玉門이 아닐까?'

속세의 외부인 출입을 거부하는 장애물 같았다.

낭떠러지 길에 붙어서 아슬아슬한 기분으로 산굽이를 돌아나가니, 길 오른편으로 계곡물이 언제 왔는지 다가와 있었고 길가에 외딴집 한 채를 지나서 계류에 걸쳐진 작은 다리 건너편에 보이는 온상을 설치한 농가는 봄 햇살에 한가롭다. 외딴집 앞을 지나서 천변을 따라서 언덕길을 돌아나가니 반야마을이다.

나래기마을의 노루목을 오를 때만 해도 첩첩산중이었는데, 갑자기 시야가 넓게 트였다. 반야계곡의 중심지, 무릉도원이 이곳이다. 바둑 한 판 두는 잠깐 사이에 100년의 세월이 지난다는 경로당과 신선들이 살고 있는 몇 채의 농가, 버스정류소, 그리고 널찍한 운동장과 학교 건물이 보인다. 폐교가 된 옛 석포초등학교 반야 분교장이다. 아이들의 웃음과 재잘거림이 사라진 운동장에 높이가 25m 둘레가 5m의 산처럼 우람한 소나무 한 그루가 200여 년의 풍상에 백발노인처럼 우듬지가 고사목이 되어 가고

있다.

반야盤野는 '산으로 둘러싸인 소반형의 들'이니, 산 위에서 내려다보면, 방주方舟형이다. 창세기의 방주는 대홍수의 재난에서 인간과 동물을 구원한 상징이다.

우람한 소나무 한 그루가 200여 년의 풍상에 우듬지가 고사목이 되어 가고 있다.

나는 반야에서 제주도의 산굼부리를 생각했다. 낮은 구릉지에 위치한 산굼부리 화산 분화구는 위쪽 지름이 635m이고 하부 지름은 약 300m이다. 주차장에서 분화구 제일 높은 곳까지의 높이는 31m이며, 이곳에서 바닥까지의 깊이는 132m로 주차장이

있는 지면보다 분화구 바닥이 100m 정도 땅 속으로 낮다. 분화구의 넓이가 약 30만㎡로 백록담보다도 크고 깊이도 17m가 더 깊다. 화구에 내린 빗물은 화구벽의 현무암 자갈층을 통하여 밑 빠진 독처럼 물이 고여 있지 않고, 화구 안에는 각종 식물이 군락을 이루고 있다. 화구 안에는 일사량과 기온 차이로 북쪽 사면은 난대식물, 남쪽 사면은 온대식물 군락이다.

누구는 산굼부리의 억새를 떠올리겠지만, 나의 기억은 하늘 가득히 자욱한 진눈개비가 산굼부리 안으로 모두 빨려 들어가는 광경이 마치 출애굽(Exodus) 당시 홍해가 갈라지는 느낌이었다. 내 몸이 바람에 날려가지 않으려고 기둥을 붙잡고 지켜본 그 광경은 산굼부리가 호로병葫蘆瓶이나 알라딘의 램프(Alladin's Lamp)의 마술처럼 신기하였다.

바람 불고 진눈개비 내리는 날씨에 산굼부리에 오르기를 포기하고 차 안에 있던 일행들에게 나의 산굼부리 체험은 마치 이상한 나라를 여행한 걸리버처럼 보였거나, 헛것을 본 정신이상자의 환청으로 들렸을 것이다.

반야에 진눈개비가 내리는 초겨울 날, 산 위에서 내려다본다면 산굼부리 같은 반야에 진눈개비가 빨려 들어갈 것이다. 만약 승부동천의 좁은 협곡에 노루목 높이만큼 댐을 막으면, 나래기의 노루목까지 석포면 전체가 물바다가 되어도 반야는 방주方舟가 되어 둥둥 떠오를 것이다. 반야는 하루를 천 년으로 살아가는 무

릉도원이 틀림없다.

반야 분교장 철문을 지나서 약 600m 지점에 소나무 숲과 반석이 깔린 계류가 길을 따라 흘렀다.

'반야가 바로 이곳이구나!' 하는 생각을 하면서 솔숲 우거진 냇가에 앉아서 새소리 물소리를 들으며 봄이 오는 기운을 느낄 수 있었다.

반야계곡은 촌락과 농지와 길이 계류에 붙어 있다. 길은 계류를 건너서 걷다가 다시 또 계류를 건너기를 반복한다. 반야 분교장에서 약 2km 떨어진 곳의 샘마교를 건너고 한 외딴 농가의 밭 가장자리를 돌아서 아직도 눈이 붙어 있는 응달길을 올라서, 바위를 흘러내리는 작은 폭포 위쪽에 걸쳐진 작은 다리를 건너면 저온창고 우측에 손바닥만 한 사과밭이 있다.

석포면 지역은 강원도 태백시와 인접해 있는 지역으로서 주 작목이 고랭지 무, 배추, 양배추, 채종용採種用 씨감자 재배가 주를 이루고 있는 지역이다. 2007년 이전에는 사과재배가 전무한 상태였으나, 사과재배 한계지限界地의 북상 현상에 착안하여 석포면 대현리 해발 650m 지역에 사과 5개 품종을 시험 재배한 결과 사과 재배 적지로 밝혀지면서 3년 전부터 해발 600m 이상의 석포면 일대의 농가들이 사과원을 조성하기 시작하였다.

2010년부터 현재까지 석포면 대현리, 승부리, 석포리 지역에 17농가 13ha 이상의 사과 재배 면적이 확대되어 농가의 주 소득

원으로 자리를 잡으면서, 사과가 고랭지채소 연작장해連作障害 대체 작목이 되었다. 사과는 봉화 지역처럼 밤낮의 기온차가 심할수록 육질이 단단하고 당도가 높은 것이 특징이다.

사과밭 옆에 외딴집 한 채와 하얀 멤브레인(membrane) 지붕의 육모정 정자가 그 모습을 나타냈다. 마침 이 집의 주인이며 건축설계 전문회사인 이공건축의 류춘수 회장을 만날 수 있었다. 그는 내 친구 준雋의 막역한 친구이기도 하다.

준雋이 몇 년 전에 이곳에서 얼마간 머물렀다고 했다. 준雋은 2007년 5월에 지리산을 종주하고, 그 해 7월에 금강산을 다녀왔다. 그리고 8월에 다니던 직장에서 은퇴하고, 9월에 이곳으로 와서 혼자서 지냈다고 한다.

"나는 이 집에 그만큼 여러 날 계속 있었던 적이 없지요."

준雋이 이곳에서 보름 동안 있었다면, 그가 이곳에서 혼자서 무엇을 하면서 시간을 보냈는지 궁금했다. 류춘수도 그것이 궁금했는데, 준雋이 떠나면서 두고 간 소설 한 편을 보고 알았다고 한다.

준雋은 이곳에 오기까지 별장에서 지낸 적이 없었을 뿐 아니라, 혼자서 여러 날을 지낸 적도 없었다. 이곳은 가을이 일찍 오고 겨울이 길며 봄은 늦게 온다. 그 때가 9월이었으니까, 준雋은 산 위에서부터 서서히 내려오는 가을을 혼자서 즐기고 있었다. 낮에는 가을 산에 오르고 계류를 따라서 골짜기 끝까지 걷다가

돌아오면 정자에 앉아서 책을 읽었고, 밤에는 전깃불을 켜지 않은 채 캄캄한 방에 누워서 들창으로 들어오는 달빛과 청량한 풀벌레 소리를 들으며, 하늘의 별을 쳐다보면서 생각했다.

'나는 무엇이며, 무엇을 할 수 있으며, 무엇을 할 것인가?'

그는 혼자가 되면서, 자신의 내면에서 울리는 소리를 듣게 된 것이다. 날이 지날수록 혼자서라도 말하지 않고는 배길 수가 없을 지경이었으며 말을 하지 않으면 언어기능이 퇴화할 것 같아서, 자신이 묻고 자신이 대답했다. 누군가 그를 지켜보았다면 실성한 사람으로 보였을 게다.

그렇게 열흘을 보내고 난 후, 나머지 닷새 동안은 밤을 새워가면서 글을 썼다고 한다. 그것이 그가 처음으로 쓰게 된 단편소설 《대역代役》이었다. 그는 주체적인 삶이 아닌 타인에 의해서 인생을 살았다고 여겼는지도 모른다.

나는 준雋이 올랐다던 산길을 걷기로 했다. 마침 류춘수도 특별한 일정이 없어서 함께 동행하였다. 집에서 계곡 안으로 약 1km 지점의 한 마을을 지나게 되었다. 예부터 가뭄에도 마르지 않으면서 언제나 똑같은 물맛을 유지한다는 샘이 있다고 해서 샘터마을이라고 한다. 그 마을 초입에 백화도장白華道場이란 간판이 있었고, 숲이 울타리를 이루고 있었다.

울타리를 돌아나가니, 길가에 외딴집이 한 채 있었다. 그 집 앞에서 길이 동·남·북 세 방향으로 갈라진다고 한다. 외딴집

뒤의 북쪽으로 난 묘봉의 임도를 곧장 올라가면 석개재까지 갈 수 있는데, 석개재 너머는 강원도 삼척시 덕풍계곡이라고 한다. 그 외딴집 앞을 지나서 곧장 동쪽으로 난 길은 반야계곡의 막다른 곳까지 가는 길이다.

계류를 따라서 가다가 고랭지 채소밭을 지나서 산으로 오르면, 석포역 기점 **13km**에 계류가 끝나는 곳에서 산길을 계속해서 오르면 삿갓봉까지 갈 수 있다고 한다. 그 삿갓봉 아래는 울진군 덕구온천과 두천리이다.

그와 나는 세 갈래 길 중에 남쪽으로 난 길을 걷기로 했다. 그 길은 반야계곡의 남산을 오르는 길인데, 그 남산 너머는 울진군 서면의 금강송 군락지라고 한다. 금강송 군락지를 직접 볼 수 있다는 생각에 흥분된 기분으로 외딴집 앞에서 계류에 걸쳐진 작은 다리를 건너서 불심골로 들어섰다.

한 십분 정도 걸었을 때, 홍수 때 사태를 막기 위해서 보堡가 만들어져 있고, 키 큰 소나무 사이로 뚫린 길을 새소리 물소리를 들어가면서 골짜기를 올랐다. 한 시간 정도 쉬엄쉬엄 산을 오르니, 발아래 숲의 바다가 펼쳐졌다. 이곳이 불심재라고 한다.

한반도의 산맥 체계는 백두대간白頭大幹과 **13**개의 정맥正脈으로 나누는데, 그 중에 낙동정맥洛東正脈은 낙동강 동쪽에 위치한 정맥으로 강원도 태백의 삼수령 피재에서 시작하여 낙동강 하구 다대포 몰운대까지 이어지는 분수령이다. 낙동강이 석포면을 통

과하면서 낙동강 동쪽에 위치한 석포면 일대의 높은 산지는 분수령을 이루면서 낙동정맥이 이어지고 있다.

　석개재에서 울진 불영계곡 답운치까지의 낙동정맥 3구간 중에 석개재에서 북도봉(1,121m)—묘봉(1,167m)—용인등봉(1,124m)—문지골—삿갓봉(1,119m)—삿갓재(1,085m)—불심재(1,035m)—백병산(1,153m)까지 1,000m가 넘는 산이 북에서 동을 거쳐서 남으로 이어지는 낙동정맥이 반야계곡을 둘러싸고 있어서, 독도가 바다의 외딴 섬인 것처럼 반야는 숲속의 독도이다.

대왕 소나무

　반야계곡을 둘러싼 낙동정맥의 높은 산지가 바깥쪽의 비바람을 막아주기 때문에 예로부터 반야마을은 삼재三災가 들지 않는다고 한다. 계류를 따라 형성된 들이 있어서 굶어죽지 않으며, 깨끗한 계곡물이 마르지 않고 흐르니 전염병이 없고, 사방이 높은 산이 막아서 전쟁의 피해가 없다는 것이다.

　불심재에 우뚝 선 소나무 아래는 숲의 바다가 출렁이었다. 그 숲에는 송이를 비롯하여 임산물과 각종 동식물이 서식하고 있으며, 울진군 두천리에서 소광리로 이어지는 십이령길을 울창한 숲속에 간직하고 있다. 흥부장이나 죽변, 울진장에서 물건을 구입하여 봉화의 춘양장, 내성장을 가려면 열두 개의 재를 넘게 되는데 이 고개를 '십이령'이라 한다.

　흥부장에서 쇠치재→세고개재→바릿재→새재→너삼밭재→저진터재→한나무재(넓재)→큰넓재→고치비재→맷재→배나들재→노룻재→춘양장까지 140리 길이다. 흥부장이나 울진장에서 물건을 구입하여 쇠치재→세고개재의 60리를 넘으면 두천리 주막거리다. 울진군 북면 두천리(斗川, 말래)의 형태가 곡식을 되는 말斗과 같은 지형이며, 마을의 중앙으로 하천이 흐른다.

　두천원斗川院은 출장 다니는 관원들의 숙식과 그들이 타고 온 말馬을 매어두는 말 전용 마구간이 있는 역원이다. 사람들이 몰리는 곳에는 술집이 있기 마련이어서, 술을 제조하는 술도가도 있었다. 15채 가량의 민가가 옹기종기 모여 주막거리를 형성하였

는데, 그 중 6채만 주막 형태로 영업을 하였다.

두천리 주막거리는 항상 많은 사람들로 붐볐다. 흥부장(원자력 발전소 배후 도시, 울진군 북면 부구)이나 죽변장, 울진장에서 온 행상꾼들이 봉화 방향으로 이동할 때 하룻길이나 되는 두천리 주막에서 자게 된다. 숙박할 때 투전을 하거나 술을 먹기도 하고 주막 여인을 농락하는 사람도 있었다. 술을 먹다 모자라면 술집에 가서 술을 훔쳐 먹거나 남의 물건을 안주로 먹어버려 이튿날 아침 싸움이 벌어지는 것이 예사였고, 밤새껏 투전을 하여 돈을 몽땅 잃고 낭패한 사람이 다시 왔던 곳으로 되돌아가기도 하였다.

20여 명이 한 방에서 잘 수 있는 큰 봉놋방을 가진 집이 2채 있었는데, 숙박 허가를 받고 영업하는 집이 한 채, 나머지 무허가 주막집들은 그 집에서 수용하지 못할 때 남은 손님들을 유숙시키기도 하였다. 대개는 단골 주막이 있어서 애로사항을 서로 해결해 주는 상부상조 관계를 유지하였다.

바릿재의 장평에도 주막이 있었고, 새재에도 주막이 있었고, 샘수골・시치재・저진터・말래・큰넓재・작은빛재・큰빛재・외광비・내광비・작은당귀골・큰당귀골・대광천큰빛내 등 토속적인 명칭의 주막이 있었다. 주막은 음식 값만 받고 잠은 그냥 재워주었다.

보부상은 짐을 등에 짊어지거나 머리에 이고 다닌다 해서 붙여진 이름이나 십이령길 장사꾼은 등짐을 진 채 서서 쉰다고 해

서 선질꾼(立負軍)이라고 했다. 이들은 소매상이 아니라 지역의 장사꾼에게 직접 물건을 넘기고, 그 지역의 산물을 도매로 사서 울진에 와서 파는 장사를 '안팎 내외장사'라고도 하였다.

선질꾼들은 일행끼리 패를 지어 동고동락하면서, 불미스러운 행동에는 해당자를 멍석말이하여 징치하고, 다음날이면 허물을 묻지 않고 함께 장사하러 떠났다고 한다. 그들은 우두머리 중심으로 나름의 규율이 엄격했는데, 우두머리는 주막에서는 제일 좋은 목침을 넘겨주었고 윗자리에 모셨다. 자율적인 규율과 동료의 허물을 묻지 않는 울진 사나이들의 신사적 행동이 멋스럽다.

두천리의 십이령길 초입에 신변의 안전과 성공적인 행상을 기원하는 성황당이 있으며, 철제로 만든 내성행상乃城行商 접장 정한조鄭漢祚 불망비不忘碑와 내성반수 권재만權在萬 불망비가 세워진 것으로 보아, 한낱 장사꾼들 집단이었지만 신을 두려워하고 의리에 감사하고 권선징악勸善懲惡하는 순리의 삶을 살았다.

불심재 아래 펼쳐진 숲의 밀림에는 무거운 등짐을 지고 바람처럼 날아다녔던 선질꾼의 삶이 있었다. 금강송면의 아이들은 선질꾼이 지나가면, '등금쟁이 간다', '날아라 등금쟁이 날아라', '날아간다 날아간다 등금쟁이 날아간다'라고 하였다고 한다. 등금쟁이는 물건을 등에 지고 다니면서 팔고, 가지가 없는 쪽지게를 지고 다녔기 때문이다. 맨몸으로 오르기도 힘든 산길에서 한 사람이 질 수 있는 등짐의 양量이 한계가 있다.

12령 옛길 보부상 주막촌

'왜, 차마고도의 야크나 말처럼, 우리는 나귀나 소를 이용하지 않았을까?'

한 고개만 넘기도 힘이 드는데, 선질꾼들이 헐레벌떡 날아다 녔던 저 숲은 그냥 숲일 리 없다. 산야수택(山野藪澤, 잡초 우거진 곳)이 어딘들 없을까마는, 불심재에서 내려다보이는 저 숲에는 신령 神靈하고 초속超俗적인 신운神韻이 떠돈다. 선질꾼도 십이령길도 사라졌다. '색즉시공 공즉시색色即是空 空即是色'의 세계이다. 색의 界를 초탈한 신주제향(神洲帝鄕, 신선과 옥황상제의 세계)의 세계가 틀 림없다. 저 숲에 요정이 있다면, 그것은 삼베옷과 짚신 차림에 짐 을 짊어진 채 날아다녔다던 선질꾼들의 혼(얼)일 게다. 선질꾼들 이 세운 내성행상 불망비不忘碑, 그것은 선질꾼 자신들의 불망비

로 남았으니, 그들은 훗날을 예견하는 선견지명이 있었다.

서쪽 하늘가에 저녁놀이 숲을 덮어온다. 저 숲 너머 영양 감천마을에 살았던 오일도吳一島 시인의 〈저녁놀〉이 숲을 꽃밭으로 만든다.

작은 방 안에
장미를 피우려다 장미는 못 피우고
저녁놀 타고 나는 간다.

모가지 앞은 잊어버려라
하늘 저편으로 둥둥 떠가는 저녁놀.

이 우주에 저보담 더 아름다운 것이
또 무엇이랴.
저녁놀 타고 나는 간다.
붉은 꽃밭 속으로
붉은 꿈나라로.

불심재에서 발길을 돌려 어둑한 길을 내려오면서, 아쉬운 듯한 나의 기분을 읽었는지, 류춘수는 반야에서 불심재를 넘어 금강송 군락지에 갔던 적이 있다고 했다.

"소광리의 금강송 군락지에는 붉은 금강송이 열병식을 하듯 줄을 서 있는 장엄함이 경외감까지 들지요."

휘거나 늘어지지 않고 하늘을 향해 쭉쭉 곧게 뻗는 금강송은 키가 보통 35m, 둥치의 지름이 1.8m 정도이며, 껍질이 얇고 위쪽으로 갈수록 붉은색을 띠면서 거북등처럼 갈라진다. 추위나 건조한 기후에 강한 양수陽樹이며, 성장속도가 느려서 나이테가 매우 촘촘하여 목질이 단단하다고 한다.

일반인의 출입이 통제된 황장금산黃腸禁山이 강원도 3곳과 울진군 금강송면 소광리이며, 조선시대에는 한 그루만 베어도 곤장 100대, 3년형에 처하였으며, 경복궁을 재건할 때 소광리의 소나무를 썼는데, 경복궁 대들보는 십이령의 금강송이라 한다.

건축가로서 조경을 연구하여 학위를 받은 전문가 입장에서,

"건축 사이에 조경이 있다면, 조경 속에 또한 건축이 있으니, 동시 일체적으로 파악되지 않은 별개의 작업은 무의미하다."

라고 하면서, 나무는 숲을 포함하는 식생植生의 개념으로 금강송의 특별한 수형樹形을 설명해 주었다. 소광리에서 광회로 가는 길에 갖가지 모양의 자수정 광산도 있다고 한다. 나는 금강송과 자수정이 있다는 그 숲으로 가고 싶은 충동을 느꼈으나, 산림을 보호하기 위해서 누구도 개인적으로는 갈 수 없는 길이라고 한다.

금강송 군락지

십이령길을 따라 흐르는 소광리 물길은 답운치를 넘지 못하고 삼근리에서 불영계곡으로 흘러서 울진 앞바다로 들어간다. 답운치는 물길을 가르는 낙동정맥의 분수령일 뿐 아니라, 봉화와 울진의 동·서 지역 간의 소통을 막았을 정도로 험한 고개이다. 답운치를 넘는 36번 국도가 생기면서, 선질꾼도 십이령길도 역사 속으로 사라졌다. 지금은 36번 국도를 확장하면서 답운치 속으로 900m의 터널이 뚫렸다.

불심골에서 샘터마을로 들어섰을 때는 이미 어둠이 깔리고

있었다. 산이 높을수록 해는 일찍 넘어간다. 어둑해지면서 야트막한 개울에서 계류가 친구처럼 조잘거렸다. 어둠 속에서 나비의 날개처럼 하얗게 보이는 것이 있어 가까이 다가가니, 그것은 류춘수의 반야 정자의 멤브레인 지붕이었다.

서울 근교의 양평이나 청평, 수원 인근에도 산자수려한 곳이 많고, 좀 더 떨어진 곳이라면 원주나 영월 근방에도 경관이 좋은 터가 있었을 텐데, 특별한 연고가 있는지 궁금하였다. 저녁식사 후 정자에 앉았을 때, 나의 궁금증을 눈치 챘는지 그는 이곳에 자리 잡게 된 내력을 설명해 주었다.

80년대 초 어느 날, 스승 김수근金壽根 선생님과 부산 가는 새마을열차에서 물었다고 한다.

"선생님, 제가 사는 동안에 저렇게 아름다운 시골에서 다시 살 날이 있겠습니까?"

맑은 개천 건너 감나무가 돌담을 따라 슬레트 지붕 위로 숲을 이룬 삼랑진 근처의 스쳐가는 풍경을 보며 선생님은 말씀하셨다.

"아니, 그럴 수 없을 거야. 자네가 건축설계를 계속한다면 도시를 떠나지 못할 거야."

선생님의 말씀대로 물론 나는 도시를 떠나지 못하고 있다. 분당 남서울 골프장 입구의 집 앞에도 작은 개울의 물소리가 들리고 솔밭 너머 봄에는 진달래가 온 산천에 붉으면 두견새 울고, 가

을이면 밤송이 벌어지는 앞산이 시골 같기도 하지만, 그러나 일
상은 서울 봉천동 한 모퉁이에서 서울사람으로 살 수밖에 없으
니, 건축가의 고객은 거의 도시에 살기 때문이다.

그러나 태생이 촌놈이며 부모님과 조상들이 선산에 묻혀 계
시는 봉화 땅 어디에라도 작은 집 하나 쉴 곳을 마련하고 싶은
꿈은 버릴 수 없었다. 1994년, 봉화군에서 실시하는 몇 개의 작은
건물을 설계했더니, 당시의 젊은 군수가 내게 보답이라도 하듯
군내의 폐교 예정지를 소개해 주었다. 봉화군 내의 폐교 예정지
마다 아름다운 곳이었지만, 바위를 휘도는 물길의 마을 석포면
소재지에서도 깊은 계곡과 높은 재를 넘어 6km 비포장 좁은 길
을 따라 처음 와 본 이곳 반야마을은 더할 수 없이 깊고 맑은 곳
이었다.

석포초등학교 반야분교에는 당시 전교생이 열 명도 안 되었
다. 장차 폐교가 되면 임대할 수 있다는 교육청 시설관리자의 말
만 믿고, 이듬해 1995년 봄 반야분교에서 3km 떨어진 빈 외딴집
을 수리해서 3년을 살았다. 10여 평의 작은 오두막을 수리하니
꿈에서나 가능하던 산촌의 별장이 생겼다.

산은 깊었고 물은 맑았으며, 티끌 없이 깨끗한 눈은 4월까지
도 녹지 않았다. 그 오두막에 서울 건축학교 창립멤버들의 눈 오
는 밤의 담론이 있었고, 도시의 건축주와 고향의 벗들이 수없이
다녀갔다.

'97년에 반야분교는 폐교가 되어, 마침내 그 해 겨울 임대한 폐교의 숙소이던 15평 농가를 수리하여 3년을 기다리던 분교로 이사를 하였다. 300년은 된 듯한 이 고장에서만 자라는 거대한 금강송이 마을의 상징으로 서 있는 운동장, 넓은 교실들…….

나는 이곳에 직원들과 함께 일할 수 있는 스튜디오를 만들려고 했었다. 호서대학과 대구대학 건축과 학생들이 일주일씩 워크샵을 갖기도 했으며, KBS, EBS 그리고 2002년 봄에는 일본 NHK가 모두 이곳을 중심으로 내 다큐멘터리를 제작했으니, 이곳은 단순한 혼자만의 작업실 개념은 아니었다. 산촌이라지만 전기와 전화가 있으니 인터넷 시대에 국내외의 어떤 일이라도 수행할 수 있으며, 보다 깊이 몰두할 수 있는 창조의 산실이라고 나는 믿었다.

반야 분교의 숙직실에 기거하면서, 2002년 서울 상암 월드컵 경기장의 기본설계를 하였으며, 이 분교장에 연구와 설계 중심의 건축학교를 설립할 계획이었다.

그러나 건물을 불하받지 못함으로써 꿈을 접었다고 했다.

그는 하늘 아래 어디에도 깃들일 곳 없다는 김성영 시인의 〈가시나무새〉의 처지가 되었다.

하늘 아래 어디에도 깃들일 곳 없어

나의 어린 새는 가시나무에 내렸네.
가여운 어린 새는 가시나무에서조차
둥지를 짓지 못하고 아픈 가시 끝에 앉았나니.

온 밤이 이울도록 너에겐 마르지 않는 눈물
가시나무를 사랑하려 그토록 가슴을 버혀내는 아픔 있었네.
새여 가시나무새여 네 심장 가시에 찔려
그대의 사랑을 마저 쏟으며 참으로 아름다이 우는 새여.

정녕 너의 울음은 아름다워라.
네 죽음의 노래는 거룩하고
오오, 네 부활의 노래는
더욱 숭고하여 눈부시어라.

반야 분교장에서 **3km** 정도를 계곡으로 계속 들어간 곳, **1995**
년 봄 빈 집을 수리해서 **3**년을 살았던 그 집을 헐어내고 지은 것
이, 현재 설계 작업실이다. 좁은 툇마루로 연결하여 작은 멤브레
인 지붕을 모자처럼 머리에 쓴 육모정이 작은 연못에 발을 담그
고 있다. 이곳이 세상에서 가장 작은 정자이다.
그가 설계한 서울 상암 월드컵경기장의 멤브레인 지붕처럼
이 정자의 지붕도 멤브레인이다. 반야정자 동편 해 뜨는 쪽의 바
위를 타고 내리는 폭포가 만든 작은 소沼에는 산천어가 폭포를

타고 오르거나 짝들과 꼬리치며 몰려다니고, 햇빛에 반짝이는 고기비늘처럼 맑은 계류가 도란도란 속삭이며 집 앞을 흘러간다. 서쪽으로 해가 질 때면 황혼에 사과가 빨갛게 익어가는 과수원이 가을단풍과 어우러져서 반야의 가을은 깊어 간다.

류춘수가 처음엔 전화도 통하지 않는 심심유곡 반야에 들어온 것은 오직 자신만의 시간을 갖기 위한 것이다. 그는 집 앞 폭포의 소沼에 걸쳐진 해먹(hammock)에 번듯이 누워서 흔들릴 때 우주와 하나가 된다. 그가 서울에서 먼 길을 오가는 것은 그 자체가 설계작업의 일부분으로 여기기 때문이다.

건축가 류춘수의 봉화 스튜디오

퇴계가 《쌍계사 가는 길》에서 순간적으로 떠오르는 시상을 포착하여 詩를 여사餘事로 지었듯이, 건축사 류춘수 또한 반야와 서울을 오가면서 스치는 아이디어를 순간적으로 놓치지 않고 포착하는 것이다. 서울에서는 결코 얻을 수 없는 아주 소중한 우주와의 소통인 것이다.

봉화 지역의 주거환경은 다른 지역에 비해서 특색이 있다. 산고수장山高水長의 산악지역에 위치하여 추위가 심하고 눈이 많이 오는 봉화의 주거환경은 남부지역과 같을 수 없다.

봉화 지역의 일반적인 가옥구조는 겨울의 기후와 산지 환경에 맞춰서 구□자형의 가옥이다. 대문만 닫으면 외부인의 침입이나 맹수의 공격을 막을 수 있고, 눈이 많이 와서 길이 막혀도 집 안에서 모든 생활을 할 수 있는 구조이다. 부엌의 한쪽에 먹이를 주는 구유를 경계로 외양간이 붙어 있어 혹독한 추위에 견딜 수 있게 하였고, 구口자형의 네모반듯한 형태에 지붕 구성이 어렵지만 팔작八作지붕이어서 용마루의 양쪽 합각에 생긴 둥근 구멍의 공격이 까치둥지를 닮았다고 해서 까치구멍집이라 하였다.

몽고 초원의 이동식 천막 가옥 '게르(Ger)'의 기둥이 모이는 천정에 구멍을 내어 놓았듯이 폐쇄적 공간에 공기가 드나들 수 있으며, 산촌에서는 재목을 비교적 쉽게 구할 수 있어서 이런 형태의 집을 지었다고 볼 수 있다.

산자수명한 봉화는 다른 지역에 비해 정자亭子가 많은 것이 특징이다. 정자에서 시를 읊고 풍류를 즐기기도 하지만, 정자 자체가 詩의 대상이어서 정자에 걸린 시인 묵객들의 작품을 차운하기도 한다. 봉화는 산천이 어느 곳이나 아름다운 데다가 공교육이 미치지 못하는 마을마다 학당을 두거나 고인의 추모를 위한 정자를 지었기에, 대부분의 정자가 마을 안의 주거지역에 있으며, 강학을 위해 정자마다 온돌방을 두었다.

봉화에는 현존하는 정자가 104곳인데, 봉성면 창평에 있던 박승준의 낙한정樂閒亭과 같이 쇄락하여 없어진 정자도 있는 반면, 봉화읍 솔안마을 류숭조의 환수정環水亭처럼 홍수에 유실된 후 다시 건립된 정자도 있다. 큰 바위 위에 덩그렇게 앉은 닭실마을의 청암정, 내성천이 휘돌아 흐르는 석천 계곡의 석천정사, 해마다 마을 입구에 연꽃을 가득 피우는 황전의 동암정, 그리고, 세상에서 가장 규모가 작은 석포 반야계곡의 하얀 천막지붕의 정자까지 봉화의 105개의 정자는 각기 다양한 구조를 지녔으며, 있어야 할 곳에 있되 자연을 거스르지 않고 조화를 이루고 있다.

정자는 누각과 함께 누정으로 불리는데, 경회루·촉석루·광한루·영남루·영호루·관수루·죽서루·망양루 등의 누樓와 창덕궁의 부용정·관람정·승재정·존덕정·소요정 등 정자亭子의 차이점은 집 위에 집을 지은 것을 누樓라 하며, 탁 트여 텅 비

고 환한 것을 정亭이라 한다. '亭' 자의 옛 글자는 높은 곳 위에 세워진 집이란 뜻이며, 마루를 높인 곳이 아니라, 높은 곳 위에 세운 집이기에 공간이 개방되어 허창하다는 것이다.

누樓는 기둥이 층받침이 되어 가운데 정이 높이 된 다락집, 즉 누마루 밑으로 사람이 다닐 수 있거나 혹은 마루가 지면으로부터 높이 솟아있는 구조를 갖는 것으로 정자와 구분한다.

1700년대 이전에는 누樓가 많았으나, 그 이후에는 누樓가 줄고 정자의 숫자가 늘어났다. 이는 개인과 문중 그리고 유학자들에 의해 정자가 많이 건립되었다.[20]

법전면 시드물의 전주이씨 이시선李時善의 한산군 종택 송월재松月齋, 도촌 사제마을의 공북정拱北亭, 물야면 오록마을의 노봉정사蘆峯精舍, 봉화읍 황전마을 앞 연꽃 피는 도암정陶巖亭 등 조선시대의 유학자들은 자의든 타의든 현실정치에 직접 참여하기보다는 향촌에 은거하기를 원했던 것이다.

법전면 버저이 음지마을 기헌 고택에는 추사가 직접 쓴 경체정景棣亭 현판이 있으며, 양지마을 도은구거陶隱舊居는 큰 사당과 작은 사당이 있으며, 안채는 산돌로 높직하게 댓돌을 쌓고 그 위에 지어진 정면 5칸 측면 4칸의 중앙에 정면 3칸의 넓은 대청마루의 둥근 기둥은 배흘림이다.

그 밖에도 갈천정(葛川亭, 재산면 갈산리, 갈천 김희주), 경모정(敬慕亭,

---

20) 박언곤 《한국건축사 강론》 문이당(1990).

봉화읍 석평리, 눌재 이홍준李弘準), 경체정(景棣亭, 봉화읍 해저리 바래미, 여홍 렬·성렬 형제), 구애정(龜厓亭, 법전면 풍정리 갈방, 구애 이완李玩), 구학정 (龜鶴亭, 봉화읍 문단리 사암, 백암 김륵金玏), 내은정(內隱亭, 법전면 풍정리 노 림, 내은 정언섭鄭彦燮), 단사정(丹砂亭, 봉화읍 해저리 바래미, 단사 김경온金景 溫), 도은정(道隱亭, 봉성면 원둔리 일산, 도은 박명종朴命宗), 동천정(東川亭, 봉화읍 화천리 골래, 동천 박왕경朴王敬), 두릉정(杜陵亭, 법전면 어지리 녹동, 두릉 이제겸李濟兼), 두암정(斗巖亭, 명호면 북곡리 청량산 강변, 두암 안필중安 弼重), 뇌풍정(雷風亭, 법전면 법전리 성잠, 입재 강재항·설죽당 재숙姜再恒· 再王叔), 매계정(梅溪亭, 법전면 풍정리 부현, 매계 이석순李錫純), 백산정(白 山亭, 춘양면 의양리 기정못티, 백초 강하규姜夏圭), 백파정(白坡亭, 명호면 삼동 리 상학, 죽헌 조현익趙顯瀷), 삼수정(三守亭, 물야면 개단리 문양, 모산 이동완 李棟完), 선암정(善巖亭, 상운면 토일리 상토일, 선암 권석호權奭鎬), 소파정 (小坡亭, 법전면 어지리 녹동, 소파 이증로李曾魯), 송서정(松西亭, 춘양면 의양 리 현리, 송서 강운姜橒), 송암정(松巖亭, 봉화읍 유곡리 토일 선산록, 송암 권채 權采), 쌍송정(雙松亭, 물야면 북지리 후포, 쌍송정 금혜琴嵇), 어은정(漁隱亭, 봉화읍 거촌리, 어은 변호원邊鎬元), 엄뢰정(嚴瀨亭, 소천면 임기리 소림, 엄뢰 김성술金聖銤), 옥계정(玉溪亭, 법전면 소천리 졸천, 옥계 김명흠金命欽), 우직 정(愚直亭, 상운면 구천리, 야옹 전응방全應房), 운고정(雲皐亭, 법전면 어지리 녹동, 난은 이동표李東標 손자 이중경李重慶), 태고정(太古亭. 춘양면 의양리 낙 천당, 정와 강용姜鎔), 운산정(雲山亭, 명호면 북곡리 구름재, 지헌 정사성鄭士 誠) 등 봉화에는 정자는 있되 화려하게 군림하여 주변의 자연을

거스르는 누樓는 한 곳도 없다.

　닭실마을의 청암정은 충재 권벌이 기묘사화에 연루되어 낙향
하여 15년간 은거하며 도학연구에 몰두하는 한편, 장자인 청암 권
동보와 함께 거북바위에 건립한 정자로서 건축양식이 뛰어나고
문화재적 가치가 높아 사적 및 명승 제3호로 지정 보호되고 있다.
지붕은 겹처마에 팔작지붕과 맞배지붕 혼합형으로 한식기와를 사
용하였다. 암반 위에 건립되었으며, 주위로 물이 흐르는 해자(垓子,
성 주위에 둘러 판 못)를 만들어 다리로만 출입하게 하였다. 평면 구성
은 정면 4칸 측면 2칸이며, 박공지붕 아래는 분합문을 설치하였
고 바닥구조는 온돌방은 두지 않고 마루로만 구성되었다.

청암정

명호면 북곡리 구름재 운산정雲山亭의 당주인 지헌 정사성(鄭士誠, 1545~1607)은 퇴계의 문인으로서, 양구현감을 나갔다가 낙향하여 청량산의 구름재에서 34년간 성리학을 연구하고 후학을 길렀다. 1596년《역학계몽질의易學啓蒙質疑》를 저술한 이듬해 왜란을 당하자, 화왕산성에서 곽재우와 같이 의병을 일으켰다. 도산서원 역락서재亦樂書齋 건립(1564)에 그의 아버지 정두(鄭枓, 안동시 와룡면 말바우)가 경비를 부담하였으며, 학문을 집대성한《지헌집芝軒集》이 있다.

의성김씨 집성촌 바래미(海底)는 학록서당과 큰 샘을 중심으로 윗마을 만회고택과 토향고택, 아랫마을 김건영 가옥, 해와고택, 남호구택, 소강고택, 개암종택, 팔오헌종택은 각각 역사적 의미를 지니고 있어서 이 마을 입구의 독립운동기념비의 실존적 자료가 되고 있다.

건축사 류춘수는 반야마을에서 2002 서울 상암 월드컵경기장을 설계하였다. 서울 월드컵경기장은 FIFA가 정하는 수많은 건축적 규정을 잘 지킨다고 해서 모든 기능성이 충족되는 것은 아니다. 이 경기장은 당시 서부 서울 재개발의 핵이며, 쓰레기더미 난지도를 거대한 생태공원으로 탈바꿈시키는 서울의 OPEN SPACE의 구심점이다. 그러기에 이 월드컵 경기장은 롯데월드처럼 거대한 상업적 시민공간으로서 다목적 기능의 복합건물이다.

약 65,000 관중석 규모의 이 축구 전용구장에는 보조경기장

과 75개의 멤버십 방이 있으며 대회 후에는 10여 개의 중·대형
영화관과 5,000평 규모의 할인매점, 수영장을 포함한 실내 스포
츠 시설은 물론 쇼핑 및 전문 식당가가 들어섰다.

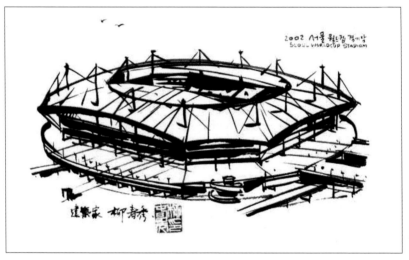

2002 서울월드컵경기장 드로잉

"계획 과정의 내 스케치 원본이 전시될 월드컵 기념박물관이
있다. 서울월드컵 경기장의 턴키 현상설계에 당선한 지 꼭 4년이
지났다. 현상 기간 3개월을 전후한 치열한 경쟁의 일화는 훗날에
기록할 것이지만, 결국 어려운 '전투' 를 통하여 나는 과분한 영
광을 얻었다."

각 지역에 건설된 월드컵경기장이 각각 그 지역의 문화를 상
징하고 지역의 랜드마크 성격이 있지만, 서울월드컵경기장은 대

한민국의 월드컵경기장을 대표하면서 일본과 공동개최지로서 상대적 비교가 되기도 하고 개막식이 치러지는 만큼, 서울월드컵경기장의 세계적 관심과 인지도는 지역 경기장과 비교가 안 된다. 그만큼 현상공모의 경쟁이 치열하기도 했다.

류춘수는 스물여덟 살에 잘 나가던 종합건축사를 나와서 〈공간空間〉사의 홍순인을 찾아갔다. 홍순인은 이름처럼 온화한 성품에 일이나 사람을 대할 때 진정성이 있다. 그는 태어날 때부터 오른손이 장애가 있어서 왼손으로 글씨를 쓰고 설계를 하였다. 그의 왼손 글씨는 비스듬히 오른쪽 옆으로 45도 기울게 쓰지만, 인성은 바르고 섬세하고 정교했다. 홍순인은 충북대학교 설계를 남기고 40세로 요절하기 전 자신이 몸담고 있는 〈공간〉사에 류춘수를 불렀던 것이다. 그는 자기 인생을 가늠하는 예지叡智가 있었던 것 같다.

그 후 마흔한 살까지 건축가 김수근金壽根의 〈공간〉에서 보낸 12년간은 류춘수의 건축인생에 있어서 가장 중요한 시기였으며, 스승 김수근은 그의 인생 면면에서 닮고 싶어 하는 우상이었다.

"나는 마음이 온유하고 겸손하니 나의 멍에를 메고 내게 배워라. 그리하면 너희 마음이 쉼을 얻으리니(마태복음 11 : 29)."

그는 어려운 고비마다 스승 김수근을 생각했다. 스승과 함께 메고 가는 멍에는 백두산을 올라도 힘들지 않을 만큼 든든한 것

은, 스승이 제자의 멍에까지 메어주고 제자는 그를 믿고 따라만 가면 되기 때문이다. 스승 김수근은 그에게 건축을 가르친 것이 아니라 인생을 가르쳤으며 믿음을 심어주었다.

1977년 이란 테헤란 엑바탄 주거단지에 이어 알보즈 하우징 프로젝트의 설계와 감리 책임자로서 류춘수가 테헤란에 있을 때, 이란의 건축주 TRC사에서 주는 한국 왕복 팬암항공 티켓을 테헤란 여행사에서 유럽과 미국을 돌아 하와이와 일본을 거쳐 귀국하는 티켓으로 바꾸고 한 달 만에 귀국하였다. 그가 잠적한 한 달 동안 회사에서는 난리가 났었다.

"자네 무슨 벌을 받고 싶어?"

"죄송합니다. 벌을 주신다면, 일주일 출근 정지가 어떻겠습니까?"

뻔뻔스런 그의 태도에 불같은 성격의 선배도 웃고 말았다. 스승 김수근은 굵은 안경테 너머로 은근한 미소를 지으며,

"자네 아주 잘했어. 기회가 있을 때 잡을 줄 알아야지."

그때, 스승의 용서는 그에게 무한한 신뢰를 주었다.

"수고하고 무거운 짐 진 자들아, 다 내게로 오라. 내가 너희를 쉬게 하리라(마태복음 11 : 28)."

그에게 김수근은 예수에 대한 베드로의 믿음이었다. 서울월드컵경기장 설계 경쟁은 처음부터 다윗과 골리앗의 싸움이었지만, 양치기 소년 다윗이 팔레스타인의 거인 골리앗을 쓰러뜨렸듯

이, 그는 거대 기업과의 경쟁에서 조금도 염려하지 않고 오히려 수주를 확신했다. 그의 마음 깊은 곳에 멍에를 함께 메어주는 스승 김수근이 있었기 때문이다.

김수근의 〈공간〉 사옥은 자신의 작업 공간이면서, 소극장과 갤러리를 만들어 여러 분야의 문화예술인들을 아우르는 문화예술 공간의 역할을 했다. 한국의 전통예술을 상징하는 김덕수 사물놀이와 공옥진의 병신춤이 세계적인 예술로 국제무대에 설 수 있는 단초를 제공했으며, 《공간》이라는 종합예술 건축문화 잡지를 창간하여 건축과 미술 등 문화예술을 널리 보급하였다.

김수근은 우리 건축의 초창기에 선도적인 건축가로서 미래 한국건축의 지향을 제시한 본이 되는 역사적인 건축물을 남겼다. 그는 본질적으로 문화와 예술을 폭넓고 풍성하게 하는 데 큰 역할을 한 문화기획자였으며 예술창조자였다.

김수근의 부여박물관 설계는 그를 더욱 성숙한 건축가로 만드는 절대적 계기가 되었다. 1967년, 공사가 한창이던 부여박물관의 형태가 일본 신사를 닮았다는 논쟁에 휩싸이기도 했다.

건축물은 그 용도에 따라서 기능을 맞춰야 한다. 특히 종교 건물은 신神과의 대면을 실현하는 암묵적인 상징물이 되어야 한다. 김수근이 설계한 노아의 방주를 닮은 서울불광동성당, 도심에 있으면서 수도원 형식의 경동교회는 교회를 향하여 들어오는 길목으로부터는 좌우 양면에 수많은 계단이 이어지는데, 이는 예

수가 최후의 순간 골고다 언덕으로 향해 걸었던 고난의 길을 상징한다. 경동교회의 외관은 보는 이에 따라서 기도하는 손을 닮았다고 하고, 다른 사람들은 횃불, 혹은 첨탑을 옆으로 본 모습을 닮았다고도 한다. 마치 추상화를 감상하는 이에 따라서 다양하게 해석함과 같다.

경남 창원시 마산역 앞 붉은 벽돌 건물로 지은 양덕 성당은 입구에서 반시계방향으로 2층으로 돌아올라 들어가는 외부와는 달리 내부에서 개개인이 신앙의 평온을 찾도록 차분한 분위기를 연출한다. 성당의 스테인드글라스가 빛을 한 번 깎아내어 육각형 천장과 이를 받치는 여섯 개의 기둥, 그리고 정면의 예수 십자가상이 더욱 근엄해진다. 성당 외벽의 예수상이 빛을 받아 옆 건물 외벽에 그림자를 만들게 되어 있다. 방안 등불로 생긴 손 그림자가 창호지 방문에 비춰지는 방식이다.

"기념적 건축의 상징성은 기능성만큼 중요한 디자인 목표다. 나는 글과 강연을 통해 주장해왔지만, 내 건축은 상징성이나 조형성보다는 평면과 단면도 우선으로 스케치되는 공간의 질과 기능성을 강조한다. 서울월드컵경기장은 훗날 분명 상징성 이상으로 월드컵 이후까지 고려한 기능성으로 훗날 평가받을 것을 나는 확신한다.

지붕 구조 계획은 물론 내가 한 것이었지만, 구조 계산과 실시 설계는 미국의 **Geiger Engineerings**가 담당했으며, 제작과 시

공은 국내의 타이가사가 맡았다. 막구조(膜構造, membrane structure) 건축의 특성은 무엇보다 우선 가볍고 단순한 구조로서 그 설치가 용이함에 있다.

한 곳에 정착할 수 없는 유목민족의 주거 방식은 설치와 철거 그리고 운반이 용이한 막구조의 텐트가 그들의 생활에 합목적적으로 부합한다. 비단 유목민족이 아니더라도 수시로 이동이 불가피한 병영兵營은 천막에서 유래된 막사幕舍이다.

차일이 쳐진 곳에는 사당패놀이의 흥겨움이 있었거나 잔칫집의 푸짐함과 흥겨운 장소의 공간적 구심점이 될 수 있었다. 텅 빈 마당에 차일 한 폭을 하늘에 걸침으로써 시각적인 아름다움과 흡입력 있는 공간적 밀도를 탄생시키며, 이러한 막구조 형식의 건축은 외부인 듯한 내부 공간을, 그리고 또한 내부인 듯한 옥외 공간을 연출할 수 있다.”

내성천 모래사장에 큰 공을 반으로 잘라서 부풀게 하여 엎어 놓은 것 같은 서커스단의 천막이 쳐지고, 봉화읍의 중심가 십자골목 쪽에서 곡마단의 악극단 소리가 들려오면, 측백나무에서 후닥닥 뛰어내려 십자골목 쪽으로 단숨에 달려갔다.

“준아, 같이 가!” 훈이가 뒤에서 소리쳤다. 곡마단 악극단이 벌써 십자골목을 돌아가고 그 뒤를 아이들이 따라가고 있었다. 모차르트의 ‘마술피리’에 홀린 아이들과 같았다. 내성천 모래판

에 커다란 천막을 설치한 유랑 곡마단이 북을 치고 나팔을 불면
서 알록달록한 얼굴에 두툼한 가짜 코를 달고 고깔모자를 눌러
쓴 피에로를 앞세우고 내성천 다리를 건너 시내로 들어온 악극단
은 동네 꼬마들을 줄줄이 몰고 다녔다. 곡마단은 조용한 산촌마
을을 흔들어 놓기도 하지만 전쟁으로 어렵고 힘들게 살아가는 사
람들에게 위안이 되었다.

　동네 아이들은 거의 매일 곡마단 구경을 했지만 입장료를 내
고 들어간 적은 한 번도 없었다. 경비들이 지키고 있어도 천막 밑
으로 숨어들어 갔다. 사실은 경비들이 고개를 돌려서 못 본 척했
다.

서커스단의 천막은 한 달포 가량 계속되다가 어느 날 신기루처럼 사라졌다.

　서커스단의 천막은 한 번 치면 한 달포 가량 계속되다가 어느
날 신기루처럼 사라지고 만다. 이처럼 막구조의 특성은 임시성과
이동성을 위한 간편성에 있으며, 보다 단순한 형식으로는 비와
햇빛을 가리기 위한 우리의 전통 차일遮日이 있다.

　1680년 3월 19일 숙종은 남인의 영수이며 영의정인 허적許積
에게 그의 조부 허잠許潛의 연시연(延諡宴, 시호 추증 잔치)을 축하해
서 안석案席과 지팡이를 내리고 또 1등 음악을 내려주었다.

　그 날, 맑은 하늘에 갑자기 천둥번개가 치고 소나기와 우박이
내렸다.

　"연시연에 용봉차일을 보내주어라."

　숙종은 친절하게도 궁중에서 쓰는 용봉차일(龍鳳遮日, 기름칠한
천막)을 보내려고 하였다.

　"영상 댁에서 이미 용봉차일을 가져갔사옵니다."

　"무엇이라고? 짐의 허락도 없이 군사용품을 몰래 빼내?"

　숙종은 허적의 행동이 불쾌하였다. 숙종은 허적의 집을 염탐
하게 하였더니, 남인은 다 모였으나 서인은 김만기, 신여철 등 몇
사람뿐이었다.

　"못돼먹은 남인 놈들……."

　숙종은 남인이 못마땅하던 차에 허적의 차일 유용과 그의 서
자 허견의 비행으로 분노하였다. 숙종은 허적을 파직하고 철원에

귀양 갔던 김수항을 불러들여 영의정을 삼고, 조정의 요직을 모두 서인으로 바꾸었다. 이 사건을 서인이 빼앗겼던 정권을 도로 찾았다는 의미로 '경신환국庚申換局'이라 하고, 남인 일파가 정치적으로 대거 실각한 '경신대출척庚申大黜陟'이라고도 한다.

이 사건 이후 서인이 정국을 주도하게 되면서 남인의 벼슬길은 사실상 막혔다. 우수한 인재의 등용을 강제로 막고, 서인들의 일당독재로 왕권이 침탈당하면서 조선의 정치질서가 무너지고 사회가 혼란하면서 조선이란 한 거대한 국가가 점차 침몰해 갔다. 단지 한 개의 차일이 조선의 정국을 뒤흔들었다.

서울월드컵경기장 건설로 거대한 막구조의 시공기술이 국내에 정착되는 계기가 되었음은 건축사에 매우 의미있는 일이다. 지붕을 방패연에 비유한 것은 그 조형적 상징성뿐 아니라, 연의 대나무살과 구조적 개념이 비슷하기 때문이다. 방패연일 수도 있고, 삿갓이기도 하며, 부채 같기도 하다.

"거대한 지붕의 날아갈 듯한 추녀의 곡선과 열주列柱의 난간에서 한국적 이미지가 느껴진다면, 분명 이것은 내 의도가 성공한 셈이다. 올림픽공원의 체조경기장을 포함한 5개의 경기장의 기본설계나 부산의 사직야구장, 말레이시아 KUCHING 메인스타디움과 실내경기장 등 전에 설계한 여타 경기장은 모두 둥근 것이었다. '경기장은 둥글다'는 고정관념에 따라 초기 스케치는

원형에서 출발했었다.

그러나 직사각형 축구장과 나란한 직선 스탠드가 얼마나 공기 단축과 시공성이 좋은지는 대구, 부산 등 원형 경기장의 PC 콘크리트 스탠드 시공의 어려움에서 여실히 증명되었다. 서울이 뒤늦게 착공했음에도 여유 있는 공정으로 마무리된 것은 스탠드의 직선화가 크게 공헌한 것이었다.

설계 당선 직후 이 경기장은 장마 때 침수위험이 있다는 등 실패한 상대팀이 터무니없는 모함으로 시달림을 받았으나 2001년 대홍수에서 '완벽한 수방대책'이라는 평가를 받았다.

스케치를 백두대간 반야계곡의 작은 공간에서 구상한 지 꼭 4년 만인 2001년 11월 10일 마침내 준공기념 행사를 성공적으로 치를 수 있었다."

그는 월드컵 경기장의 기본설계의 산실인 반야분교를 불하받으려고 했으나, 마을주민들이 폐교를 불하받으려 하니 주민 우선에 따라 교육청은 그에게 불하해 줄 수 없었고, 산촌에 세우려던 그의 '이공건축연구소'의 꿈은 교문 기둥에 간판만 남기고 사라질 수밖에 없었다.

98년 4월, 원주 연세대 국문과 교수들과 함께 박경리 선생이 이곳에 하룻밤을 묵었었다. 박경리 선생의 원주 주택을 설계한 인연도 소중하지만, 훗날 통영 미륵섬에 박경리문학관을 설계한 것 또한 운명이었다.

김수근의 공간은 문화예술의 공간이었다면, 류춘수의 반야정
은 어떤 공간일까? 마당 앞을 흐르는 벽계수, 뒷산의 울창한 송
림에서 바람이 불고 계곡을 따라 동서로 먼 산에서 해가 뜨고 달
이 진다.

그는 이곳에 어떤 집을 지을까? 500평 밭모퉁이에 130여 평
을 대지로 전용허가를 받아서 2001년 여름에서 겨울까지 틈나는
대로, 그러나 거의 매일 이 집을 설계하였다. 혼자 몇 달을 그런
셈이다. 가장 중요한 생각은 이곳 사람들에게 그리 별나게 보이
지 않도록 한다는 것이었다.

건축가 류춘수의 반야정

퇴계는 전문적인 건축가가 아니었지만, 도산서당을 설계하면서 구조 설계뿐 아니라 위치의 선정은 건축학적인 측면에서 탁월한 선택이었다. 퇴계는 성리학을 도통한 철학자로서, 건축을 통해 자신의 사상을 현실에 실현함으로써, 이미 5백여 년 전에 동양사상을 건축에 적용해 자연과 인간의 조화를 구현한 것이다.

도산서당이 자리한 터전은 좌우측의 산에 둘러싸인 산협과 전면에 강이 흐르는 지세인데, 다른 곳도 이와 비슷한 곳이 있을 수 있으나, 이와 아주 유사한 지형이 바로 영주 이산 신암리에 있는 초배 허씨 부인의 묏(墓)자리이다. 부인의 묏자리가 동향인 데 비해 도산서당은 남향이란 점만 다를 뿐 나머지는 너무나 유사하다.

도산서당은 퇴계의 정서가 자연과 정겹게 어우러졌던 만큼 그에게는 도산서당이 하나의 완결된 우주였다. 동시에 그 자신의 인격과 사상적 산실이었다.

〈계당에서 우연히 흥이 일어 절구 열 수를 짓다 溪堂偶興, 十絶 中〉

샘물을 움켜다가 벼루에 붓고,
한가히 앉아 새 시를 써 본다.
깊숙이 사는 취미 스스로 즐거우니,
남이야 알건 말건 무엇이 아랑곳가.

掬泉注硯池 국천주연지 閑坐寫新詩 한좌사신시

自適幽居趣 자적유거취 何論知不知 하론지부지

"다른 사람이 몰라주어도 아랑곳하지 않는다(人不知而不慍). (《논어》학이)"라는 한거閑居 유취幽趣의 즐거움을 노래하고 있다.

도산서당을 지을 땅은 산이 그리 높거나 크지 않으며 그 골짜기가 넓고 형세가 뛰어나며 치우침이 없이 높이 솟아, 산봉우리와 계곡들이 모두 손잡고 절하면서 이 산을 빙 둘러싼 것 같다. 왼쪽에 있는 산을 동취병東翠屏이라 하고, 오른쪽에 있는 것을 서취병西翠屏이라 하는데, 동취병은 청량산淸凉山에서 나와 이 산 동쪽에 이르러 벌려선 품이 아련히 트였고, 서취병은 영지산에서 나와 이 산 서쪽에 이르러 봉우리들이 우뚝우뚝 높이 솟았다.

동취병과 서취병이 마주 바라보면서 남쪽으로 구불구불 휘감아 8, 9리쯤 내려가다가, 동쪽에서 온 것은 서쪽으로 들고 서쪽에서 온 것은 동쪽으로 들어, 남쪽의 넓고 넓은 들판 아득한 밖에서 합세하였다. 산 뒤에 있는 물을 퇴계라 하고, 산 남쪽에 있는 것을 낙천(洛川, 낙동강)이라 한다.

산 북쪽을 돌아 산 동쪽에서 낙천으로 들고, 낙천은 동취병에서 나와 서쪽으로 산기슭 아래 이르러 넓어지고 깊어진다. 여기서 몇 리를 거슬러 올라가면 물이 깊어 배가 다닐 만한데, 금 같은 모래와 옥 같은 조약돌이 맑게 빛나며 검푸르고 차디차다. 여기가 이른바 탁영담濯纓潭이다.

서쪽으로 서취병의 벼랑을 지나서 그 아래의 물까지 합하고, 남쪽으로 큰 들을 지나 부용봉芙蓉峰 밑으로 들어가는데, 그 봉이 바로 서취병이 동취병으로 와서 합세한 곳이다.

정사년(1557)에서 신유년(1561)까지 5년 만에 당堂과 사舍 두 채가 그런 대로 이루어져 거처할 만하였다. 서당書堂은 모두 세 칸인데, 중간 한 칸은 완락재玩樂齋라 하였으니, 그것은 주 선생朱先生의 《명당실기名堂室記》에 "완상하여 즐기니, 족히 여기서 평생토록 지내도 싫지 않겠다."라고 한 말에서 따온 것이다.

동쪽 한 칸은 암서헌巖棲軒이라 하였으니, 그것은 운곡의 시에 '자신을 오래도록 가지지 못했으니, 바위에 깃들여 작은 효험 바라노라.'라는 말을 따온 것이다.

그리고 합해서 도산서당陶山書堂이라고 현판을 달았다. 사舍는 모두 여덟 칸이니, 시습재時習齋·지숙료止宿寮·관란헌觀瀾軒이라고 하였는데, 모두 합해서 농운정사隴雲精舍라고 현판을 달았다. 서당 동쪽 구석에 조그만 못을 파고 거기에 연蓮을 심어 정우당淨友塘이라 하고, 또 그 동쪽에 몽천蒙泉이란 샘을 만들었으며, 샘 위의 산기슭을 파서 암서헌과 마주보도록 평평하게 단을 쌓고 그 위에 매화·대나무·소나무·국화를 심어 절우사節友社라 불렀다.

당堂 앞 출입하는 곳을 막아 사립문을 만들고 이름을 유정문幽貞門이라 하였는데, 문 밖의 오솔길은 시내를 따라 내려가 동구

에 이르면 양쪽 산기슭이 마주하고 있다. 그 동쪽 기슭 옆에 바위를 부수고 터를 닦으니 조그만 정자를 지을 만한데, 힘이 모자라 만들지 못하고 다만 그 자리만 남겨두었다. 마치 산문山門과 같아 이름을 곡구암谷口巖이라 하였다.

여기서 동으로 몇 걸음 나가면 산기슭이 끊어지고 바로 탁영담에 이르는데, 그 위에 커다란 바위가 마치 깎아 세운 듯 서서 여러 층으로 포개진 것이 10여 길은 될 것이다. 그 위를 쌓아 대臺를 만들었더니, 우거진 소나무는 해를 가리며, 위에는 하늘, 아래는 물이어서, 새는 날고 고기는 뛰며 물에 비친 좌우 취병산의 그림자가 흔들거려 강산의 훌륭한 경치를 한눈에 다 볼 수 있으니, 이름을 천연대天淵臺라 하였다.

그 서쪽 기슭 역시 이것을 본떠서 대를 쌓고 이름을 천광운영天光雲影이라 하였으니, 그 훌륭한 경치는 천연대에 못지않다.

반타석盤陀石은 탁영담 가운데 있다. 그 모양이 넓적하여 배를 매어두고 술잔을 돌릴 만하며, 큰 홍수를 만날 때면 물속에 들어갔다가 물이 빠지고 물결이 맑아진 뒤에야 비로소 드러나게 된다.

"나는 늘 고질병을 달고 다녀 괴로웠기 때문에, 비록 산에서 살더라도 마음껏 책을 읽지 못한다. 남몰래 걱정하다가 조식調息한 뒤 때로 몸이 가뿐하고 마음이 상쾌하여, 우주를 굽어보고 우러러보다 감개感慨가 생기면 책을 덮고 지팡이를 짚고 나가 관란

헌에 임해 정우당을 구경하기도 하고, 단에 올라 절우사를 찾기도 하며, 밭을 돌면서 약초를 심기도 하고, 숲을 헤치며 꽃을 따기도 한다.

혹은 바위에 앉아 샘물 구경도 하고 대에 올라 구름을 바라보거나 낚시터에서 고기를 구경하고, 배에서 갈매기와 가까이하면서 마음대로 이리저리 노닐다가, 좋은 경치 만나면 흥취가 절로일어 한껏 즐기다가 집으로 돌아오면, 고요한 방 안에 쌓인 책이가득하다.

책상을 마주하여 잠자코 앉아 삼가 마음을 잡고 이치를 궁구할 때, 간간이 마음에 얻는 것이 있으면 흐뭇하여 밥 먹는 것도잊어버린다. 생각하다가 통하지 못한 것이 있을 때는 좋은 벗을찾아 물어보며, 그래도 알지 못할 때는 혼자서 분발해 보지만, 억지로 통하려고는 하지 않는다. 우선 한쪽에 밀쳐 두었다가, 가끔다시 그 문제를 끄집어내어 마음에 어떤 사념도 없애고 곰곰이생각하면서 스스로 깨달아지기를 기다리며, 오늘도 그렇게 하고내일도 그렇게 할 것이다.

또 산새가 울고 초목이 무성하며 바람과 서리가 차갑고 눈과달빛이 어리는 등 사철의 경치가 다 다르니, 흥취 또한 끝이 없다. 그래서 너무 춥거나 덥거나 큰 바람이 불거나 큰 비가 올 때가 아니면, 어느 날이나 어느 때나 나가지 않는 날이 없고, 나갈때나 돌아올 때나 이와 같이 하였다."

이것은 곧 한가히 지내면서 병을 조섭하기 위한 쓸모없는 일
이라서, 비록 옛사람의 문정門庭을 엿보지는 못했지만, 퇴계 스스
로 마음속에 즐거움을 얻음이 얕지 않으니, 아무리 말이 없고자
하나 말하지 않고는 배길 수가 없었다.

도산서당(한국의 미 재발견)

오늘날 건축설계도는 자와 컴퍼스로 그리는 그림이지만, 퇴계
는 詩로써 도산서당을 설계하였다. 도산서당의 설계는 서당뿐 아
니라 부속건물과 주위의 산과 낙동강이 어우러진 자연경관, 즉 풍
수지리를 염두에 두고 천 년의 대계를 설계하였으며, 그것이 지금
의 도산서원이다.

　풍수지리는 사람과 자연(산세山勢·지세地勢·수세水勢)의 정적
情的 교감이 인간의 운명을 좌우한다는 믿음이다. 땅속에 흐르는
정기精氣가 물길에 의해 방해 받거나 바람에 흩어지지 않는 곳을
명당으로 믿었다. 봉화지방에 전래되는 풍수 설화가 있다. 풍수
로 유명한 남사고南師古는 효성이 지극하여 죽은 아버지를 명당
에 묻기 위해 수십 번을 이장移葬하였다.

　그가 이장한 곳은 하나같이 명당이어서 남사고가 묘를 파갔
다 하면 곧 누군가 그 곳에 묘를 이장해서 자손이 번창하고 재물
이 늘었다고 한다. 그는 마침내 봉화군 상운면 가곡리 뒷산의 명
당을 발견하여 이장하고 있는 중에, 한 승려가 나타나서 혀를 끌
끌 차면서 남사고에게 충고했다.

　"좋은 묏자리 다 버리고 이곳에 묘를 쓰니 가엾구나, 가엾어."

　남사고는 자신의 확신을 믿고 작업을 마무리한 후 산을 내려
오다가 두 다리가 부러져 즉사하고 말았다. 그는 멀리 보이는 메
밀밭을 강물로 오인하는 실수를 저질렀던 것이다.

　삼동재 도깨비도로 범바위 전망대에서 내려다보이는 산소는
묏자리를 파는 중에 학이 한 마리 날아갔다고 전한다. 또 어떤 산
소는 안형(雁形, 기러기 형세)인데 석물을 너무 많이 세워서 날지 못
한다고 한다. 풍수설화는 어느 지방이나 있어왔다.

　풍수지리는 인간의 운명을 좌우하거나 길흉화복을 점치는 것
이 아니다. 자연을 거스르지 않고 자연과 조화를 이루는 것이다.

자연을 훼손하고 자연과 배타적이라면 당연히 인간의 삶에도 좋을 수 없다. 내성천이 흐르는 석천계곡의 풍광을 거스르지 않고 산세를 따라 비킨 듯이 수줍게 자리 잡은 석천정사와 한계령 기슭에 있는 듯 없는 듯 엎드려 있어 설악의 풍광을 거스르지 않는 한계령 휴게소는 인간과 자연의 정적情的 교감과 지리의 이적利的 상교相交를 모두 갖춘 걸작이다.

닭실(酉谷)마을은 닭이 알을 품고 있는 '금계포란형金鷄抱卵形'의 지세라고 한다. 충재 선생이 마을 앞의 바위 위에 청암정靑巖亭을 지었는데, 마치 닭이 알을 품음과 같다. 2002 서울월드컵경기장(성산동)은 소반 위의 방패연을 형상화한 것인데, 이는 달걀바위 위의 청암정에서 착안한 것이다.

500년 전의 선조가 후세의 천재 건축가에게 신神의 한 수를 내린 것이다. 우리 축구팀은 홈그라운드 소반 위에서 방패연처럼 날아서 세계의 축구 강호 이탈리아와 스페인을 꺾고 월드컵 사상 처음으로 4강에 올랐었다.

오늘날, 풍수는 무시되고 자연의 이적상교의 관점에서 지리만 강조하는 경향이 있다. 자연을 개발이라는 명목으로 훼손하고서는 늘 그것이 우리 인간을 위한 위업이라고 강변하곤 한다. 그러나 산속의 옥을 캐어 나라의 보물인 옥새를 만드는 일도 자연훼손으로 보고 있는 퇴계의 생태론은 인간본위의 자연관을 추호도 용납하지 않을 듯하다.

집을 지을 때는 예나 지금이나 집의 활용도를 생각해서 집터를 정하고 공사에 필요한 건축재료와 공사비용을 감안하지 않으면 안 된다. 류춘수가 설계한 '한계령 휴게소'와 '강촌 휴게소'는 지형과 주변 경관에 맞게 구조방식과 재료의 사용이 혁신을 시도하되, 성수기와 비수기에 따른 판매·관리의 변화기능을 수용하여 합목적적으로 설계하였다.

강촌 휴게소는 건축주가 바뀌면서 새 건축주에 의해 막구조를 걷어냄으로써 경춘가도에서 명물이었던 이 건물을 더 이상 볼 수 없게 된 것이 안타깝다.

경춘가도의 '강촌 휴게소'는 건축주가 바뀌면서 막구조도 바뀌었다.

　그는 반야의 집을 설계하면서, 5m×15m 정도의 작은 단층집을 가장 공사하기 편하며, 재료를 단순히 한다는 것도 중요했다. 무엇보다도 혼자 올 때, 식구들과 올 때, 그리고 20여 명 이상 단체가 올 때, 그리고 아무도 없는 대부분의 기간인 빈 집일 때를 깊고 깊게 생각하여 그려야 했다.

　100mm 각의 철재기둥과 100mm 두께의 시멘트 블록으로 내외의 벽을 쌓았다. 평면과 단면 모두 철저히 블록 모듈에 맞게 하느라 기둥 간격은 2,910mm로 하여 줄눈 치수까지 빈틈없이 설계하여 경사면을 제외하면 깬 블록이 없도록 하였다.

　단순한 평면이되 방마다 분위기가 다르고. 현관이 없는 전통적 민가의 모습이되 버려진 공간은 한 치도 없으나. 융통성이 많아 오히려 여유롭다.

　그는 누가 뭐래도 이런 집은 아무나 설계할 수 없다고 생각하며, 잘난 집은 아니지만 손쉽게 그려질 집은 더구나 아니라고 한다. 실제로 이 집은 생활주택과 정자를 겸하는 구조이며 다락처럼 긴 이층 방이 있어서 가끔 치르는 집안의 행사에도 많은 친척들이 묵어갈 수 있어서 규모나 건축비에 비해서 활용도가 높다고 본다. 태양열 발전장치만 보탠다면 미래형 농촌주택의 표본이 될 수 있어 보인다.

　그는 이 집에 대하여 스스로 만족하는 듯,

　"나는 이 집을 사랑하고 자랑한다. 마루에서 건너가는 멤브레

인 정자도 내 취향이며, 어느 구석이나 실용적이되 아름답다. 부
엌방을 외부 공간으로 만드는 창호지 들문도 멋지고, 대청마루처
럼 보이는 정선 대리석 무늬도 멋있다. 작은 연못에 수백 마리 노
니는 피라미와 버들치 그리고 꽁치만한 산천어 한 마리가 모두
얼음 속에서도 살아남아 봄을 맞아 활기차게 헤엄치는 모습에 눈
물겹도록 반갑고 기뻤다.

2002년 6월 30일, 이 집 준공식 날에 캠브리지에서 만나 친
구가 되었던 주한 영국대사 Charles Humanly 내외와 봉화군 관
계자들과 마을 주민이 모여 한국과 터키의 월드컵 4강전을 보며
즐긴 파티는 멋진 추억이 아닐 수 없다.

실제로 주소를 이곳으로 옮겼으니, 나는 공식적으로 귀향한
봉화군민이 된 셈이다. 스승 김수근 선생의 선친과 조상들의 고
향이 봉화에서 이쪽으로 오는 길목인 창바다 마을이라 어찌 또한
감회가 없겠는가. 서울에서 여기까지 약 300km를 곧장 빨리 오
면 4시간이 걸리지만 보통 5시간 이상 걸리며, 부산에서는 더욱
멀다.

사람들은 "그 먼 곳에 불편해서 어찌 가냐고." 하는데, 나는
"멀기에 더욱 좋다. 두 시간 이내 거리면 누가 서울에서 만나자
고 하면 거절하기 어렵지만 이곳에 있다면 양해되며, 오가는 길
또한 늘 여행이 아닌가?"

건축사는 건물주가 있는 도시에 있어야 마땅하다. 그러나 류

춘수의 주민등록지 반야 집은 말 안 해도 마음 다 알아줄 아주 예쁜 사람이 사는 곳이라고 읊은 오탁번 시인의 〈낙향을 위하여〉를 생각하게 한다.

까마득하게 흐려져 버린
내 사랑의 호적등본만한 빈터가
실은 내 생애의 전부였음을
이제야 알겠다.
술지게미 먹고 깨금발로 뛰어놀던
내 사랑의 빈터에
말 안 해도 마음 다 알아줄
아주 예쁜 사람이 살고 있음을
이제야 알겠다.

그는 1,500여 평의 땅을 구입하여 집 한 채만 차지하고 나머지는 이웃에서 경작할 수 있게 하였는데, 지금은 사과나무를 심어서 가을에는 사과가 영글어 가는 것을 보는 재미도 있다고 한다.

이 집은 자신과 가족뿐 아니라, 친구들 누구라도 이곳을 이용할 수 있게 개방하고 있어, 휴가철에는 이곳에서 동창회를 열었으며, 준雋이 은퇴하던 해 이곳에서 보름 동안 지낼 수 있었다.

　"부모님 계시는 선산과 고향마을 그리고 처가 식구들이 살고 있는 버저이(法田)마을이 한 시간이면 닿을 수 있고, 육륙봉 아름다운 봉화의 명산 청량산을 지나면 도산서원 너머 안동에는 친구들이 많이 있다. 풍기에서 소수서원 오는 길목에 경륜훈련원을 설계했고, 지금은 풍기 동양대학의 도서관과 봉화읍의 강변무대를 설계 중이니 업무의 연장으로 올 수 있다. 인터넷과 해외 전화는 이곳에서 서울보다 더 자주 하니 여기는 실제로 내 작업실이다."

　산촌 탐방을 왔다가 폭우를 만난 여대생 두 명이 한밤에 찾아와 자고 가기도 했으며, 중국 천진에서 함께 일하는 건축가와 그 직원들이 묵어갔고, 2002년의 루사와 2003년의 매미태풍은 100년에도 없을 물난리에 계곡은 엄청나게 손상되었지만, 지금은 완전히 생태계가 복원되고 여전히 경관이 아름답다.

　반야계곡은 가을이 일찍 오고 맑은 물과 소나무 끝에 이는 시원한 바람이 상쾌할 뿐, '승부동천' 만큼 풍치가 빼어나지도 않고 동학洞壑이 깊거나 웅장하지도 않으며, 여느 별장처럼 담장을 높게 쌓아 풀장이나 정원을 꾸미지 않아서 크게 내세울 것 없는 곳이지만, 그는 집 주위의 산과 계곡을 아이들처럼 좋아하였다.

　"계곡 따라 500여 보 상류로 가면 깊은 소沼와 작은 폭포가 숲속에 숨어 있으니 여름에는 집안의 풀장처럼 수영하며 큰 소나무에 매어놓은 해먹에서 흔들리며 자는 낮잠은 아기의 요람처럼

아늑하다. 실제로 이곳에선 건축은 그리 의미가 없다. 방안까지 달과 별이 찾아오는 밤, 철따라 스스로 변하는 아름다운 자연 속에 쉴 수 있는 집이 있다는 것만으로 나는 행복하다.

누가 이 집의 이름을 묻기에 없다고 했다. 이름을 그럴듯하게 붙이는 일에 익숙하지 않은 탓이긴 하지만, 자칫 이름이 이 집의 멋을 반감시킬 수 있기 때문이다. 《Lemon Tree》라는 여성지에서 「건축사 류춘수의 봉화 집」이라는 긴 이름으로 소개된 적이 있었다. 구태여 이름을 붙여 본다면 반야마을이니 그냥 반야정이라 할까보다.”

여럿이 모여서 회합을 하거나 즐기기 위한 공간이 정자이다. 전통건축인 정자를 현대식으로 표현한 것이 '서울월드컵경기장'이나 부산 해운대 동백섬의 '누리마루 APEC 하우스'이다.

류춘수는 실제 이 두 정자를 반야盤野에서 설계하였다. 그의 반야정은 봉화군에 현존하는 105개 정자 가운데 가장 작은 정자이면서도 멤브레인 지붕을 적용한 신개념의 첨단기술hightech 정자이다. 이 반야정에서 세계적인 정자인 '월드컵경기장'과 '누리마루'를 잉태하였으니, 그 이름은 '반야월드마루(Vanya World Maru)'가 어떨까?

4. 어머니의 강

母川

내성천은 봉화에서 발원하여 생명을 주고, 바라는 것 없이 흘러가는 어머니의 강.

　석포에서 청옥산을 넘는 도로와 춘양에서 문수산 주실령을 넘어서 물야物野로 이어지는 두 도로를 지도 위에 그렸더니, 쌍봉낙타駱駝 한 마리가 지도 위에서 꿈틀거렸다.

　석포에서 바깥세상으로 나오는 길은 영동선과 청옥산을 넘는 도로뿐이다. 나는 석포역에서 열차를 타고 철암역으로 향했다. 경북 봉화군의 석포역에서 철암역까지는 약 10km 거리로서, 강원도 태백시의 동점역을 지나면 바로 철암역이다.
　철암역은 강원도 태백시 철암동에 위치하여 태백지역의 석탄을 전국으로 실어 나르던 곳으로, 쇠돌바위(鐵岩)라는 이름을 가진 특이한 바위가 있어서 철암역으로 불리게 되었다. 낙동강의 수원水源에 가까운 깊은 협곡에 위치하며, 북쪽 2km 지점에 영동선에서 영월·제천 그리고 서울로 이어지는 태백선 철도의 분기점인 백산역이 있어, 백두대간 협곡열차 V트레인이 철암역에서 동점역—석포역—승부역—양원역—분천역으로 연결된다.

　영암선의 종점이요 태백산 지역 석탄광산의 중심지였던 철암역에 내렸을 때, 철암은 과거 속에 그대로 있었다. 마치 타임머신을 타고 도착한 듯 오래된 낯선 도시로 남아 있었다.

태백산 지역에서 채굴한 석탄들을 화물열차에 싣기 위해 모
아두는 철암역의 선탄選炭 시설은 적재 컨베이어를 비롯한 국내
최초의 무연탄 선탄 시설로, 석탄가루를 덮어쓴 채 흑인처럼 빨
간 입술에 하얀 이빨을 드러내며 히죽이 웃고 있었다.

철암 천변에 기둥을 세운 일명 까치발 건물로 불리는 탄광촌,
탄광이 호황이던 시절 흥청거리던 식당과 다방들이 막장에서 나
온 광부들처럼 지친 듯 널브러져 있는 탄광 역사박물관이다.

석탄가루가 땅속까지 배어있는 철암 시내와 탄광 역사박물관
을 둘러보다가 군중 속에서 낯익은 얼굴이 스쳐 지나간 뒤에야

뒤돌아보았으나, 이미 시야에서 사라진 뒤였다. 기억을 되살려 보았더니, 분명 50여 년 전에 탄광사고로 별세한 고향의 친척 분이었다. 가난한 농촌을 벗어나서 광산에 취직하였으나, 탄광 사고로 희생된 것이다. 그 후 남은 가족들의 삶은 고달프기 짝이 없었다.

태백 지역의 석탄이 철암역에서 도시의 연탄공장으로 운반되면서, 도시의 서민들이 겨울을 따뜻하게 살아날 수 있었으며, 민둥산이 되어가던 한반도의 산천이 죽음을 면하게 되었고, 홍수가 날 때마다 산사태로 모래가 쌓여 강바닥이 높아가던 현상도 없어졌다.

탄전은 단단한 철광석과 달라서 석탄더미가 무너지는 위험을 각오해야 하며, 석탄가루가 진폐塵肺의 원인이 되기 때문에, 미로 같은 탄광의 막장에서 석탄을 캐는 탄부들의 생활은 늘 불안한 삶이었다. 검은 땀으로 얼룩진 얼굴과 하얀 이를 드러내며 석탄 운반용 갱차(Coal car)에 앉은 광부들의 모습이 그려진다.

탄광의 봉급날, 남편을 대신하여 봉급을 받으려고 광업소 사무실 앞에 부인네들이 자신의 사진이 붙어 있는 남편의 재직증명서를 들고 줄지어 서 있었다. 탄광에서는 아내가 남편을 대신하여 월급을 받는 것은 남편은 갱 속에서 일하고 있거나 야근을 한 뒤 교대하여 집에서 자고 있기 때문이다.

연탄은 1980년대까지 가정 난방용으로 겨울나기의 필수품이

었지만, 1990년대 이후 가정용 난방연료로 도시가스 보급이 일반화되면서, 한때 흥청거리던 탄광지역에서 석탄산업이 몰락하자, 전국에서 모였던 탄광 노동자들은 뿔뿔이 흩어져 갔다.

연탄은 비용에 비해서 난방뿐만 아니라 산림보호에도 효과가 높았다. 그러나 연탄가스로 인하여 많은 생명을 앗아가는 원흉이 되기도 했다. MIT 공학박사 배순훈裴洵勳은 1972년 미국에서 KAIST 교수로 초빙되어 온 뒤 1973년 오일쇼크가 났는데, 연탄중독으로 자꾸 사고가 나니까, 당시 대통령이 배 박사에게 물었다.

"안 죽고 편안하게 잘 수 있는 방법이 없습니까?"

"네, 저도 안타깝게 생각하고 있습니다만……"

"연탄가스를 없앨 수 있겠소?"

카이스트에 온돌방을 꾸며서 연구를 해보니, 연탄 온돌에서 자는 한 중독이 안 되는 게 기적이었다.

"연탄가스를 없앨 방도를 찾지 못했습니다. 그러나 연탄으로 가열한 물을 방바닥 아래 깔린 파이프로 펌핑하여 순환시키는 방안(패널 히팅)이 있습니다."

대통령이 그 날 바로 용인에다 1,000채 주택을 짓고 전부 온수 온돌을 놓으라고 지시하였다. 이렇게 하여 온수 온돌을 고안함으로써 수많은 생명을 구할 수 있었고, 고층 아파트단지가 건

설되면서 석탄산업이 무너지는 계기가 되었다.

철암을 떠나오면서, 해직 교사 안도현 시인의 〈너에게 묻는
다〉라는 짧은 詩가 연탄의 소중함과 탄부들의 애환을 되돌아보
게 하였다.

연탄재 함부로 차지 마라
너는
누구에게 한 번이라도 뜨거운 사람이었느냐.

낙동강의 발원지 구문소

철암역과 동점역 사이에 태백시 황지에서 흘러온 시냇물이

석회암을 뚫고 나오는 구문소가 있다. 황지 연못에서 20km 정도를 흘러온 시냇물은 태백의 높은 계곡을 만나 연화산 끝자락 검은빛의 기암괴석을 가로지르는 커다란 물길을 만들었다. '강물이 산을 넘는다(渡江山脈)'는 전설이 현실로 나타난 곳이다.

사람의 힘으로 계산하기도 힘든 오랜 시간을 강물의 힘으로 석회암 암벽을 깎아내린 자연현상을 도로에서 바라볼 수 있다. 계곡의 강물을 따라 이어지는 약 4km의 자연탐방로는 5억 년 전 고생대 화석의 흔적과 물결의 모습을 담는 퇴적지형이 만들어낸 마당소(廣場沼), 삼형제폭포, 닭벼슬바위(鷄冠岩) 등의 구문팔경求門八景의 자연을 관찰할 수 있는 지구과학 교실이다.

철암역에서 4km 거리의 동점은 원래 통점이었는데, 주변에 구리광산이 있어서 동점銅店이 되었다고 한다. 철암역에서 동점역까지 오는 선로에서 3km 정도가 급경사인 데다가 역 구내가 좁아서 전국에서 유일하게 피난선로가 설치되었다. 동점역에서 석포역 방향으로 30분 거리의 육송정 삼거리는 석포·춘양·태백이 갈라지는 곳이다. 이곳에서 세 방향으로 운행하는 시외버스는 손을 들어서 탈 수 있다. 현동에서 태백시까지의 도로확장 및 터널공사가 2018년 3월초 부분 준공되어 육송정 삼거리를 통과하지 않고 태백산 터널로 직행할 수 있게 되었다.

석포역에서 춘양 터미널까지 약 한 시간 정도가 걸리는 버스

를 타면, 석포—육송정—대현리—청옥산 휴양림—고선리—대풍
정—잔데미—무진 랜드—현동—노루재 터널—어지리—창애정—
오미—방전을 거쳐서 춘양 터미널에 도착하게 된다.

태백산과 청옥산에서 흘러내리는 계곡물을 따라 청옥산 넛재
에 오르는 길은 자연이 살아 숨 쉬는 청정지역이다. 그러나 태백
시로 통하는 길이 오직 이 길뿐이어서 차량통행이 많은 넛재를
걸어서 넘기에는 불안한 길이었다. 이제 청옥산과 태백산에 터널
을 뚫어서 태백시로 직행하는 도로가 완공되면서 차량통행이 드
문 넛재를 걸어서 넘는다면 청옥산 자연휴양림과 고선계곡의 경
관을 즐길 수 있게 되었다.

육송정 삼거리에서부터 넛재까지 이어지는 길고 긴 대현 계
곡은 깊고 산은 높았다. 육송정 삼거리에서 계곡물을 따라 한 시
간쯤 걸으면 연화광업소의 월암리 사택 아파트단지가 보인다. 현
재는 비어 있는 상태이나, 아파트의 규모로 보아 아연채광 당시
수백 명의 사원들과 그 가족들이 살았을 정도로 성업을 이루었으
며, 지금도 깨끗하게 관리가 되고 있는 아파트 건물의 상태는 철
암천변에 기대어 지어진 광부 사택 '까치발 건물'에 비해서 청정
한 아연광업소의 분위기를 느낄 수 있다.

월암리에서 넛재 방향으로 오르면 폐교가 된 석포초등학교
대현 분교장의 2층으로 된 12개 교실의 교사校舍는 대현초등학교
당시의 학생 수를 짐작할 수 있다. 대현초등학교 운동회는 가족

들이 함께 하는 운동회였다. 그 날은 광업소가 휴업을 하는 날이다. 광부 자녀들의 학부모뿐 아니라 광업소 직원들이 참여하기 때문이다.

학부모 달리기경기에서 남편이 달리는 뒤를 아내가 따라가면서, "여보, 잠깐만!" 하고 소리치지만, 바지가 내려와서 밖으로 삐죽이 튀어나온 것도 모르고 달리는 남편은 관중들의 응원박수가 자신을 향한 것도 모른 채 고개를 뒤로 젖히고 씩씩거리며 달렸다. 그 남편과 아내는 대현초등학교 운동회의 주인공이었다.

대현초등학교 뒤 태백산 골짜기는 열목어가 서식하는 백천계곡과 대한불교 불승종의 총본산 태백산 현불사가 있다.

바람 없는 곳에는 꽃이 피지 않고,　　無風天地 無花開

이슬 없는 곳에는 열매가 맺지 않는다.　無露天地 無結實

　현불사 도량(道場, 부처와 보살이 머무는 신성한 곳)의 유시諭示는 한 마디로 무한불성無汗不成의 의미를 내포하고 있다. 현세現世의 부처가 있다는 현불사現佛寺는 한때 어느 대통령의 거처지로 물망에 올랐으며, 어느 야당 대통령 후보는 대선을 앞두고 서울에서 네 시간 거리의 이 절에서 철야기도에 참석했다고 한다.

태백산 백천계곡

현불사에서 태백산 속으로 돌아들면 사방이 산으로 둘러싸이고 아홉 굽이의 물이 굽이친다는 백천계곡은 태백산 국립공원의 일부이며, 태백산 천제단으로 오르는 등산로이다. 가을단풍과 겨울 눈경치가 아름답고, 물이 맑으며 수온이 낮아 열목어가 서식하는 세계 최남단 지역이다.

대현초등학교 앞에서 급경사로를 수십 굽이를 돌아서 오르면 896m의 청옥산 넛재에 오른다. 넛재 정상에 오르기 전 왼쪽 골짜기의 청옥산 자연휴양림은 캠퍼들 사이에 7성급 야영지로 손꼽히는 곳이다. 각종 캠프시설이 잘 갖추어져 있을 뿐 아니라, 해발 700m 고지 이상에 위치한 휴양림으로서, 아름드리 잣나무와 소나무가 많아 피톤치드가 무성하기 때문이다.

청옥산에는 고선·대현금강소나무 생태 경영림이 있다. 생태 경영림은 아름다운 산림과 숲의 미적 가치가 잘 표현되는 산림을 선별하여 단지로 지정하였다. 열병식 대열로 꼿꼿이 서 있는 금강송을 보면서 박목월 시인의 〈나무〉가 떠올랐다.

유성에서 조치원으로 가는 어느 들판에
우두커니 서 있는 한 그루 늙은 나무를 만났다.
수도승일까? 묵중하게 서 있었다.
다음날은 조치원에서 공주로 가는 어느 가난한 마을 어귀에

그들은 떼를 지어 몰려 있었다.

멍청하게 몰려 있는 그들은 어설픈 과객일까?

몹시 추워보였다.

공주에서 온양으로 우회하는 뒷길

어느 산마루에 그들은 멀리 서 있었다.

하늘 문을 지키는 파수병일까? 외로워보였다.

온양에서 서울로 돌아오자, 놀랍게도

그들은 이미 내 안에 뿌리를 펴고 있었다.

묵중한 그들의, 침울한 그들의, 아아 고독한 모습.

그 후로 나는 뽑아낼 수 없는

몇 그루의 나무를 기르게 되었다.

하늘을 찌를 듯이 키 큰 금강송의 기상은 호방한 남성의 미가 넘친다. 금강송은 성장 단계마다 스스로 곁가지를 버리면서 커간다. 곁가지로 가는 영양분을 줄여서 육질을 단단하게 하는 것이다. 생육조건이 좋은 쪽보다 눈비를 맞으며 극한에서 자란 나무일수록 중심부의 세포는 송진을 머금어 단단한 심재心材로 거듭나게 된다. 송진이 많아 누런색을 띠는 황장목은 습기와 해충의 접근에도 잘 견뎌낸다. 노송 밑에는 파릇파릇한 애송(-松)이 촘촘히 돋아난다.

금강송은 제 살인 곁가지를 잘라내며 긴 세월 동안 악천후를

견뎌내고 늙을수록 더욱 단단해진다. 가을이면 잎들이 스스로 떨어져 나무에 수분을 줄여서 겨울 동안 동사하지 않고 견딜 수 있는 낙엽송같이, 금강송의 곁가지들도 스스로 자신을 희생함으로써 더 튼튼한 나무로 자랄 수 있게 한다.

수백 년간 성장한 삼림 군락이 인간들의 실수로 일순간에 잿더미로 사라지는 것은 막아야 한다. 등산로 입구에 '산불조심' 팻말과 깃발을 날리는 것으로 산림보호에 대한 경각심을 불러일으킬 수 있을지 의문이 든다.

미국에 유학 간 한 청년이 캘리포니아의 어느 숲에 야영을 갔을 때, 등산로 입구마다 곰의 그림이 그려진 팻말을 보고 밤잠을

금강소나무 숲

설친 적이 있다고 한다. 그것은 '곰 주의' 팻말이 아니라, 미국식 '산불조심' 이라는 것을 뒤늦게 알게 되었단다.

　미국의 3학년 국어교과서에, 산불에 희생된 곰 일가족 이야기가 있다. 아기 곰의 재롱에 곰 부부는 행복했다. 어린이들은 귀여운 아기 곰의 친구가 된다. 어느 날, 산불이 나자 곰 부부는 아기 곰을 데리고 산불을 피해서 산꼭대기로 올라가지만, 산불은 산위로 계속 타올라 갔다. 이 대목에서 어린이들은 조마조마하며 읽어간다.

　결국에는 타고 남은 한 그루의 나무 위에 아기 곰을 올려놓고 곰 부부는 열심히 불을 끄지만, 몸에 불이 붙게 되었다. 아기 곰은 부모가 불타는 광경을 지켜보며 울부짖는다. 산불의 혀가 아기 곰의 엉덩이 쪽으로 날름거릴 때 아기 곰이 울부짖는다. 어린이들도 이 대목에서 몸을 옴츠리고 겁이 나서 울먹이게 된다.

　마침내 아기 곰은 불에 타서 죽게 되고, 그 장면에서 교실 안은 어린이들의 울음바다가 된다고 한다. 이 어린이들이 자라서 산에서 그 아기 곰 팻말을 보게 된다면 어떻게 행동할지 상상이 가능하다. 우리 국민들이 '산불조심' 깃발을 보고, 산불에 대해 경각심을 느끼는 정도가 어떨지 산림청 관계자들은 고민해 볼 필요가 있다.

　넛재(899m)를 내려오면, 오른쪽으로 고선계곡 초입이 나타난

다. 왼쪽으로 계곡물을 끼고 **40km** 정도 깊숙이 태백산 속으로 들어가는 천연 생태계이다. 거울처럼 맑고 수량이 풍부한 계곡물과 태고의 신비를 간직한 원시림이 있는 청정한 계곡은 여름철 휴양지로 알려지기 시작했으며, 가을 단풍철에는 계곡이 단풍과 물이 어우러지는 비경을 연출하게 된다. 구마계곡으로도 불리는 이곳은 아홉 필의 말이 한 기둥에 매여 있는 구마일주九馬一柱의 명당이 있다고 한 데서 유래되었으며, '마방, 죽통골, 굴레골'과 같이 말과 관련된 지명들이 곳곳에 남아 전해지기도 하는 백리장천百里長川 깊은 계곡이다.

구마계곡을 지나 현동 쪽으로 내려오면, 명산 랜드 무진 휴게소는 태백을 오가는 길손들이 잠시 들러서 쉴 수 있는 공간이다. 휴게소 앞을 흐르는 현동천을 막아서 만든 보가 여름철 풀장으로 변하면 아이들이 퐁당거리고, 밤이면 별빛과 반딧불을 벗 삼아 천변에 앉아 시원한 여름밤을 즐기는 재미도 있다. 구마 계곡물은 현동 합소合沼에서 낙동강에 합수된다.

석포에서 청옥산을 넘어서 현동까지의 여정은 쌍봉낙타의 한 봉을 넘는 것이다. 현동 삼거리에서 울진과 봉화로 갈라진다. 울진은 소천면 소재지를 지나서 답운재를 넘어야 하고, 봉화는 화장산을 넘어야 한다. 화장산은 임진왜란 당시 류종개(柳宗介,

1558~1592)가 이끄는 100명의 의병이 화장산 살피재(沙浦峴) 일대에서 강원도에서 넘어오는 왜장 모리 요시나리森吉成의 군대 3,000명의 병력과 전투를 벌이다가 전사한 곳이다.

울진 상인 선질꾼들은 동해안 울진 지역에서 마른 오징어·미역·건어물·소금·생선·젓갈 등을 짊어지고 화장산을 넘어서 봉화의 춘양장에서 팔고, 피륙·비단·담배·곡물 등을 사가지고 다시 화장산을 넘어서 울진으로 돌아갔다. 선질꾼들이 넘었던 화장산 싸라리골(柴洞, 時羅里洞) 살피재는 하얀 자작나무숲이 하늘을 뒤덮고 있다.

맨몸으로 걷기도 힘든 산길을 무거운 짐을 짊어지고, 십이령길을 넘고 넘었던 선질꾼의 노래는 노래가 아니라, 울음이었다.

미역 소금 짊어지고 춘양장을 언제 가노.
가노 가노 언제 가노, 열두 고개 언제 가노.(후렴)
시그라기(억새) 우는 고개 내 고개를 언제 가노.(후렴)
한평생 넘는 고개 이 고개를 넘는구나……

어서 가세 빨리 가세 봉화 장날 맞춰 가세.
소천장에 도착하여 우리 색시 고름 사고.
춘양장에 도착하여 어매 아배 반찬 사고.

현동은 소천 부곡小川部曲의 중심지로서 소천 석성이 남아 있으며, 소천중학교 인근 창倉마을은 군량미를 보관하는 창고가 있어서 창촌倉村이라고도 부른다. 현동리의 봉우재는 682.7m의 산 위에 있는데, 이 봉수 터는 산돌과 흙을 섞어, 단면은 사다리 형으로, 윗면은 원형에 가깝게 쌓아 축조했다. 특히 경사가 심한 북쪽은 남쪽보다 높게 쌓고 중심부는 오목하게 파 분화구를 연상시킨다. 이곳에서 약 3.5km 지점에 소천 석성小川石城이 있다.

소천면 분천 황목 마을의 침산정枕山亭은 산을 베개 삼아 편안히 누워 있다는 뜻을 지닌 아름다운 정자이다. 침산정은 1947년 봉화의 정자 가운데 104번째로 김이섭(金理燮, 1892~1960) 선생이 건립한 정자로서, 동서로 방을 들이고 남북으로 마루를 배치하여 가운데는 문을 달았고, 동서 2개의 방은 사방에 문을 배치하여 항상 개방할 수 있게 하여 어느 방향에서건 소통을 할 수 있게 하였으며, 배흘림 모양의 대들보도 그렇지만 지붕의 모양도 특이한 정자이다.

현동縣洞과 법전면 어지리於旨里로 통하는 유일한 도로인 화장산 노루재는 겨울철 눈이 쌓이면 교통이 두절되기 일쑤였으나, 터널이 뚫린 데다가 봉화—울진 간 4차선 국도가 확장되었다. 노루재 터널을 빠져나오면 오른편으로 갈라져서 다리 밑을

빠져서 임기·두음·갈산 그리고 영양군 일월산으로 갈라지는 갈림길이다.

노루재 너머 법전면은 소천면·봉성면·명호면·춘양면에 둘러싸여 있다. 대부분이 구릉성 산지를 이루며, 중앙부를 흐르는 법전천과 운곡천 유역에 약간의 평야가 있어 벼와 고추·잎담배 등 특용작물을 재배한다. 영동선 철도와 국도가 지나고, 법전 강씨 종택, 이오당, 창애정, 경체정, 후덕정, 애일당, 법계 서당, 옥계정, 사미정, 그리고 강흡 묘, 강흡 유허비, 박승준 묘, 봉화 법전리 고분군, 금홍달 정려각, 봉화 소천리 고분, 소천리 사지, 봉화 눌산리 고분, 뇌은 신도비, 봉화 소지리 고분 그리고 이면주 묘가 있다.

계은桂隱 이면주(李冕宙, 1827~1910)는 전주이씨 온양군溫陽君의 후손으로, 법전면 척곡리 내곡마을에서 나서 자란 그는 문과에 급제하여 1905년 봄에는 국정을 바로잡기 위한 여덟 가지 일을 건의했으며, 을사늑약 소식에 5적 처단을 요청하는 상소를 올렸다. 1910년 8월 29일 나라가 망하고 향산 이만도李晩燾가 단식으로 순국하자, 그 해 10월 19일 자결하였다.

노루골(鹿洞) 두릉정杜陵亭은 두릉 이제겸李濟謙의 후손들이 그를 추모하기 위하여 1901년에 건립하였다. 그는 퇴계의 숙부 송재 이우李堣의 후손으로, '소퇴계'라 불리던 나은懶隱 이동표(李東標,

1654~1700)의 아들이다. 영조 원년(1724) 문과에 급제하였으나, 부임 이듬해인 1728년에 일어난 이인좌의 난 때 역마를 민가에 숨겼는데, 이를 난군에 제공했다는 누명을 쓰고 평안도 선천에 유배되었다가 이곳 노루골에 은거하며 후손을 가르쳤다.

이제겸의 조카가 세운 창애정滄厓亭은 맞은편 산기슭 중턱에 서남향으로 자리하고 있으며, 1935년 법전 초등학교 개교 때부터 1965년까지 교사校舍로 사용되었다. 정면 5칸, 측면 2칸의 중당협실형中堂夾室型 건물로, 우물마루를 깐 대청을 중심으로 양쪽에 온돌방을 두고 왼쪽 끝에 누마루를 설치하였다.

이제겸의 《두릉집杜陵集》은 그의 아들 이중연李重延에 의하여 간행되었다. 여기에는 두릉이 평안도 선천에 유배 중일 때에 지은 〈선천억고산운시宣川憶故山韻詩〉가 실려 있는데, 유배지에서의 일상을 느낄 수 있다.

낚시하고 돌아오니 날은 기울지 않고
올해의 굳은 약속이 모래톱 갈매기에 있네.
지금 서강에 비친 달 아래 발 씻으니,
말 없는 푸른 물결 나를 많이 비웃으리라.

罷釣歸來日未斜 파조귀래일미사 當年盟約在沙鷗 당년맹약재사구
如今濯足西江月 여금탁족서강월 不語滄浪笑我多 불어창랑소아다

이제겸의 조카 이중광李重光의 창애정滄厓亭에는 차강헌此江軒이란 현판도 걸려 있다. 창애정 마루에 서서 보면 냇물 건너 맞은 편 절벽 바위에 '수운동水雲洞'이라 새겨진 암각이 보이고, 비스듬히 맞은편 언덕에는 숙부인 두릉 이제겸을 기리는 창랑정사滄浪精舍가 있다.

창랑정사 인근의 옥천 교차로에서 운곡천을 따라 내려가면, 삼동리를 거쳐 명호면明湖面 소재지로 통하는 산악도로가 이어진다. 이 길은 높은 산등성이를 닦아서 낸 도로로서 산 아래 마을과 낙동강의 흐름을 조망할 수 있다.

법전에서부터 춘양까지는 문수산에서 발원한 운곡천이 흐르면서 유역의 농토가 기름지고 주변의 자연과 어울려 경물景物이 아름답게 펼쳐진다.

경암敬巖 이한응(李漢膺, 1778~1864)이 운곡천 9km의 경물을 노래한 〈춘양구곡春陽九曲〉을 지었다. 그는 송재 이우의 후손으로 서예와 시문에 뛰어났으며, 녹동마을의 계재溪齋에서 성리학을 공부하며 제자 양성에 주력했다. 〈춘양구곡〉은 앞서간 학자들이 은거한 정자나 정사가 있는 운곡천 굽이를 중심으로, 제1곡 어은漁隱, 제2곡 사미정四未亭, 제3곡 풍대風臺, 제4곡 연지硯池, 제5곡 창애滄崖, 제6곡 쌍호雙湖, 제7곡 서담書潭, 제8곡 한수정寒水亭, 제9곡 도연서원道淵書院으로 이어진다.

춘양구곡의 운곡천

〈춘양구곡, 서시序詩〉

태백산 남쪽은 맑고 신령스러우니
발원이 어찌 청결하지 않겠는가
춘양의 평평한 들판에 구불구불 흘러
굽이마다 구역 이뤄 대대로 도가 소리 있네

太白鎭南淑且靈 태백진남숙차령　發源寧不潔而淸 발원녕불결이청
春陽平野逶迤去 춘양평야위이거　曲曲成區世有聲 곡곡성구세유성

〈춘양 1곡, 어은漁隱〉 사미정 골짜기의 아래 물굽이

일곡이라 적연은 배 띄울 수 있으니
옥순봉 아래에서 어천으로 들어가네.
유선이 한 번 떠난 뒤 찾는 사람 없으니
발자취 부질없이 무학봉 운무에 남았네.

一曲笛淵可以船 일곡적연가이선　玉筍峰下注漁川 옥순봉하주어천
儒仙一去無人訪 유선일거무인방　芳躅空留舞鶴烟 방촉공류무학연

* 눌은 이광정이 정자를 지어 어은정이라 했다. 그 정자는 사라지고 없다.

〈춘양 2곡, 사미정四未亭〉 옥천 조덕린의 은거

이곡이라 옥천 시냇가 산봉우리

그윽한 초당에서 마주하니 사람 얼굴 같네.
갈아도 닳지 않는 너럭바위 위로는
천고에 빛나는 밝은 달빛이 비치네.

二曲玉川川上峰 이곡옥천천상봉　幽軒相對若爲容 유헌상대약위용
磨而不泐盤陀面 마이불륵반타면　千古光明月色重 천고광명월색중

*1725년 이인좌의 난으로 함경도 종성으로 유배. 1788년 무신창의戊申倡義로
복권.

〈춘양 3곡, 풍대風臺〉 풍대 홍석범의 은거

삼곡이라 풍대는 배를 얹어놓은 듯
신선이 배를 잘못 몰아 찾은 지 몇 년인가?
시내는 끊임없이 흐르고 바위 언덕 영원한데
우는 새 지는 꽃들 모두 가련하여라.

三曲風帶架若船 삼곡풍대가약선　冷然神御枉何年 냉연신어왕하년
波流不盡巖阿古 파류불진암아고　啼鳥落花揔可憐 제조낙화총가련

〈춘양 4곡, 연지硯池〉 풍대 벼랑 아래 소沼

사곡이라 연지에 바위 비치니
갈매기 언약과 물고기 즐거움 날로 좋구나.
마치 청련거사의 시 구절 베껴 쓰듯

도도한 물결 지금도 못을 가득 채우네.

四曲硯池印石巖 사곡연지인석암   鷗盟魚樂日毿毿 구맹어락일삼삼
若敎依寫靑蓮句 약교의사청련구   滔滔如今自滿潭 도도여금자만담

* 조덕린의 제자 옥계 김명흠의 옥계정. 졸천정사라고도 한다.

〈춘양 5곡, 창애滄崖〉 이중광이 은거하던 수운동水雲洞

오곡이라 창애가 높고 깊으니
은병이 운림을 닫았기 때문이네.
그림 속 사람은 어느 곳에 있는가
청산에 홀로 서니 만고의 마음이네.

五曲滄崖高且深 오곡창애고차심   由來屛隱鎖雲林 유래병은쇄운림
依然影裏人何處 의연영리인하처   獨立靑山萬古心 독립청산만고심

* 창애 이중광(1709~1778)이 후학을 가르치던 창애정에 걸린 시판 '창애정'

〈춘양 6곡, 쌍호雙湖〉 방전마을에 있던 두 소沼

육곡이라 두 시내가 바위 물굽이를 감돌고
외로운 봉우리 가운데 솟아 관문이 되었네.
상전벽해 오랜 세월 원래 그러하니
이 동천 안의 별천지 절로 한가롭네.

六曲雙溪繞石灣 육곡쌍계요석만 孤峰中突作中關 고봉중돌작중관
桑瀛浩劫元如許 상영호겁원여허 壺裏乾坤自在閑 호리건곤자재한

* 봉계 홍세공(洪世恭, 1541~1598)을 모신 사당인 당성사 등 남양홍씨 유적들
  이 있다.

〈춘양 7곡, 서담書潭〉 서당의 터

칠곡이라 서담 물은 여울로 흘러들고
붉은 절벽 푸른빛 머금어 달리보이네.
선을 생각하던 당시의 즐거움 안타깝구나
성색이 부질없이 맑고 학의 꿈 차갑네.

七曲書潭注入灘 칠곡서담주입탄 丹崖涵碧更殊看 단애함벽갱수간
卻憐觀善當時樂 각련관선당시락 聲色空淸鶴夢寒 성색공청학몽한

*이한응의 주석에 '옛날 서당의 터가 되니 이로 인해 못의 이름을 삼았다'
'觀善'은《예기(禮記)》「학기(學記)」 편에 나오는 말로, '벗끼리 서로 살펴서 상
대의 선행을 본받는다(相觀而善之).'라는 말에서 따온 것이다.

〈춘양 8곡, 한수정寒水亭〉 거연헌居然軒 옛터의 정자

팔곡이라 한수정은 넓은 들판이 열리는 곳
선계 초연대가 문득 맑은 물굽이 굽어보네.
사람들아, 선현 자취 멀어졌다 한탄 말게

가을 달 밤마다 연못 속으로 찾아온다네.

八曲寒亭弟野開 팔곡한정제야개　仙臺超忽俯澄洄 선대초홀부징회
遊人莫歎遺芳遠 유인막탄유방원　秋月潭心夜夜來 추월담심야야래

* 이한응은 '정자는 한수정이라 부르고, 헌은 추월헌, 대는 초연대'라고 하였다.

〈춘양 9곡, 도연서원道淵書院〉 서원 옛터, 봉화서동리삼층석탑

구곡이라 도연서원 호연한 기상 있구나
봄날 누대에서 아득히 긴 시내 굽어보네.
서원은 여전히 궁궐의 담장처럼 남아 있고
십리 풍연은 거울 속 하늘 같네.

九曲道淵更浩然 구곡도연갱호연　春樓迢遞見長川 춘루초체견장천
依舊賴有宮墻在 의구뢰유궁장재　十里風烟鏡裏天 십리풍연경리천

* 도연서원은 정구, 허목, 채제공蔡濟恭 향배서원. 1858년 훼철(毁撤, 헐어서 치
워 버림). 한수정에서 900m 상류.

법전에서 출발하여 춘양─서벽─백두대간수목원─우구치─
금정─주실령─오전약수─물야─봉화까지, 해발 1,207.3m의 문
수산文殊山을 도는 길은 백두대간의 청정한 품속을 걷는 길이다.
　숲속의 나무는 혼자 외따로 존재하지 않고 동식물과 미생물,
그리고 인간이 서로 소통하는 생명의 연결망을 형성하고 있어,
태초부터 산에는 정령이 있다고 믿어 왔다. 우리 민족의 산신령

이나, 프랑스의 야차(夜叉, Yaksa, 숲과 산의 정령) 등 세계 각 지역마다 이름은 다르지만 사람들은 정령이 있다고 믿었다.

　지혜의 부처인 문수보살文殊菩薩을 닮은 문수산은 향기로운 송이버섯이 예사로 돋아나고, 짝을 짓는 순한 노루나 맵시 아름다운 장끼를 품은 금강송이 숲을 이루었는데, 이곳은 자연과 일체가 된 순박한 사람들이 숲이 허락한 손바닥만 한 빈터를 일구어 옥수수·감자·무·배추를 가꾸고 마을마다 작은 정자를 지어 후학을 가르치며 정답게 살아가는 초월적 공간이다.

　춘양은 1905년까지는 봉화 현의 중심지였었다. 중심지가 봉성에서 춘양으로 옮겨갔던 것인데, 1906년 이후 봉화읍이 군청 소재지이다. 춘양은 영동선이 개통되고 국도가 확장되면서, 영주—서울 또는 안동—대구 방향이나 춘양에서 태백 또는 울진 방향으로 출입할 수 있는 대중교통이 다양하고 도로가 고속화되어서, 춘양에 직장이 있는 직장인이 봉화읍이나 영주 시내에서 통근하기에도 편리하다. 교통이 편리하고 산업활동이 활성화되면 교육을 비롯한 문화수준이 향상된다. 오늘날 대도시 중심으로 산업이 발달하는 일반적인 현상은 교통이 편리한 점도 그 요인이 되고 있다.

　춘양은 80년대까지만 하여도 소천면·석포면·법전면·명호면·봉성면의 주민들은 물론 울진군이나 태백시에서도 춘양장을 이용할 정도로 상업 활동이 번성하였다. 그 당시에는 태백산 지

역에서 벌채된 목재가 춘양역두에 쌓였다가 서울이나 대도시로 운송되면서 금강송이 '춘양목'으로 불리기도 했다.

청송 주왕산에서 출발하여 영양군 일월면 조지훈의 주실마을을 지나서 일월산 용화 우련전에서 남회룡을 거쳐 분천까지, 그리고 서벽에서 우구치를 넘어 강원도 영월까지 이어지는 피톤치드 (phytoncide)향이 물씬 뿜어 나오는 금강송과 낙엽송 오솔길을 걷는 여정을 이은 그림지도가 마치 조지훈의 詩 〈승무〉의 외씨버선과 같다고 해서, 그 길을 '외씨버선 길'이라 부른다.

얇은 사紗 하이얀 고깔은
고이 접어서 나빌레라.
파르라니 깎은 머리
박사薄紗 고깔에 감추오고
두 볼에 흐르는 빛이
정작으로 고와서 서러워라.
빈 대臺에 황촉黃燭불이
말없이 녹는 밤에
오동梧桐잎 잎새마다
달이 지는데,
소매는 길어서 하늘은 넓고
돌아설 듯 날아가며 사뿐히 접어 올린 외씨보선이여!

까만 눈동자 살포시 들어
먼 하늘 한 개 별빛에 모두오고,
복사꽃 고운 뺨에 아롱질 듯 두 방울이야
세사世事에 시달려도 번뇌煩惱는 별빛이라.
휘어져 감기우고 다시 접어 뻗는 손이
깊은 마음속 거룩한 합장合掌인 양하고
이 밤사 귀또리도 지새우는 삼경三更인데
얇은 사紗 하이얀 고깔은 고이 접어서 나빌레라.

돌아설 듯 날아가며 사뿐히 접어 올린 외씨보선이여!

　청송에서 출발하여 춘양을 거쳐서 영월까지의 길을 이으면 외씨버선 모양이 된다고 하는데, 이 노정 중의 일부분이 춘양에서 우구치牛口峙 구간이다. 봄빛 따사로운 날 하얀 능금꽃 핀 과수원 사이로 난 길을 새소리 물소리 들으며 지훈芝薰의 詩 〈승무〉를 흥얼거리며 걷는 것을 생각만 해도 가슴이 탁 트일 것 같다.

　무수한 별들이 머리 위로 내려앉는 밤길은 또 어떨까? 매미가 자지러지게 노래하는 여름철, 또는 풀벌레 속삭임을 들으며 깊어가는 가을 길은 어떨까?

　춘양에서 우구치 쪽으로 들어서면 문수산과 각화산 사이로 넓은 개활지가 펼쳐지는 곳에 운곡천이 흐르면서 기름진 농토가 형성되었는데, 높고 깊은 문수산(1,207m)과 구룡산(1,345m)에서 흘러내려 마르지 않는 운곡천 농수로와 따뜻한 햇볕, 밤의 찬 공기로 인해 밤낮의 일교차가 큰 이곳은 사과농사와 고랭지채소 재배에 적당하여 봉화군의 다른 지역에 비해서 농촌 소득이 높다.

　석현마을을 돌아들면 각화사 초입의 마을이다. 각화산 각화사는 의성 고운사孤雲寺의 말사末寺로, 수도하는 승려가 한 때 800명이 넘어 3대 사찰의 하나였으며, 절 뒤 외진 곳에 태백산사고를 지어 《조선왕조실록》을 지키도록 하였으나, 1910년 사고와 절이 소실되었던 것을 1926년에 중수重修하였으나, 옛 절터에 남아

있는 3층 석탑과 귀부(龜趺, 거북 모양으로 만든 비석의 받침돌)가 전하나 이 모두가 마멸과 파손이 심하여 정확한 고증이 어렵고, 특히 귀부는 비석이 없어져 유래와 시대를 알 수 없게 되었다. 태백산사고는 집터마저 사태로 허물어졌으며, 《조선왕조실록》은 부산 국가기록원에 정부문서와 함께 보관하고 있다.

각화 초입을 지나면 곧 애당이다. 애당艾堂은 마을의 안녕을 빌던 사당 주위로 쑥들이 무성하여 붙여진 이름이다. 마을 앞으로 큰 냇물이 흐르고, 복수박·딸기·사과가 풍성하다.

애당마을의 석문로는 태백산 속의 석문동으로 통하는 길이다. 십여 분 정도 산으로 오르면 삼거리를 만난다. 삼거리에서 오른쪽의 오무골로 들어가면 오토캠핑장이 조성되어 있다. 이곳에서 골짜기의 계류를 따라서 난 길을 걸어서 울창한 숲속으로 들어가면 석문동이란다.

석문동을 흔히 옥문玉門이라고 하는데, 이곳은 석문石門이다. 옥문은 무릉도원으로 통하는 신선들의 문이고, 석문은 청산靑山으로 들어가는 사람들의 문이다. 골짜기를 흐르는 계류를 따라 오르면 여기저기 화전민이 살던 허물어진 굴피집과 묵정밭을 지나 오르면 길 양편의 큰 바위에 석문石門이라 쓰여 있다.

석문동으로 들어가는 대문을 지나서 한참을 오르면 찔레나무와 칡넝쿨로 뒤엉킨 곳을 피해서 암벽을 타고 오르면 갑자기 눈

앞이 훤히 트이는 곳에 서면 울창한 숲 저 멀리 태백산 천제단이 까만 점으로 보인다. 그곳에서 태백산까지 몇 겹의 산과 골짜기가 겹쳐 있는 깊은 숲속에 물과 바위와 소나무가 어우러진 구마계곡, 백천계곡 그리고 석문동이 있다고 한다. 석문동에 갔다가 하루를 지내고 집에 돌아오니, 그날은 백 년이 지난 자기 자신의 제삿날이더라고 했다.

애당의 맞은편 문수산 산록의 도심리道心里는 임란 때 선조임금을 보필하여 파천播遷에 여념이 없는 류성룡을 대신하여 그의 형 겸암 류운룡이 늙으신 어머님을 업고 난을 피해 왔던 곳이다. 임란 당시 선조가 도성을 버리는 순간, 분노한 백성은 궁궐을 방화하고 형조에 보관하던 노비문서를 소각했다. 평양성 안의 사정도 마찬가지였다. 임금이 평양성을 버리고 의주로 파천하려는 기미가 보이자, 아전과 백성들이 칼을 빼어들고 길을 막아섰다. 류성룡은 임금과 대신들을 설득하여 평양성에서 왜적을 맞아 항전하기로 결정을 이끌어냈다.

도심은 약초재배의 최적지로서 고랭지 약초를 생산하고 있는데, 도심리의 한약 작황에 한약진흥재단 및 한약업자들의 관심이 집중되고 있을 정도로 전국 약초 생산량 중에 비중이 큰 편이다.

애당 뒷산 깊숙한 곳에 무릉도원인 석문동이 있으며, 각화사와 태백산사고가 있던 곳, 볕바른 춘양春陽은 풍수설을 논하지 않

더라도 십승지지十勝之地에 틀림없다. 이곳은 8km를 걸었어도 피로를 크게 느끼지 않을 정도니, 도심리만 그런 게 아니라 봉화군 전체가 석문 안에 있는 무릉도원이다.

도심리를 지나면 이 지역의 중심지인 서벽리西碧里이다. 새 울고 꽃피는 일밖에 없던 조용한 태백산 속 오지마을 서벽리가 2009년부터 갑자기 달라지기 시작했으니, 문수산 동록東麓의 서벽리 일원 5,179ha 면적에 2009년부터 2013년까지 총 2,300억 원을 투자해 국립 백두대간수목원을 조성했다.

세계에서 유일한 야생식물종자 보관소인 시드 볼트(Seed Vault)가 있는 국립 백두대간수목원의 인근은 우리나라 자생식물의 33%가 서식하고 있는 중요 생태축이다. 그 중 특산 식물이 27%, 희귀식물이 17%이며, 생물 다양성을 보존하고 증진시켜 대자연과 인간의 풍요로운 상생을 목적으로 설립된 기관이다.

백두대간 국립수목원의 중요 시설로는 우리나라 미래의 산림 자원을 보존하는 종자 저장시설과 대형 한랭·온실을 비롯해, 알파인 하우스, 백두산을 상징하는 동물인 백두산 호랑이를 방사하게 되는 호랑이 숲 등 다양한 주제를 가지고 조성되어 있는 전시공간의 수목원이다.

기후변화에 취약한 온·한대 유용식물의 안정적 보전·증식·복원을 통해 식물자원의 피난처 역할과 함께 백두대간 자원

의 신가치 창출과 생태교육·휴양문화 선도 등을 수목원의 비전 및 기능으로 설정하고 사업을 추진하였다.

중점시설 지구(200ha)와 생태탐방 지구(4,939ha)로 나누고, 4개의 지구(연구 지구, 보전·복원 지구, 전시·교육 지구, 방문자 서비스 지구)로 구획되어 각기 다른 기능을 수행하고, 각 지구에는 기후변화 지표 식물원, 전문 전시원, 식물종자 저장소, 백두대간 생태박물관 등 시대적 환경변화와 백두대간의 특성이 반영된 차별화된 시설들을 설치하였다.

서벽은 국내 최초의 '산림탄소순환마을'이기도 하다. 탄소배출을 줄이는 저탄소 녹색마을이 조성되면, 간벌재, 폐목재와 같은 산림 바이오매스biomass 이용 활성화로 화석연료 사용에 따른 이산화탄소 배출이 없는 청정마을이 된다.

서벽에서 우구치 쪽으로 두내 약수탕 인근의 문수산 춘양목 산림 체험관 일대의 삼림은 「봉화 춘양 문화재용 목재 생산림」으로 지정되어 있다. 이곳의 1,488그루는 나무마다 지정번호를 매기고 황색 페인트로 띠를 둘러 관리하는데, 문화재를 복원할 때 사용할 목재로 키우고 있다. 안내 팸플릿에는 「100년 후 영광을 위한 기다림」이라고 적혀 있다. 언젠가 귀히 쓰일 날을 기다리며 70년생 아름드리 춘양목(금강송)들이 하늘을 찌를 듯 건강하게 생장하고 있다.

　우구치 쪽의 도래기재를 올라, 상금정에서 약 **2km**쯤 걸어서 들어가면, 금정광산이 있었다. 금정 폐광산은 **1923**년부터 **43**년까지 금과 은이 대량 채굴된 데 이어 **72**년 함태탄광에 인수되어 **93**년까지 다시 채굴됐으나, **97**년 이후 남은 광미와 광폐석 **50**만 ㎥가 버려진 채 폐광산이 잡초 속에 묻혀 있지만, 골드러시를 이루던 **60**년대까지만 해도 대구에서 금정까지 시외버스가 운행될 정도로, 노다지를 캐러 전국에서 모여들어 **1**만 **2**천여 명이 살았던 금정에는 상설시장과 여관, 극장도 있었다.

　백두대간 수목원이 위치한 서벽 삼거리에서 오전 약수탕으로 오르는 문수산 주실령 가는 길은 대중교통이 다니지 않는 산복도로이다. 이 도로를 따라 주실령으로 오르노라면, 왼쪽으로 문수산 기슭에 펼쳐진 백두대간수목원 전체를 조망할 수 있다.

문수산 국립 백두대간 수목원

　백두대간 박달령과 도래기재 사이에 솟은 옥돌봉(1,244m)에서 남으로 갈래 친 산줄기는 문수산으로 내려와 봉화군을 북에서 남으로 가로질러 명호의 풍락산으로 이어지는데, 그 산줄기는 퇴계가 태어난 도산 온혜마을의 용두산이다. 용두산이 예고개를 넘고 천등산과 학가산으로 이어졌다가, 경상북도 도청 신도시의 뒷산 검무산(332m)에서 끝맺는다.

　문수산의 주실령을 넘으면 오전梧田 약수탕이다. 예부터 전국에서 알려져 있어, 1555년 7월 20일 퇴계의 며느리 봉화금씨가 편두통을 치료하기 위해서 7월 30일(그믐) 경에 돌아올 예정으로 초정(椒井, 오전약수탕)에 갔는데, 이 때 며느리의 친정동생 면진재 勉進齋 금응훈(琴應壎, 1540~1616)과 맏손자 안도(安道, 1541~1584)가 따라갔었다는 기록이 있다. 1566년 8월 7일, 안동부사와 예안현감이 오전약수탕에서 돌아오는 길에 퇴계를 방문하였으며, 1570년 6월 14일의 편지에 이정李楨은 신병을 치료하기 위해 오전약수탕에 가려고 하지만 쉽지 않은 일이라고 하면서, 퇴계와 서로 만날 기약을 할 수 없음을 몹시 아쉬워하였다.

　오늘날에도 여름철이면 약수도 마실 겸 산속의 정취를 즐기기 위해서 전국에서 찾는 이들이 많은 곳이다.

　오전약수탕을 지나서 계곡을 내려오면 물야 저수지가 있다.

이 저수지로 흘러들어오는 물은 주실령에서 시작하여 오전 약수
탕 계곡으로 흐르는 물과 선달산에서 시작하여 생달마을 계곡을
흐르는 두 물이 이 저수지로 흘러든다. 생달마을에서 선달산과
갈곶산 사이의 용운사를 지나서 늦은목이 고개를 넘으면 강원도
영월의 남대리 김삿갓 마을로 통한다.

　문수산 동쪽 기슭의 서벽에서 운곡천을 따라 사미정까지의
풍광을 읊은 경암 이한응의 〈춘양구곡〉이 있다면, 문수산 서쪽
기슭의 물야에는 노봉盧峯 김정(金政, 1670~1737) 선생의 〈오계구곡〉
이 있다. 조선시대 구휼미 저장창고가 있던 창마을〔倉村〕의 풍산
김씨 입향조入鄕祖 노봉선생이 물야 오록리 일대를 구곡으로 읊
었다고 전한다.
　옥석산·선달산·봉황산에서 흘러내린 물이 오록 만석산·
천석산에서 합류하여 내성천의 원류를 이루는 오록계곡을 '오계'
라 하며, 오계에서 신담까지 아홉 굽이 절경을 읊은 것이 〈오계
구곡梧溪九曲〉이다.

　오계구곡 서장序章

　오계의 산과 물은 기이하고 심오하니
　산은 절로 높디높고 물은 절로 맑았구나.

굽이굽이 풍광은 그윽하니 절경이라
어부들의 저녁노래 메아리쳐 들리네.

梧溪山水蘊奇靈 오계산수온기령　　山自高高水自淸 산자고고수자청
曲曲風光儘幽絶 곡곡풍광진유절　　漁歌唱晩動新聲 어가창만동신성

제1곡 우산곡愚山曲

첫째 구비 찾아갈 때 배를 타지 아니하고
이끼 낀 바위 돌아 좁은 길 개울 따라 가네.
높은 산은 모두가 우공의 집이런가
층표에 못 가서 저녁연기 잠겼네.

一曲初尋不用船 일곡초심불용선　　巖阿笤逕細沿川 암아태경세연천
高山莫是愚公宅 고산막시우공택　　不及層標鎖暮煙 불급층표쇄모연

　　첫째 굽이 우산곡은 만석산을 돌아서면 오록천 물이 합수하
는 곳이다. 그 앞에 조그마한 동산을 '우록대'라고 암각 글씨가
새겨져 있고 그 안마을을 '산운골'이라 한다.

제2곡 고도곡古渡曲

둘째 굽이 떨기 바위 아홉 봉보다 낫구나
옥교금인이 참모습을 드러내네.

석양에 옛 나루 긴 무지개 끊어지고
돌아보니 청산은 겹겹이 둘렀구나.

二曲叢巖勝九峯 이곡총암승구봉　玉轎金印露眞容 옥교금인로진용
多陽古渡長虹斷 다양고도장홍단　面面靑山繞百重 면면청산요백중

둘째 굽이 고도곡은 오록 1리 구수골 못 밑에 크고 작은 기암들이 있고, 폭포의 경치는 아름답고 계를 모았던 어른들이 돌에 글을 새긴 곳이다. 여기서는 서쪽이 확 트여 소백산이 멀리 보이고, 저녁 무렵에는 석양의 풍광이 아름답다.

제3곡 진의곡振衣曲

셋째 구비, 대(臺)에 올라 술잔을 잡으니
옷을 터는 높은 뜻 그 당시를 존경하네.
그대에게 권하노니 또다시 암간수를 심게나
행인은 역시 아껴 보호할 줄 알리라.

三曲登臺把玉船 삼곡등대파옥선　振衣高致把當年 진의고치읍당년
勸君且植巖間樹 권군차식암간수　行路猶知爲護憐 행로유지위호련

셋째 굽이 진의곡은 장터 뒷길의 사골로 가는 길 옆 큰 바위에 '진의대振衣臺'라고 석각이 되어 전한다. 사골에서 내려오는 실개천과 오전에서 내려오는 큰 물줄기가 합류하는 지점이고, 우

록대와는 300m가량 떨어져 있다.

제4곡 예암곡豫岩曲

넷째 구비 넓은 들판에 바위 서있는데
한자 남짓한 예쁜 솔이 푸르게 늘어졌네.
복희의 괘에 개석은 능히 정길하다 했거늘
무엇 땜에 종일토록 못 하나를 지키는고.

四曲平郊立豫巖 사곡평교립예암   倭松盈尺碧監毿 왜송영척벽감삼
羲爻介石能貞吉 희효개석능정길   終日何須守一潭 종일하수수일담

넷째 굽이 예암곡은 예바위가 들 가운데 우뚝 서 있지만 천방
은 되지 못하여 물길을 갈라놓았고, 산 밑 적벽 아래는 조그만 연
못을 이루고 바위에 있는 작은 소나무는 정자 역할을 하니, 그 아
래에 농부들이 쉬어가기도 한다. 간혹 못 속에서 월척을 잡는 즐
거움도 만끽할 수 있는 자연의 누각인 것이다.

제5곡 송정곡松亭曲

다섯 구비, 산을 돌아 깊은 곳을 돌아드니
그윽한 빈 마을이 긴 숲에 가렸구나.
못 둑에 오는 이 많고 적음을 묻지 마라

아름다운 산수가 마음을 흡족케 하네.

五曲山回境轉深 오곡산회경전심   幽閑虛落翳長林 유한허락예장림
池臺寞問來多少 지대막문래다소   淸賞要須愜素心 청상요수협소심

다섯째 굽이 송정곡의 사우대에는 조그마한 동산이 있는데,
소나무와 버드나무가 우거진 곳에 네 사람이 모여서 계모임을 하
기로 하고 송정이라는 정자를 짓고 대를 쌓았다고 한다. 세월이
오래 지나면서 정자는 허물어져 없어지고 지명만 송정계라고 남
아 있다.

제6곡 분포곡汾浦曲

여섯 구비 못 둑은 푸른 물을 베고 있는데
산옹은 어디가고 구름만 가렸는가.
오동이 가린 땅 이끼를 밟고 가니
하루살이 인생이 반일 동안 한가하네.

六曲池臺枕碧灣 육곡지대침벽만   山翁何許但雲關 산옹하허단운관
梧陰滿址苔侵屐 오음만지태침극   贏得蜉生半日閑 영득부생반일한

여섯째 굽이 분포라는 동네 이름은 언제부터 쓰인 것인지는
잘 모르지만, 문헌상에 나타난 것은 이때가 처음인 것 같다. 지금

분포교가 있는 자리 일대는 풍치도 좋았고, 맑은 물을 담아두는 보堡들이 있어서 물고기들이 풍부하였다.

제7곡 하담곡下潭曲

일곱 구비 푸른 여울에 낚시 드리우고
작은 언덕 훌쩍 넘으니 다시 볼만 하구나.
돌계단 구름다리 막대 짚고 올라가니
소매에 맑은 바람 시원하게 들어오네.

七曲垂綸上碧灘 칠곡수륜상벽탄　小臺超忽更堪看 소대초홀갱감간
石梯雲磴扶藜上 석제운등부려상　滿袖淸風得得寒 만수청풍득득

일곱 번째 굽이 하신담에는 오래된 느티나무가 서 있고 냇물에는 청석이 깔려 있다. 거기서 북쪽으로 보이는 산이 노봉산과 그 일맥인데, 끝자락엔 다른 봉이 있다. 오전으로 가는 길이 있었고, 그 다른 봉에 대나무 숲이 있는데, 그곳에 초가가 몇 채 있었다고 한다.

제8곡 중담곡中潭曲

여덟 구비 맑은 물이 두어 이랑 열었구나
작은 배 고이 저어 올라가고 내려가네.

풍화설월이 끝없는 경치인데
옛날부터 놀러오니 몇이나 왔었을까.

八曲澄泓數畝開 팔곡징홍수무개　小舠柔楫可沿廻 소도유즙가연회
風花雪月無邊景 풍화설월무변경　終古遊人幾箇來 종고유인기개래

여덟 번째 굽이 중담곡은 곧 신담이다. 이곳은 오계구곡 중
가장 절승을 이루는 곳이다. 왼쪽의 다른 봉은 봉황산 자락이고,
오른쪽의 다른 봉은 갈방산 자락이다. 산 사이로 석천 여울이 이
루어져, 크고 작은 바위가 아름답게 놓여있다.

제9곡 상담곡上潭曲

아홉 구비 들어서면 숲이 다시 울창하고
봉황산의 높은 그늘 맑은 물에 잠겼구나.
곤곤히 흐르는 물 참 근원은 어디메뇨
뗏목 타고 하늘에 올라 한번 묻고 싶네.

九曲林巒更蔚然 구곡림만갱울연　鳳凰高影醮晴天 봉황고영초청천
眞源滾滾來何自 진원곤곤래하자　我欲乘槎一問天 아욕승사일문천

아홉 번째 굽이 상담곡에 이르면 봉황산이 안개에 싸여 있고,
선달산과 옥석산이 둘러쳐 있다. 골짜기마다 흐르는 물이 이곳에
서 합류해 신담천을 이루는 결정적인 요지가 되었다.

　축서사를 품은 문수산과 부석사가 자리 잡은 봉황산 사이의
물야 들판은 오전에서 계단 부곡을 거쳐서 봉화읍까지 펼쳐진다.
문수산과 선달산에서 흘러내리는 물을 모아서 저수용량 458만
톤 규모의 물야 저수지가 2011년도에 준공된 후 수해와 가뭄을
예방하고 물야 들판에 농업용수를 안정적으로 공급하고 있다.

　물야 면소재지를 나와서 문수산으로 오르면, 천년사찰 축서
사가 있다. 문수산文殊山 기슭의 해발 800미터 고지에 소백 능선
을 바라보는 축서사鷲棲寺는 독수리가 사는 절(독수리 鷲, 깃들서 棲)의
뜻으로, 독수리는 큰 지혜를 가진 문수보살을 상징한다. 통도사
가 위치한 영취산(靈鷲山, 석가모니가 설법한 산)의 옛 이름이 축서산鷲
棲山인 이치와 같다. 보물 제995호인 석조 비로자나불과 목조 광
배光背21)가 있고, 가로가 5.50m, 높이가 8.8m여서 넓이가 48.4㎡
에 달하는 거대한 괘불 탱화(掛佛幀畵, 보물 제1379호)가 있으며, 그 밖
에도 석등과 삼층 석탑 등이 있다.

　신라 문무왕 13년(673)에 의상대사가 지림사智林寺에서 산 쪽
을 바라보니 멀리 서광이 비취는 것이 있어, 빛이 도달한 곳에
지금의 축서사를 지었다고 한다. 그때 의상대사가 축서사를 창
건하고 축서사에서 40여 리 떨어진 봉황산 중턱에 대찰을 세웠

---

21) 불상佛像 뒤의 둥근 빛. 두부頭部의 것은 두광頭光, 원광(圓光), 동신의 것
　은 신광, 전신의 것은 거신광(擧身光)이라 한다.

으니, 동국화엄제일도량東國華嚴第一道倆인 부석사이다.

　축서사 맞은편에 호랑이가 걸터앉은 것과 같은 형국의 북지
리 호거산虎踞山에 자리하는 지림사는 국보 제201호로 지정된 봉
화 북지리 마애여래좌상이 현존하고 있다. 이 여래좌상은 7세기
경 제작된 부조 형식의 여래좌상으로, 야산 기슭의 천연암반에
조각되어 있다. 조각은 거의 원각에 가까운 고부조高浮彫로서, 바
위를 감실龕室 모양으로 파서 만든 석굴 형식으로, 지금은 심하게
파손되어 원상을 알기 어렵지만, 파손된 얼굴에는 여전히 온화
한 미소가 엿보인다.

　장대한 신체에 걸친 옷자락이 대좌 밑으로 드리워진 것이 오른
손은 가슴 앞까지 들어 올렸으며, 왼손은 왼쪽 무릎 위에 자연스럽
게 내려놓은 상현좌裳懸座를 이루고 있다. 오른팔은 떨어져 나갔지
만, 중생의 두려움을 없애주어 우환과 고난을 해소시키는 덕을 보
이는 수인, 즉 다섯 손가락을 가지런히 위로 향하고 손바닥을 밖으
로 하여 어깨 높이까지 올린 형태의 시무외인施無畏印22)으로 추정
되며, 왼손은 시무외인과는 반대로 무릎 위에서 왼손을 내려서 부
처님이 중생에게 자비를 베풀고 중생이 원하는 바를 달성하게 하
는 덕을 표시한 여원인與願印을 맺었다. 그리고 대좌는 방형에 가깝

---

22) 부처가 중생에게 무외無畏를 베푸는 인상印象. 팔을 들고, 다섯 손가락을
　　펴 손바닥을 밖으로 향해 물건 주는 시늉을 하고 있음.

다. 뒷면 암벽에 새겨진 광배에는 화불化佛 4구가 남아 있으며, 머리 뒤의 두광頭光에도 화불과 불꽃 무늬가 보인다.

축서사와 문수산

당시 수도하는 승려가 500여 명이 될 정도의 대사찰이었던 곳으로, 축서사 창건 설화에도 지림사가 등장한다. 조선 정조 때 (18세기)에 저술된 《신증동국여지승람新增東國興地勝覽》에 "지림사는 문수산에 있다(智林寺在文殊山)."라고 기록한 것으로 보아, 조선 중·후기까지 계속하여 사찰이 존속하며 법통을 이어온 것으로 알 수 있으나, 그 동안 '화재로 인해 소실되었다' 혹은 '축서사로 인하여 사세가 기울었다'는 등의 이유로 폐사되었다고 전해지고 있다. 1949년경에 현재의 위치에 지림사를 재건하여 국보

로 지정된 마애여래좌상을 보호 관리하며 전통을 유지하고 있다.

축서사 초입의 물야면 가평리 황해마을에 계서당溪西堂 종택이 있다. 고전소설 《춘향전》의 주인공 이몽룡의 모델로 알려지고 있는 성이성(成以性, 1595~1664)이 벼슬에서 낙향하여 후학을 가르치던 곳이다. 문수산에서 발원하여 물야物野를 적시며 흐르는 개울의 서편에 위치하여 계서당溪西堂으로 이름이 붙여진 듯하다. 종택 오른편에 사당을 모시고 뒷산엔 싱싱한 솔숲이 빼곡히 들어차 있어 배산임수의 집터이다.

누樓처럼 기단 위에 사랑방과 정침이 좌우로 배치되어 우러러보이고, 사랑채는 화계를 만들고 견치돌 쌓기를 하여 한 자 높이의 기단 위에 누하주樓下柱를 세우고 누마루 위에 세부 조각이 없는 단순한 하엽, 그리고 돌난대와 풍판을 꾸며 청백리의 표상인 가풍을 표현하였는데, 매우 인상적이다. 이는 조선시대 선비의 마음과도 일치하는 모습으로, 조선시대 반가班家에서 볼 수 있는 한옥의 멋이다.

계서당은 누하주의 벽에 기와를 이용하여 새긴 사람의 얼굴이 있는데, 시어머니가 시집오는 새댁에게 대물림을 하는 교훈이 숨어 있다고 한다. 사랑채 전면의 두 칸에 새겨져 있는데, 하나는 시집을 와서 보는 것에 대한 비밀을 지키는 것이요, 또 하나는 듣는 것에 대하여 말을 옮기지 않고 어려운 일이 있어도 항상 참고 견디라는 뜻을 담고 있다고 한다.

　계서당의 사당도 두리기둥을 전면기둥으로 세우고 겹처마에 단청까지 꾸몄는데, 집주인의 절제된 마음에서 외부의 단청은 사당의 엄숙함만을 표현하고 있다. 내부는 단청을 하였지만 대들보와 주요 부재에만 먹과 백선으로 배 긋기단청23)만 하고 가칠 단청을 하여, 절제된 기품을 보여주고 있다.

　특히 위패를 모시는 감실을 별도로 하되, 길게 별도의 장을 만들어 집의 가구 구조로 조각하여 장식하고 기둥을 그림으로 그려 가옥의 모습을 하고 있는 것이 특징이다. 중간에 띠살 무늬로 풍혈을 만든 분합문을 달아 마치 축소된 한옥이 연상되게 만든 것이 이 집 사당만의 특징으로, 흥미로운 구조이다.

　물야에서 봉화 방향으로 나오는 길 오른쪽에는 산기슭에 황토로 빚은 옹기가마가 줄줄이 누워 있었다. 이곳에서부터 봉화읍까지 옹기와 놋그릇을 만드는 계단 부곡이었다.

　봉화읍 삼계리 삼계서원의 개울 건너편에 놋그릇을 만드는 봉화유기 마을이 있다. 이 마을의 유기장은 놋쇠로 각종 기물을 만드는 기술과 그 기술을 가진 사람을 말하며, 유기는 구리합금 금속으로, 각 성분 비율에 따라 여러 종류가 있다.

　구리와 주석을 7:3으로 합금하여 두드려 만든 놋그릇을 방짜

---

23) 단청은 가칠단청, 긋기단청, 모루단청으로 분류된다. 가칠단청은 초록색·적갈색 등의 안료나 白粉·황토 등으로 칠하여 그 자체가 바탕이 되거나, 긋기단청과 모루단청 등의 바탕칠로 이용되는 것을 말한다.

유기, 구리와 아연을 합금하여 만든 그릇을 황동유기, 이 두 종류
는 노르스름한 빛깔에 은은한 광택이 난다. 이에 비해 구리에 니
켈을 합금한 것을 백동유기라 하는데 흰빛을 띤다.

　제작기법에 따라 두드려서 만드는 방짜와 쇳물을 형틀에 부
어서 만드는 주물, 그리고 이 두 가지를 함께 사용하는 반방짜 등
이 있다. 유기(놋그릇)는 벌레가 근접을 못하여 썩지를 않고, 평
생을 써도 녹슬지 않는다. 광택이 수백 년 가고 무공해로 인체에
해가 없어 우리 선조들은 오래 전부터 사용해 왔다.

　봉화읍 삼계리는 숯을 구하기 용이하고 수자원이 풍부한 지
리적 입지조건으로 19세기 중엽 조선시대 순조 30년(1830)경에
곽씨 성과 맹씨 성을 가진 사람이 이곳에 정착하면서 유기제작이
시작되었다고 전해지고 있다. 봉화유기는 당초에는 놋점(-店, 놋
그릇을 만드는 공장)보다 통점24)이 더 번성하였으며, 한창 전성기에
는 마을 70여 가구 가운데 40여 가구가 유기를 제작하고 나머지
집은 품을 팔았을 정도였던 삼계리 신흥마을 주변은 아직도 '놋
점거리'로 불린다.

　새로운 합금제품(스테인리스 제품)과 플라스틱 제품의 보급으로
그 쓰임이 줄어들다가, 오늘날에는 그릇에서도 옛것에 대한 선호
도가 높아지고 있다. 시도 무형문화재 22호로 지정된 현재는 故

---

24) 주조해서 만든 '통점'과 단조해서 만든 '놋점'이 있으며, 통점에서 만든 주
　물품을 '붓배기', 놋점에서 만든 단조품을 '방짜'라고 한다.

고해룡高海龍 선생 일가와 김선익金善益 선생 일가만이 공방의 명
맥을 이어가고 있다.

석포역에서 출발하여 청옥산 넛재를 넘고 소천 화장산의 노
루재를 넘어서 운곡천을 따라가는 춘양구곡을 거쳐서 문수산 주
실령을 넘어서면 오계구곡이다. 춘양구곡과 오계구곡을 품은 쌍
봉낙타길은 백두대간의 솔숲 속을 거니는 파인토피아 길이다.

김동억 시인은 그의 詩 〈말로는 그러면서〉에서, 휴가 때 파인
토피아를 찾아오는 사람들을 보면서, 도회로 떠나지 못하고 봉화
에 살고 있는 자신들의 처지를 노래했다.

두메산골 마을에
더위를 식히러 찾아온 사람들
이런 곳에 살았으면 정말 좋겠단다.
공기가 맑아 좋단다.
조용해서 좋단다.
오염되지 않은 물이 더 좋단다.

말로는 그러면서
살러 오는 사람은 한 사람도 없다.
그런데도 우리 할아버진

"사람은 나면 도회지에 가서 살아야제."
말로는 그러면서
떠나가질 못한다
산새 가족 함께 사는 이 산골을.

도시의 고단한 삶을 모르니 산중의 삶을 모른다. 소동파가 읊은 '여산의 진면목을 알 수 없는 건, 단지 이 몸이 이 산속에 있는 탓이리(不識廬山眞面目 只緣身在此山中)'25)와 같이 봉화 사람들은 자신들의 참모습을 모르고 살고 있다.

청옥산 자연휴양림(한국관광공사)

---

25) 소동파의 〈제서림벽題西林壁〉

산 없이 시작되는 강이 없고, 강을 품지 않는 산은 없다. 산에서 시작한 물은 서로 만나기를 거듭하여 작은 물길이 점점 커다란 물줄기를 이루며 흘러간다. 태백산과 청옥산 골짜기에서 흘러내린 물이 낙동강으로 흘러들고, 문수산의 숲이 품은 물이 골짜기마다 모여 내성천과 운곡천을 이룬 후 낙동강으로 흘러든다. 특히 '내성천'은 봉화군청 소재지 봉화읍 내성리의 이름을 딴 것이다.

봉화에서 시작되는 낙동강·운곡천·내성천은 봉화 사람들에게 생명을 주고 삶을 풍요롭게 하면서도 바라는 것 없이 흘러만 가는 어머니의 강이다.

5. 워낭소리

牛鈴之音

귀가 잘 안 들리는 최노인이지만 희미한 워낭소리는 귀신같이 들을 수 있고, 늙은 소 역시 다리를 절룩거리지만 노인이 고삐를 잡아 이끄는 대로 논밭 갈고 수레를 끌었다.

영주와 철암을 잇는 영암선이 1955년 철암까지 개통되기 이전이던 1944년까지는 봉화역이 종착역이었다.

백두대간의 1,000m가 넘는 험준한 산악지대에 철로뿐 아니라 도로도 발달되지 않아, 봉화 사람들은 봉화군 내의 각 지역 간의 내왕은 주로 도보로 이동했다.

영화 속의 '동막골' 같은 청량산 뒤실이나 일월산 재산 동면, 태백산 속 구마계곡이나 청옥산 고선계곡 사람들이 아니라도 흔히 봉화 사람들을 '촌사람'이라고 하는데, 문명생활의 기본이 전화(電化, electrification)와 교통인데, 전기도 없이 호롱불을 켜고 살았으니 틀린 말은 아니다. 무릉도원武陵桃源이 교통·통신이 잘 된 곳이라면 도원桃源이랄 수 없을 것이다.

봉화 사람들은 외부와 소통의 불편을 감수하는 대신 친환경적인 삶을 살았다. 산기슭의 뙈기밭에 감자 심고 뽕을 따서 누에 치고 길쌈하며 아이들은 소를 먹이고, 모심고 논매는 품앗이가 끝나면 서낭당에 모여 풋굿(호미씻이)을 놀며 노동과 휴식을 취하고, 가을이면 오곡백과가 풍성한 도원桃源이 봉화이다.

대대로 농사지어 육신은 고되고 살림은 넉넉하지 않지만, 유학儒學을 몸으로 익혀 집에서 효도하고 밖에 나가서 어른을 공경하고 가문의 명예와 인간의 도리를 지키며 관혼상제의 예를 소중히 여겼다. 특히 봉화 사람들은 다른 사람이 자기에게 해주기를

바라는 것과 똑같이 다른 사람을 배려하고 자유와 권리를 소중히 여겼다.

봉화 사람들은 대대로 농사지어 육신은 고되고 살림은 넉넉하지 않지만, 유학儒學을 몸으로 익혀 집에서 효도하고, 밖에 나가서 어른을 공경하고, 가문의 명예와 인간의 도리를 지키며 관혼상제의 예를 소중히 여겼다. 그는 봉화의 마지막 선비로서, 풍속의 마멸磨滅을 우려하여, 본 고을의 유도진흥을 위해 〈차본향유도진흥회운 次本鄕儒道振興會韻〉을 읊었다.

하늘이 공자孔子를 내리시어 대도大道를 밝혔으니,
아! 인류人類가 지금에 살아있도다.
다시 떨어진 실오리 아득함을 찾는 때에,
우리 동방東邦의 풍교風敎 성하게 소리 있으리!

天降宣尼大道明 천강선니대도명   嗟呼人類至今生 차호인류지령생
更尋墮緖茫茫際 갱심타서망망제   風敎吾東蔚有聲 풍교오동울유성

봉화 사람들은 산중에서 은둔적인 삶을 살면서도 억압에 저항하고 위난구국의 정의로운 삶을 살았으며, 고향을 떠나 도시로 나간 사람들 중에는 맨주먹으로 기업을 일으킨 이도 많다.

한말韓末에 태어나 일제 강점기를 겪고 광복을 맞았으나 동족상잔의 아픔을 겪은 봉화의 마지막 선비 만운晩雲 김병조(金炳組,

1887~1957) 공은 안동김씨 구전苟全 김중청(金中淸, 1567~1629) 공의 9
세손으로 구미당 종택이 있는 풍락산 아래 명호면 풍호리 여깨
(麗浦)에서 일생 동안 유학에 정진하며 후학을 가르쳤다.

만운晚雲은 만포晚圃 박승후(朴承厚, 1857~1920)의 재齋에서 그와
함께 사서와 경서를 익히던 만포의 아들 박윤서(朴胤緒, 1884~1917)
가 서른세 살의 젊은 나이에 세상을 뜨자, 그를 기리는 〈만사輓
詞〉26)를 지어 슬퍼하였다.

> 우리들 우정을 헤아려 보아도
> 풍성한 자태는 우리 형이 으뜸이었소.
> 옛 집안의 모범이 있었고,
> 티끌 세상에 보고 듣기를 기울였소.
> 나는 어릴 때부터
> 물고기가 헤엄치듯이 한 떼를 이루었네.
> 문에서 맞이할 적에는 신을 거꾸로 신었고,
> 만나는 곳에는 문득 자리를 깔았네.
> 옛적에 사귐은 여러 代가 거듭되었고,
> 사귀는 정은 물이 더욱 맑았네.
> 비바람 속에서도 서로를 찾아다니며
> 만 리의 앞길을 계획하였었네.

---

26) 이창경 국역,《만운유고》 2015.

숲 골짜기를 지나면서 즐거움을 좇았으니,

누가 능히 소리와 빛을 다투리오.

봄 산에 꽃이 일만 나무요,

가을밤에는 달이 삼경이로세.

글귀를 찾기는 서로 먼저와 나중이고,

술잔을 들면 취하여 보내고 맞이하였네.

느티나무집에 자주 머리를 맞대었고,

금란계(金蘭稧)에 같이 이름을 잇대었네.

일에 임하여는 매양 서로 확실하였고,

맑은 정을 토하지 않음이 없었네.

앞의 기약 길고도 또한 중하니,

저 풍락산豊樂山을 가리켜 가볍다 하네.

세상일은 참으로 뜻하기 어려우니,

용과 뱀의 한 꿈(죽을 꿈)에 놀랐도다.

눈 깜짝할 사이에 사람은 이미 옛적이 되어서,

푸른 산에 붉은 깃발(銘旌명정)을 열었네.

어찌 참아 집에 있음을 보리오

꾀꼬리 벗 부르는 것을 견디어 탄식하네.

자식이 있어서 남은 경사 징험하니,

능히 집안의 명성을 떨어뜨리지 않으리로다.

창밖에 봄바람이 이르는데,

누구와 더불어 이 즐거움을 이으리오.
위하여 햇소리〔輓歌만가〕 한 곡조 지으니,
부질없이 스스로 정신만 번뇌하네.

曆數吾儕輩 역수오제배	風姿栂我兄 풍자모아형
古家模範在 고가모범재	塵世視聽傾 진세시청경
余自孩提日 여자해제일	魚游一隊成 어유일대성
迎門還倒屣 영문환도사	逢處輒班荊 봉처첩반형
舊契世重疊 구계세중첩	交情水盆淸 교정수분청
相尋風雨裏 상심풍우리	萬里計前程 만리계전정
林壑過從樂 임학과종락	誰能聲色爭 수능성색쟁
春山花萬樹 춘산화만수	秋夜月三更 추야월삼경
覓句相先後 멱구상선후	擧盂醉送迎 거맹취송영
楠堂頻聚首 남당빈취수	蘭稧共聯名 난계공연명
臨事每相確 임사매상확	無言不吐情 무언불토정
前期深且重 전기심차중	指彼樂山輕 지피낙산경
世事眞難臆 세사진난억	龍蛇一夢驚 용사일몽경
瞥然人已古 별연인기고	碧峀啓丹旌 벽수계단정
那忍在堂見 나인재당견	堪嗟喚友鶯 감차환우앵
有兒餘慶驗 유아여경험	能不墜家聲 능불추가성
窓外春風到 창외춘풍도	與誰此樂賡 여수차락갱
爲題薤一曲 위제해일곡	徒自惱神精 도자뇌신정

이 시대 마지막 유학자 만운晚雲 공은 나라가 망하자 명리를

구하지 아니하고 일생 동안 문중의 후학을 가르쳤고, 여가에 원근의 고명들과 교유하여 가끔씩 가벼운 행장으로 청량산에 오르고, 때로는 멀리 관동지방과 서울 등지를 두루 여행하며 누대樓臺에 오르고 명승지를 돌아본 감회를 시로 읊었다.

만운 김병조는 한양을 여행하면서 쓴 그의 詩〈한성회고漢城懷古〉에서, '눈에 가득한 창밖의 비는 맑게 갬을 상쾌하게 볼 날이 그 언제이라(滿目窓外雨 何日快看晴)'고 읊으며 나라의 운명을 탄식하였다.

한성의 추팔월은
온갖 것이 전과 달라졌구나.
곡식이 있던 들은 예전 한성 모습이나,
옛사람이 먼저 거두어 가 버렸고
세상의 가르침은 사람마다 다르며
세상 형세는 시류에 따라 이리저리 무리 짓누나.
눈에 가득한 창밖의 비는
맑게 갬을 상쾌하게 볼 날이 그 언제이랴.

漢城秋八月 한성추팔월　　百態無前時 백태무전시
禾黍舊都感 화서구도감　　古人先獲之 고인선획지
世敎百家異 세교백가이　　時勢六縱橫 시세육종횡
滿目窓外雨 만목창외우　　何日快看晴 하일쾌간청

봉화 사람들은 시대에 따라 체념하고 산림에 은거하기도 하였지만, 나라가 위기에 처했을 때는 '죽고자 하면 살 것이고, 살고자 하면 죽을 것(必死則生 必生則死)'이라는 의지로 분연히 일어나 목숨을 걸고 외세에 항거하였다.

영주에서 봉화로 가는 초입의 문단역 앞 원구마을은 남양홍씨와 진성이씨가 집성촌을 이루고 살고 있다. 진성이씨는 퇴계의 넷째 형 온계溫溪 이해李瀣의 아들이 외가가 있던 영주 이산에 옮겨와 살면서 그 후손들이 이산과 문단 일대에 자리를 잡았다.

이곳에 충정공 홍익한 충렬비忠正公洪翼漢忠烈碑가 있다. 병자호란 때 청나라와의 화의를 끝까지 반대한 오달제吳達濟·윤집尹集을 비롯한 세 학사 중 한 사람인 홍익한(洪翼漢, 1586~1637)을 기리는 비석이다.

화포花浦 홍익한은 열두 문단 중의 원구마을에서 태어났으며, 어릴 때 이름은 습霫이었다. 열다섯 살이 되던 해에 큰아버지 교위校尉 홍대성洪大成에게 입양되어, 홍씨 일가친척이 모여 살고 있는 경기도 남양南陽 마을로 갔으니, 요즘으로 치면 초·중등학교를 봉화에서 마치고 외지로 유학을 떠난 것이다.

그는 그곳에서 당시 최고의 유학자이며 문장가인 월사月沙 이정구李廷龜 선생의 문인이 되어 문과에 장원으로 급제하기도 했었다.

후금後金이 내몽고를 복속시키고 나서 '황제'라 칭하고 국호를 '청淸'이라 하며, 1636년 청장 용골대龍骨大가 사신을 보내 우리나라에 '군신의君臣義'를 강요하니, 이에 화포 홍익한은 청나라 사자의 목을 베어버리기를 강력히 주장하였다. 인조가 남한산성으로 피난을 결정하던 날 최명길은 책임을 홍익한에게 물어서, 사지死地나 다름없는 청군이 지나는 길목에 그를 보냈다.

"척화를 주장하여 청의 침략을 초래한 자는 홍익한이니, 지금의 서로지임(西路之任, 서쪽의 임무)은 그 말고 누구이겠는가?" 하고 홍익한을 평양 서윤庶尹에 임명하여 사지死地로 내몰았다.

홍익한은 사지인 줄 알면서도 임명을 받은 즉시 단기필마로 적진을 뚫고 달려 20일 만에 평양 보성산에 당도하니, 관속이며 군사들이 다 흩어져 달아나고 민심은 흉흉하기 그지없었다.

그는 즉시 격문을 내 백성들을 안심시켜 돌아오게 했다.

"이미 법을 범하였으나, 잘못을 뉘우치고 새롭게 충성을 다함으로써 허물을 씻도록 하라."

달아났던 관속들도 속속 모여들어 사기를 되찾게 되었다.

왕이 항복하고 두 왕자와 화의에 반대한 신하를 잡아 보내라는 청의 요구를 거절한 그는 평양 두리도에서 체포되어 압송된 후, 끝내 굽히지 않고 청장 용골대에게 호통을 쳤다.

"작년 봄에 네가 우리나라에 왔을 때 상소를 올려 너의 머리를 베자고 청한 것은 나 한 사람뿐이다."

이에 높다란 왕좌에 앉은 청 태종이 홍익한을 비꼬았다.

"척화에 앞장섰으면, 우리 군사가 나갔을 때 어째서 싸우지 않고 사로잡혀 이 꼴이 되었느냐?"

"내게 있는 것은 다만 대의大義뿐이오. 성패와 존망은 논할 바 아니오. 만일 우리 백성 모두가 나의 뜻과 같다면, 그대의 나라는 벌써 망했을 것이오. 나는 죽더라도 나의 피를 당신의 전고戰鼓에 바르고 넋은 날아 고국으로 돌아가 노닌다면 이보다 상쾌한 일이 또 있겠소. 다시 할 말이 없으니, 어서 빨리 죽기만을 바랄 뿐이오."

그는 갖은 협박과 유혹에도 끝내 굽히지 않다가 죽임을 당하였다. 그를 처형한 장소나 매장한 곳도 확실치 않아, 시신을 구하지 못해 그가 심양에서 입고 있던 의관을 그의 부인 양천허씨와 경기도 평택시 팽성읍 본정리에 합장하고, 그의 충성과 공적을 기리는 신도비를 세웠다.

이 난리로 그의 두 아들과 사위가 적에게 죽임을 당하였으며, 아내와 며느리도 적에게 붙들리자 자결하였다. 이 때문에 늙은 어머니와 딸 하나만이 살아남았다.

화포 홍익한의 《화포집花浦集》은 《북행록北行錄》과 《서정록西征錄》을 합본한 것이다. 《서정록》은 구련성九連城에서 청나라 군대와 싸운 전황을 당시 의주부윤 임경업이 기록(1636년 12월 11일부터 1637년 1월6일까지)한 것이며, 《북행록》은 홍익한이 청나라와의

화의를 반대하여 심양으로 가게 된 일기(1637년 2월 12일부터 2월 25일까지)이다.

중국 요령성 심양의 요령발해전수학원 교정에 '삼한산두三韓山斗' 비석이 있다. 청 태종은 조선에서 심양으로 끌고 온 인질들에게 온갖 고문으로 청에 충성할 것을 회유하였으나, 홍익한·오달제·윤집 3학사는 끝내 충성을 거부하며 죽기를 자청했다.

청 태종은 이들을 처형하면서도 삼학사의 절의에 감탄하여,
"나도 저런 신하들이 있었으면 좋겠다."

그 뜻을 기리는 비를 세워 자기 신하들에게 귀감이 되게 했다. 삼한三韓은 조선을, 산두山斗는 태산처럼 높은 북두칠성 같이 빛나는 충절을 뜻한다. 항복을 거부하는 적국의 신하에게 주는 청 태종의 최고의 찬사였다.

병자호란 당시, 청 태종이 삼전도에서 조선 왕 인조에게 "항복하면 짐이 너를 살려주겠지만, 항복하지 않으면 죽이겠다." 하자, 인조는 죽음을 면하기 위하여 항복의 뜻으로서, 한 번 무릎을 꿇을 때마다 세 번 머리를 땅에 대고 조아리기를 세 번 무릎을 꿇는 '삼궤구고두三跪九叩頭'의 예를 올렸다는 내용의 '삼전도비'가 서울 잠실 석촌 호반에 세워져 있다.

'삼전도비문三田島碑文'은 청나라에 항복하게 된 경위와 '청 태종의 공덕을 칭송'하는 내용을 이경석이 짓고 도총관 오준이 썼다. 비석 앞면 왼쪽은 몽골 글자, 오른쪽은 만주 글자, 비석 뒷

면은 한자가 각각 새겨져 있어 세계 역사상 유례없는 항복문서
이다. 글을 지은 이경석李景奭은 글을 배운 것을 후회했고, 오준
吳竣은 자신의 오른손을 돌로 짓이겨 다시는 글을 쓰지 않았다
고 한다.

　1895년 고종은 이 '삼전도비'를 땅에 묻었으나, 1913년 일제는
다시 세웠고, 1956년 문교부가 이 비석을 땅에 묻었으나, 1963년
홍수로 다시 드러나, 사적 제101호가 되었다.

　죽장망혜竹杖芒鞋 단표簞瓢 차림으로 문단에서 영동선 열차를
타고 승부동천을 함께 여행한 돈키호테(Don Quixote) 홍습洪霫이
바로 삼학사 화포 홍익한이었다. 그가 청나라 태종에게 호통을

친 대로 그의 넋이 날아 고국으로 돌아왔던 것이다. 홍습洪霫이 태어난 봉화읍 문단리 93번지 생가 옆의 비각에 '유명조선국학사 홍공익한충렬비有明朝鮮國學士 洪公翼漢忠烈碑'가 있다.

청 태종 앞에서 "나는 죽더라도 나의 피를 당신의 전고戰鼓에 바르고, 넋은 날아 고국으로 돌아가 노닌다면, 이보다 상쾌한 일이 또 있겠소."

그가 예언한 대로 청 태종의 전고는 이 세상에서 영원히 사라졌으나, 화포 홍익한은 불굴의 넋이 되어 고국의 산천을 떠돌고 있다. 신화는 이상理想이므로 있었던 일이 아니요, 있어야 할 일이다. 그는 봉화를 사랑하는 봉화의 얼이다.

성창기업盛昌企業 창업자 만오晚悟 정태성(鄭泰星, 1899~1986) 회장은 봉화읍 문단리 선성김씨 빈동재사 인근의 영주시 조와리에서 태어났다. 일제에 의해서 산림이 훼손된 벌거숭이산에서 흘러내린 모래로 강바닥이 높아지고 장마로 내성천이 범람하는 것을 보면서, 우리 산을 푸르게 가꾸는 것이 그의 꿈이었다.

그는 대구 농림학교 임학林學과를 졸업하고, 1916년에 영주에서 목재 판매점 '성창상회'를 열었다가, 1927년 봉화읍 가래골로 이전하여 당시 경상북도 평의원 박형서朴亨緖, 봉성의 李포수와 친분을 쌓으며, 봉화의 산림을 푸르게 가꾸는 조림사업을 백년대계로 실천하여 현재 약 3,700ha에 이른다.

　1948년 본사를 대구로 이전하고 상호를 '성창기업(주)'로 변경해 합판사업을 시작했다. 1955년 본사를 부산으로 옮기면서 부산항 적기 부두에 '합판공장', 바다에는 수입 원목의 '저목장'을 설치하였으며, 1959년 국내 최초로 미국에 합판을 수출하였고, 1966년 마루판을 출시하여 일본과 유럽에 수출했다.

　1970년대 새마을사업으로 합판의 수요가 급증하자, 성창합판에 이어서 태창·반도·선창 등의 계열사를 설립하는 한편, 1985년 한국요업(주), 1987년 반도목재(주), 1988년 성창임업개발을 합병하였으며, 1988년에는 온돌마루판으로 국내 최초로 개발 보급해 장판문화의 변혁을 가져왔다. 1993년에는 합판시장 불황극복을 위해 파티클보드 공장을 신설하였고, 2012년에는 재활용 목재업에 진출하였다.

　그는 영주 제일교회를 설립한 아버지 정석주의 신앙을 이어받아 봉화 내성교회의 장로에 장립하여, 서정실 장로(99~05 성창기업 회장), 최인순 권사(濟世병원 이원춘원장 부인)와 함께 내성교회를 개척하면서, 사회의 전통적 관습과 부딪혔다. 당시 유교 중심의 봉화 사회는 관습에 따라 관혼상제가 엄격하였다. 특히 기독교가 당면한 문제는 조상 제사에 있었다.

　성리학의 본질은 인간이 어떻게 살아야 하는지에 관한 학문이다. 계로季路가 공자에게 죽음에 대해 묻자,

"삶이 무엇인지도 모르는데, 어떻게 죽음에 대해서까지 알 수 있겠느냐?(未知生 焉知死)"라고 대답하였다.

자하子夏가 공자에게 예禮의 대본大本을 묻자,

"예禮는 與其奢也 寧儉 여기사야 영검 (사치하기보다 검소하게),

상喪은 與其易也 寧戚 여기역야 영척 (형식보다는 애도하는 마음으로)."

이라 하였으니, 예禮가 심정을 표시하는 절차에 불과하므로 그 대본大本을 벗어나 말절末節에 구하지 말 것을 경계하였다.

공자는 예禮의 대본을 회사후소繪事後素라 하였다.

"예禮는 반드시 '회사繪事분소紛素(기본 절차, 바탕을 칠한 후 그리기)'에 있으니, 옥백玉帛이 예禮가 아니요, 종고鐘鼓가 악樂이 아니니 (예악의 진정한 뜻을 모르고 형식적인 것만을 추구한다), 경이장지(敬而將之, 공경하는 마음)하는 본심이 없는 허례虛禮가 어찌 예의禮儀가 되리오."

공자가 말한 예禮와 제례制禮의 본의가 이러한지라, 사회에는 반드시 예禮가 존재하나, 형식은 반드시 동일하지 아니하니, 형편에 따라 수시응변隨時應變해야 한다고 했다.

조선사회에서 '주자가례朱子家禮의 전범典範이었던 퇴계는,

"예禮는 제도에 얽매이기보다는 인간 위주여야 하고, 때와 재물과 분수와 처지에 맞아야 하고, 검소하고 원칙에 맞게 시행해야 한다."고 하였다.

퇴계는 제사 때 비용이 많이 든다고 제물祭物을 쌓지 못하게

하였으며, 부모 합설合設 제사는 가례에 어긋난다며 단설(당사자 제물만 차림)하게 하였다. 초상에는 문상객에게 술 대신 차를 내놓게 하였으며, 제사 음식의 음복은 남과 나누어먹지 않고 제관만 먹게 하는 등 당시의 풍속을 바꾸었다.

아무리 죽은 부모가 좋아한 음식이라도 살아 있을 때 지위의 높고 낮음에 따라 아들이 따르기 어려우므로 일정한 제물만을 쓰게 하였으며, 진설도에 있더라도 철이 아니면 다 구해 쓰지 못하므로 세 가지 정도를 쓰되, 철에 맞는 과일로써 제사를 지내게 하였다.

2015년부터 퇴계선생의 종가가 수백 년 동안 자정을 넘겨 지내던 불천위不遷位27) 제사를 초저녁으로 전환하였다. 퇴계 종가의 문중 의결기구인 상계문중 운영위원회는 퇴계 불천위 제사를 위해 퇴계 종택에 모인 자리에서 참석자 65명 만장일치로 불천위 제사를 오후 6시에 지내기로 의결했다.

정태성 장로는 예禮를 제도에 얽매이기보다는 인간 위주여야 하며, 제사가 허례허식이 아니라는 공자의 '회사후소繪事後素'에 따라서 실질적인 추도의 예禮를 실천하였다.

"너희 의義가 서기관과 바리새인보다 낫지 못하면 결코 천국에 들어가지 못하리라.(마태 5 : 20)"

교회(성경)를 통하여, 남성 중심의 가부장적 유교사회에서

---

27) 큰 공훈으로 영원히 사당祠堂에 모시기를 나라에서 하락下落한 신위神位.

남존여비 사상과 반상차별班常差別을 타파하고 자유롭고 평등한
사회정의를 실천하여 봉화의 근대화를 선도하였다.

인간은 누구나 소중한 존재이다. 오직 한 번의 삶을 살면서
자신의 의지대로 자아를 실현하고 풍요롭게 살기를 원한다.

"남에게 대접을 받고자 하는 대로 너희도 남을 대접하라.(마태
7 : 12)"라는 기독교정신에 따라서, 그는 사원을 가족처럼 기업을
운영하여 노사분규 없는 100년 기업을 이끌 수 있었다.

1944년 말 대구 계성학교가 경영위기에 처했을 때, 학교 살
리기 운동에 참여한 바 있으며, 1959년에는 성창학원을 설립하
여 성지중학교와 성지공업고등학교를 세웠고, 1981년에 부산
외대를 설립했다. 또 소외계층 돌보미 및 지역환경개선, 비인기
스포츠 종목인 알파인스키 지원 등 다양하게 사회활동에 공헌
하였다.

1969년 그는 우리나라 최초로 민간인이 운영하는 부산의 금
강식물원을 조성하여 시민에게 개방하였다. 194,480m²의 종합
식물원은 약 2,300여 종의 식물들이 식생하고 있으며, 열대식
물 560여 종 중에서 야자류 20여 종과 선인장 등의 다육식물
540여 종이 있다. 또한 식물원 안에는 자연석을 이용한 여러 가
지 작품과 휴식시설이 갖추어져 있어 부산시민의 정서적 휴양
지로 사용될 뿐만 아니라 식물학연구와 교육장으로 활용되고
있다.

정태성은 부산에서 '성창기업'을 운영하면서, 원목原木을 수입하면서도 봉화의 산림을 푸르게 하는 조림사업을 계속하였으며, 봉화사람들을 성창기업에 취업시키고, 봉화애육원(고아원)의 고아들을 부산의 성지공업고등학교에 입학시켜서 숙식과 학비를 무상으로 제공하였다.

그는 부산역 앞 초량교회의 장로직분으로 교회와 사회에 봉사하면서, 그의 사후死後에는 자신이 거주하던 부산시 남구 문현동의 주택을 고인의 유지에 따라 교회에 헌납하여, 지금은 창성昌盛교회(목사 손성택)로 거듭났다.

정태성 회장은 기업을 운영하면서도 기독교인으로서,

"오직 선善을 행함과 서로 나누어주기를 잊지 말라. 하나님은 이 같은 제사를 기뻐하시느니라.(히브리서 13 : 16)"

기업활동에서 얻은 이익을 현세적인 안락이나 사치를 위해서 낭비하지 않고 신神을 기쁘게 하는 데 썼다.

만오 정태성(鄭泰星, 1899~1986, 봉화에서 성창기업 설립) 회장은 20세기 말에 태어나서, 이병철(李秉喆, 1910~1987, 1938년 대구에서 삼성상회 설립) 정주영(鄭周永, 1915~2001, 1946년 현대자동차공업사 설립, 1947년 현대토건사 설립)과 함께 100년 기업의 창업을 이룩하여 우리나라 경제발전에 공헌하였다.

문단에서 도촌을 지나 적덕 산모롱이를 돌면, 마을 앞으로 범

들과 내성천이 휘돌아가는 바래미마을이 있다. 의성김씨 팔오헌 김성구 후손들의 집성촌이다.

이 바래미마을의 한 중학생은 봉화읍 소재지에서 솔안역까지 왕복 시오리 길을 새벽안개 속을 달려가, 서울에서 열차편으로 보내오는 신문을 받아서 시내의 집집마다 배달하고 난 뒤에 등교하였다. 그는 중학교를 졸업하였지만, 고등학교 진학은 꿈도 꿀수 없었다. 중학교 동기생 가운데 고아원에 있던 친구 3명이 부산의 성창기업에서 운영하는 성지공업고등학교에 진학하게 되자, 고향의 학교에도 진학할 수 없는 자신의 처지에 그 친구들이 한없이 부러웠다.

다행히 봉화애육원 정태중 원장의 추천으로 그의 족형 정태성 회장이 운영하는 부산의 성창공업고등학교에 진학하였다. 그러나 고아가 아닌 것이 뒤늦게 판명됨으로써 학교를 그만둘 수밖에 없었고, 객지에서 하루하루 숙식이 문제가 되었다.

마침, 성지공고 원예과 학생 중 한 학생이 자신이 현장실습을 갔던 농원에 일자리를 소개해 주었다. 그 학생이 소개해준 L 화원은 구덕운동장이 내려다보이는 언덕에 있었다. 정원수를 재배하여 판매하기도 하지만, 농사를 직접 짓는 농원이었다. 사하구 괴정동의 농토가 대부분이 L 화원 소유라고 했다.

L 화원 근처에 K공업고등학교가 있어서 L 화원에 가던 날, 그 학교의 야간부에 등록부터 했다. 부산에서 고생하는 이유는 학업

이 목적이기 때문이다. 그는 두 사람의 인부와 함께 낮에는 농사일을 하고, 밤이면 야간고등학교에서 주경야독晝耕夜讀했다.

봉화읍에 살면서 한 번도 농사일을 해본 적이 없었는데, 부산에서 머슴이 되었다. 그는 L 화원에서 '김철한'으로 소개되었고, 그 때부터 '철한'이라 불렸다. 그의 할아버지가 지어준 거룩한 이름이 있지만, 머슴의 이름으로 불리기는 싫었다.

"철한아!"

L 화원에서는 사장도 전무도 일꾼들도 동네 개 부르듯 그렇게 불렀다. 같은 또래의 L 화원 사장의 딸 은경이도 어쩌다 자기가 필요할 때는 코맹맹이 소리로 "한이 오빠"라고 불렀다. 그의 하루 일과는 농기구를 둘러메고 농장으로 나가서 농사일을 하는 것이었다. 아침 일찍 농장이 있는 대티大峙를 향해 언덕길을 올라가다 보면, 구덕운동장 너머로 멀리 영도 섬이 안개 속에 몽롱한 잠에서 깨어나지 않고 있다.

"철한이처럼 일하면 누구든 성공할 수 있을 거야."

농장관리인 K 전무의 칭찬은 그를 곰처럼 일하게 만들었다. 처음에는 500원의 월급을 받았으나, 석 달 후부터는 월급을 1,000원씩 받게 되었다.

구덕산 언덕에 벚꽃이 화사하게 피던 4월 어느 날, 그는 주인집 딸에게 도시락을 전해주기 위해서 부민동에 있는 B 여고를 찾아갔다. 교문까지 무심코 왔다가 여학교라는 것을 알고 나서, 여

학교에 남학생이 들어가기가 뭣해서 주저했다.

'그렇지, 오늘만은 오빠 행세를 해야지.'

도시락을 전해주지 않으면 점심을 굶을 테니, 하는 수 없이 그 아이의 교실을 찾아갔다. 조용하던 교실에 갑자기 뒷문이 '드르르' 열리는 소리에 한두 학생이 뒤를 돌아보더니 '킥킥' 소리를 내자, 모든 학생들이 얼굴을 돌려서 갑자기 나타난 남학생을 주시했다.

교실 안을 두리번거려서 앞쪽에 앉아 있는 '은경'이를 겨우 찾은 그는 친오빠처럼 손을 흔들어 굵직한 소리로 불렀다.

"애, 경아야!"

은경이는 한 번 힐끔 돌아보고 머뭇거리더니, 그에게로 와서 도시락을 낚아채 싹 돌아서서 제자리로 갔다. 자기가 뭔데 오빠 행세를 하느냐는 투였다.

"오빠, 오빠……."

교실을 빠져나오는 그의 등 뒤에서 교실 안의 여학생들이 책상을 두드리면서 연호했다. 여학생들의 눈에는 여드름이 벅벅 난 얼굴에 색이 바랜 야간학교 교복, 둥둥 걷어 올린 바짓가랑이, 헐렁한 슬리퍼 차림으로 갑자기 나타난 그의 몰골이 영락없는 채플린으로 보였을 것이다.

'쪽 팔려서, 원.'

경아의 오빠행세를 한 것을 후회하면서, 그는 뒤도 돌아보지

않고 뛰었다. 여학교 교실에서 여학생들의 놀림감이 된 모멸감에 얼굴이 화끈거리면서, 그때까지 아무렇지도 않게 지나온 자신의 진면목眞面目이 바로 보이기 시작했다.

부산 시내에서 갈 곳이 없는 그로서는 밥 세 끼에 잠잘 곳에 만족하면서 자기 집인 양 안주安住하고 있었던 것이다.

'참판 댁 작은 집 손자가 계집아이의 몸종 노릇을 하다니, 할아버지가 아시면 통곡할 일이다.' 라는 데에 생각이 미치자, 그 길로 L 화원을 나왔다.

예루살렘의 양문羊門 곁의 베데스다 연못가에 많은 병자, 맹인, 다리 저는 사람, 혈기 마른 사람들이 누워 물의 움직임을 기다리니, 이는 천사가 가끔 못에 내려와 물을 움직이게 하는데, 움직인 후에 먼저 들어가는 자는 어떤 병에 걸렸든지 낫게 됨이라. "네가 낫고자 하느냐?" 거기 서른여덟 해 된 병자가 걷지도 못하고 누운 것을 보시고,28) 어떤 이가 그에게 물었다.

"주여 물이 움직일 때에 나를 못에 넣어주는 사람이 없어 내가 가는 동안에 다른 사람이 먼저 내려가나이다."

이 병자가 서른여덟 해를 걷지도 못하면서 살아온 것은 다른 사람의 도움이 있었다. 만약 그 병자가 걸을 수 있을지 확신이 없다면, '자리에서 일어나는 것'은 지금까지 자신이 누리던 기득

---

28) 예수께서 그가 병이 벌써 오래된 줄 아시고 이르시되, "네가 낫고자 하느냐?"(요한 5:6)

권, 즉 거적때기를 포기해야 하고, 장차 어떻게 살아가야 할지를
고민해야 한다.

철한은 그 병자의 거적때기같이 숙식이 보장되는 따뜻한 L
화원을 뛰쳐나오기는 했지만, 막상 갈 곳이 없었다. 가방 하나 들
고 헤매다가 저물어가는 구덕산 언덕에 쭈그리고 앉았다. 가로등
이 하나둘 불을 밝히기 시작했다. 멀리 영도의 전등불빛이 보석
처럼 반짝였다.

그는 숙식을 걱정하지 않는 머슴보다, 가난한 자유인이 되고
싶었다. 그는 하모니카를 꺼내어 '고향생각'을 불었다.

"총각, 갈 곳이 없구먼, 쯧쯧"

한 동네에서 안면이 있던 보살 할머니가 암자의 툇마루에 저
녁밥상을 차려주자, 밥 한 그릇을 게 눈 감추듯 비웠다.

"우리 집에도 방이 없는데, 어쩌지……."

그날 밤부터 그 암자의 헛간에 둥지를 틀었다. 바람벽 틈새로
들이치는 찬바람이 선풍기바람처럼 시원했다. 헛간에 가마니를
깔고 누워서 잠을 청했지만 생각이 고향을 헤맸다.

그는 암자의 헛간에 생활하면서 서면 부속가게 뒷골목을 기
웃거리다가 한 플라스틱 제조공장에 다니게 되었다.

겨울날 새벽, 머리맡에 두었던 물그릇이 얼어 있었다. 시계가
없으니 시간을 짐작할 수 없기도 하였지만, 추위를 견딜 수 없어
서 후닥닥 일어나서 언덕을 뛰어 내려갔다. 길가에 떨고 서 있는

데, 구덕운동장 파출소 직원이 손짓을 했다. 통금해제가 안 된 시각이니 파출소에 잡아가두는 줄 알았다. 출입문을 여는 순간, 파출소 안의 열기가 얼굴에 확 덮쳐왔다. 나이 지긋한 순경이 난로 가에 서 있었다.

"추운데 난로 곁에서 기다려라."

이듬해 봄, 걸어서 다닐 수 있을 정도로 가까운 곳에 있는 공장으로 옮기면서부터, 플라스틱의 제조와 유통경로를 파악하게 됨으로써 플라스틱의 무한한 가치와 플라스틱산업의 미래를 가늠할 수 있었다. 플라스틱은 나무나 철을 대신할 수 있으면서, 유리와 같은 투명제품을 만들 수 있는가 하면, 각종 착색제를 넣어 선명한 색채를 부여할 수도 있고, 전기 및 열의 절연성이 뛰어나다. 플라스틱의 내열성이 우수하여 절연재료로 적합하며, 약품이나 해수에도 부식하지 않는 성질이 있다. 특히 폴리스틸렌·폴리에틸렌·폴리프로필렌 등은 고주파 특성이 우수하다.

플라스틱은 쇠붙이와는 달라서 가볍고 공정이 간단하고 색깔이나 모양, 강도를 제작자의 의도대로 만들 수 있다. 플라스틱은 장난감을 비롯해서 선박, 자동차 그리고 하늘을 나는 비행기까지 광범위하게 활용될 수 있다.

플라스틱은 열가소성이므로, 금형으로 가열 용융시키고 그 뒤 압력을 가하면서 금형을 냉각하여 성형품을 얻을 수 있어서, 작은 프레스기계로 성형품을 찍어낼 수 있으며, 베어링·톱니바

퀴 등 미세한 물체도 능률적으로 대량생산할 수 있다.

그는 플라스틱의 쓰임이 광범위할 뿐 아니라, 생산과정이나 기구가 간단하기 때문에 소자본으로도 사업이 가능하다는 점에 착안하여 플라스틱업을 자신의 소임所任으로 정했다.

'플라스틱 연금술사가 되어야지.'

그는 군복무를 하면서도 한시도 푸른 꿈을 잊지 않았다. 그는 군복무를 마치고 서울 신설동에서 프레스기계 한 대로 사업을 시작했다. 처음에는 서툴기도 하였지만 적은 자본으로 중고품 기계를 구입한 탓으로 고장이 잦았는데, 어느 날 그 기계마저 도난당했다. 겨우 마련한 쪽박이 없어진 것이다. 그는 욥(Job)[29]처럼 모든 것을 잃었어도 신념을 버리지 않았다.

사업의 성공은 무엇보다 자신의 적성에 맞는 길을 택해야 하고, 다음은 유통경로를 알아야 한다. 그리고 미래를 정확하게 예측하는 것이다. 그는 남의 것을 모방하지 않고, 시장을 예측하고 새로운 것을 창의적으로 개발함으로써 제품과 기술을 차별화한 결과 전 세계로 팔려나가는 존슨 앤 존슨의 화장품 용기를 주문 생산으로 납품할 수 있었으며, 독극물 용기의 안전마개를 개발함으로써 유한락스 용기를 주문 생산하고 있다.

2017년 11월 28일 제6회 플라스틱산업의 날 기념행사가 서울

---

29) 가혹한 시련을 견뎌내고 믿음을 굳게 지킨 인물로서 알려진 구약성서 《욥기》의 주인공.

소공동 롯데호텔에서 열렸다. 플라스틱산업인 등 300여 명이 참석한 이 행사는 한국플라스틱공업협동조합 연합회 김진기 회장의 주관으로 개최하였다.

병아리가 태어나기 위해서는 스스로 알을 깨고 나오듯이, 사람도 자신이 갇혀 있는 처지를 깨고 스스로 변신을 시도해야 한다. '봉화의 신문배달 소년에서 농장의 머슴 김철한으로, 그리고 한국플라스틱공업협동조합 연합회 회장 김진기'로 변신(變身, Metamorphosis)한 것이다.

바래미마을을 지나면 곧바로 솔안마을이니, 진일재 류숭조(柳崇祖, 1452~1512)의 고향마을이다. 그는 유학자 가운데 뛰어난 학자로 인정하는 사유록(師儒錄30))에 들었으며, 1504년 갑자사화 때 연산군에게 직간하다가 원주로 유배되기도 했었다. 그 뒤 중종반정으로 복직되고, 그가 저술한 성리학 관련 《대학십잠大學十箴》과 《성리연원촬요性理淵源撮要》를 왕명으로 조정에서 간행하여 반포하였다.

《중종실록》 13권31)에, "성균관 대사성 유숭조가 학관·유생을 거느리고 와서 사전(謝箋, 감사의 글)을 올리고, 《강목십잠》과 《성리연원촬요》를 바치자, 왕이 이를 발간하여 조신들에게 반사

---

30) 성균관의 벼슬아치를 뽑을 때, 대사성大司成 이하 여러 사람들이 각각 뽑힐 사람의 성명 아래 권점을 찍어 그 점수의 많고 적음에 의하여 뽑는 일.
31) 1511년 중종 6년 3월 12일 임술 두 번째 기사.

頒賜하고, 경연에서 진강토록 하였다."라는 기사가 실려 있다.

그는 18년 동안 성균관에서 교수와 대사성大司成을 맡아서 조광조趙光祖 등의 후학들을 지도하고 천거함으로써 그의 교육사상이 조광조의 도학정치에 영향을 미쳤으며, 정암 조광조, 퇴계 이황 등의 관학적 사림파 형성기에 도학적 정치이념을 최초로 창도創導하였다.

그는 천문·역상曆象에 통달해 혼천의渾天儀를 자신이 직접 만들어 천체를 측정하였으며, 《논어》, 《대학》, 《중용》, 《맹자》와 《시경》, 《서경》, 《주역》의 원문에 구결口訣로 토吐를 달아 《칠서언해七書諺解》를 시도했는데, 이 책은 그 후 선조 때인 1590년에 완성, 간행되어 후학들에게 큰 영향을 미쳤다.

봉화읍 십자골목에서 울진·춘양 방향으로 3km 작은 고개를 돌아나가면 철길 건너편에 충재 권벌 선생의 고향 닭실마을이다. 봉화 입향조 충재冲齋 권벌(權橃, 1478~1548) 선생은 조광조를 비롯한 사림들이 왕도정치를 극렬히 주장할 때 훈구파와 급진적 사림파 사이를 조정하려고 애썼으나, 1519년 기묘사화에 연루되어 파직당하고 귀향하여 15년간을 고향에서 지내다가 1533년 복직되어 밀양부사를 거쳐 경상도관찰사를 비롯하여 한성판윤 등 중책을 맡았었다. 그는 명종이 어린 나이로 즉위하자 원상院相이 되어 왕을 보좌하게 되었다. 그러나 이를 시기한 자들에 의하여 1547

년 양재역良才驛 벽서사건32)에 엮이어 을사사화를 당해 삭주로 귀양 갔다가 이듬해 그곳에서 생을 마감했다.

충재가 서울에서 관직생활을 할 때 쓴《충재일기》는 당시 관료로서의 생활실태와 중앙정부의 일상 행사가 소상히 기록되어 있어서《중종실록》을 편찬할 때 자료로서 채용되었으며, 권벌의 문집《충재집沖齋集》에 일부 실려 있다.

다산 정약용은 18년간 귀양 살고 해배된 후 18년간 고향에서 학문을 마무리하였는데, 충재는 기묘사화로 15년간 고향에서 살고, 15년간 관직에 나갔다가 귀양지에서 생을 마감했다. 만약 충재가 다산처럼 15년간 고향에서 말년을 보냈다면 자신이 닦은 평생의 학문을 마무리하여 보다 큰 업적을 남겼으리라.

닭실마을의 청암정 뒤 재궁골에 안동권씨 재궁이 있다. 그곳은 당시 일제의 감시를 피해서 모이는 진보적 청년들의 비밀스런 아지트(agitpunkt)였다. 당시 조선일보 봉화지국장 겸 기자 황윤경黃潤慶의 제안으로 김창희金昶熙 권우섭權宇燮 권차응權次應 등이 비밀결사로 농민조합을 조직하여 1928년 3월 10일 그곳에서 황윤경을 책임자로 선출했다.

일제강점기였던 때, 1920년대 대중운동이 거둔 성과를 계승

---

32)《명종실록》2년 9월 18일 '女主執政于上, 奸臣李芑等弄權於下, 國之將亡, 可立而待。豈不寒心哉?'

하면서 그 과정에서 드러난 한계를 극복하기 위해 1930년대 초반부터 혁명적 노동조합과 혁명적 농민조합이 대중 조직운동으로 전개되었다. 일제는 상투적으로 적색이라는 용어를 사용하여 적색농민조합운동이라 했다.

일제는 겉으로는 허울 좋은 문화정치의 가면을 쓰고 농촌의 현대화를 시도하면서 안으로는 강제해산과 창립금지 등 농민운동을 전면적으로 탄압하기 시작하게 되자, 합법적 제도 안에서 운동을 계속할 수 없게 된 봉화 청년들은 점차 지하에 새롭게 혁명적 농민조합을 조직하는 방식으로 전환하였다.

1932년 5월 하순, 닭실 재궁곡濟宮谷의 비밀 아지트에 모여 황윤경의 제의로 일본제국주의 침탈에서 벗어나고자 사회주의 이념을 수용하여 대중 계몽운동의 지도기관인 비밀결사를 조직하고 사회주의이념을 학습하였다.33)

1932년 7월 19일, 영주·봉화 적색농민조합 관련인사 약 80여 명이 일경에 체포되어 손톱 밑에 대나무 찌르기 등 10개월간 갖은 고문을 당하며 1932년 4월 1일에 예심이 종결되고, 황윤경은 1932년 12월 22일 징역 3년을 받아 대구형무소에서 옥고를 치러야 했다. 1932년 7월 19일, 일경에 체포된 80여 명 가운데 20대 전후의 세 청년 박영발·박찬홍·이유탁도 검거되어 조사를 받고 방면되었지만, 박찬홍은 만주로, 이유탁은 일본으로 가

---

33) 판결문(대구지방법원 : 1933. 12. 22)

고, 박영발은 만주로 갔다. 훗날 박영발이 지리산 빨치산 전남도
당 위원장이 되는 계기가 되었다.

오늘날 민주화를 위해 젊은이들이 독재에 항거하듯이, 당시
에 나라 잃고 토지마저 수탈당하고 자유로운 삶을 억압받는 젊
은이들이 일제에 저항하고 진보적 사상을 행동으로 옮기는 것은
선택이 아니라 숙명적으로 받아들였을 것이다.

닭실마을에서 왼쪽으로 돌아들면 아침 해 떠오르는 방향의
토일吐日마을이 있다. 안동김씨 구미당의 후손 김창한 선생이
1904년경에 건립한 연면적 130㎡의 등록문화재 218호 김직현
가옥이 있다. 일반적으로 지체 높은 양반가의 고택들은 높다란
솟을대문이 있어서, 누구나 대문 앞에서 망설이게 된다. 닫힌 문
을 두드려서 주인을 불러내기에는 멈칫하게 되고, 무슨 부탁이
있어서 왔을 경우에는 더더욱 망설이게 되어 발길을 돌리게 되
는 경우도 있다.

이 가옥의 '一'자형 문간채는 기와를 이어서 높다란 솟을대문
이 아니라, 짚으로 엮어서 이은 소박한 초가지붕이었다. 누구나
거부감 없이 드나들 수 있고, 힘든 일이 있으면 언제든지 찾아와
서 의논할 수 있는 집이다.

가옥은 집 주인의 품성을 닮은 듯하다. 맏아들 김직현은 봉화
초등학교에서 경기중학으로 진학하였고, 둘째아들 김주현은 안
동고등학교에서 서울대학교 의과대학에 들어가 선친에 이어 2

대째 서울대학병원에서 정년까지 흉부외과 의사로 근무하고, 부
산의 원자력병원으로 알려진 '동남의료원' 암센터에 초빙을 받아
서 2년간 봉사하였다.

그들 형제의 천재성을 말하는 것은 아니다. 김주현은 흉부외
과 전문의로서 폐암환자의 암수술 전에 수술 여부를 판단하는
사전검사법을 개발함으로써 수술이 필요 없는 환자를 사전에 선
별할 수 있어서 환자나 보호자의 고통과 경비를 덜어줄 수 있게
되었다. 그가 수술한 암환자 중 거의 90% 이상의 환자가 완치를
보인 경우도 있었다고 한다.

축서사 초입의 물야면 가평리 황해마을의 계서당 종택은 개
울의 서편에 위치하여 계서당溪西堂으로 이름이 붙여진 듯하다.
소설《춘향전》의 주인공 이몽룡의 모델이었던 실존인물 성이
성(成以性, 1595~1664)이 벼슬에서 낙향하여 만년을 보낸 곳이다. 성
이성의 아들 5형제 중 맏아들이 충재 권벌 선생의 후손인 석계石
溪 권석충權碩忠의 사위가 되었으니, 창설재蒼雪齋 권두경(權斗經)의
고모부인 연유로 해서 닭실마을과 가까운 이곳에 계서당을 건립
하였다고 한다.

《춘향전》에서, 변사또가 운봉, 곡성, 정읍 등의 주변 고을
사또들을 데리고 벌인 생일잔치가 한창 무르익어 갈 때, 몽룡의
신분을 눈치 챈 운봉 영장營將이 '膏' 자와 '高' 자를 운으로 한시
짓기를 제안하자, 잔치에서 좋은 음식만 얻어먹고 그냥 가기가

염치없다며 몽룡도 시를 짓겠다고 한다.

금동이의 술은 천 사람의 피요
옥소반의 좋은 안주는 만 백성의 기름이라.
촛불 눈물 떨어질 때 백성 눈물 떨어지고
노랫소리 높은 곳에 원망 소리 높더라.

金樽美酒千人血 금준미주천인혈　玉盤佳肴萬姓膏 옥반가효만성고
燭淚落時民淚落 촉루낙시민누락　歌聲高處怨聲高 가성고처원성고

이 詩를 짓고 이몽룡은 관아를 빠져나갔고, 잠시 후 암행어사가 출두하면서 소설은 클라이맥스에 이른다.

《춘향전》에서 몽룡이 읊었던 이 詩는 성이성이 쓴 것과 흡사한데, 그의 4세손 성섭이 지은 《교와문고僑窩文藁》 3권에 기록되어 있다. 이 밖에도 《춘향전》의 이몽룡과 흡사한 성이성의 행적 내용이 계서공파 문중에서 보관하고 있는 《계서선생일고溪西先生逸稿》와 《필원산어筆苑散語》 등의 문헌에 기록되어 있다고 한다. 《인조실록》 48권에는 성이성이 암행어사, 《숙종실록》 29권에 강계부사 성이성이 청백리에 피선되었다고 적혀 있다.

《효종실록》 5권에 1650년 승정원일기를 기록하는 임시직 가주서假注書이던 이명익이 미미한 일로 벌을 받게 될 위기에, "한

사람 사관이 죄를 받는 것은 참으로 애석해 할 만한 것이 못되나, 어찌 성명에게 허물되는 일이 되지 않겠습니까. 형추하라는 명을 도로 거두소서." 하였으니, 사간司諫 성이성과 정언正言 이경억李慶億이 왕에게 간한 것이다. 성이성은 불의不義의 벼슬아치들을 벌하되, 위기에 처한 억울한 하급관리를 위해 사간으로서 왕에게 감히 간한 것이다.

충재기념관의 충재 가계도에 충재의 현손 권상충의 사위 이명익李溟翼은 송재 이우의 현손으로, 어느 해 권씨 부인과 함께 처가의 잔치에 왔었다. 누구나 고향의 추억은 그윽한 향수가 있겠지만, 우애로운 형제자매들과 보낸 어린 시절의 정답던 추억을 간직한 권씨 부인은 닭실마을이 내려다보이는 언덕을 돌아나가자 설레는 가슴을 주체할 길이 없었다.

부유한 선비집안에서 귀하게 자란 권씨 부인은 어린 시절에는 오라버니들을 따라서 소나무 숲속의 석천정사에 가는 것이 늘 즐거웠다. 권씨 부인은 어린 시절, 목霂, 국菊, 홍灆 세 오라버니들을 따라서 멱 감았던 청하동천靑霞洞天 계곡의 추억을 상기했다. 증조부의 〈제석천정사題石泉精舍〉를 읊조리던 권씨 부인의 발걸음이 점점 빨라졌다.

"부인, 그러다가 넘어지겠소. 좀 천천히 갑시다."

이명익의 염려에도 소용이 없었다. 권씨 부인은 부모형제 동기간의 반기는 얼굴을 잔뜩 기대하며 친정집 대문을 들어섰다. 그런데 친정식구들은 기대한 만큼 명익 내외를 반기지 않았고 하인들까지도 업신여기는 눈치였다.

그날 밤, 명익 내외의 잠자리는 하인들이 쓰던 문간방으로 들게 했을 뿐 아니라, 잔칫집에 흔한 게 음식인데 음식 대접도 소홀하였다. 권씨 부인은 잠자리에 들었으나 친정부모와 권속들의 차별적 태도로 신랑에게 민망하여 잠을 들 수 없었다.

"참으로 송구스럽습니다."

권씨 부인은 몸 둘 바를 몰랐다.

"부인, 너무 괘념 마시오."

명익은 부인의 불편한 마음을 알고 달래었다. 뜬눈으로 밤잠을 설친 그녀는 날이 밝기도 전에 신랑 명익을 깨워서 친정집을 빠져나왔다. 내외는 예천 호명까지 100리 길을 나막신을 벗어 들고 맨발로 새벽길을 걸었다. 발이 부르터서 찢어져도 이를 악물고 쏟아지는 눈물을 참았다.

그 후 청량산이 가까운 원당(녹전면 원천리)으로 집을 옮기고, 권씨 부인은 삼베옷을 입고 나물죽을 먹으면서 밤낮으로 길쌈에 매달려 남편이 공부에 열중할 수 있도록 뒷바라지하였다. 청년 명익은 청량산 안중암에서 만학으로 시작한 공부가 처음부터 잘 될리가 없었으며, 서책을 펼치면 젊고 아름다운 아내가 책 속에 어

른거렸다. '하룻밤만 자고 오면 공부가 잘 될 것 같다.' 머리가 어지러워 도저히 공부가 안 될 지경에 이르자, 하루만 고향집에 다녀오기로 맘먹고 서책을 밀어놓고 산을 내려갔다.

청량산에서 30여 리의 산길을 한달음에 내려와 고향집 안마당에 들어서니 안방 창문에 부인의 베 짜는 모습이 호롱불빛에 그림자 되어 흔들리고, "철거덕, 탁" 하고 방안에서 베 짜는 소리가 새어나왔다. 명익은 만면에 반가운 표정을 짓고 방문을 열었다. 부인은 인기척을 듣고도 그를 돌아보지 않았다.

"야심한 밤에 어인 일이오니까?"

부인은 베틀에 앉은 채 냉랭한 목소리로 말했다.

"부인이 보고 싶어서 잠시 다니러 왔소."

"서방님, 어서 돌아가십시오."

부인은 단호하였다.

"내일 새벽에 일찍 가겠소."

명익은 방문 앞에 서서 부인이 자신을 받아주기를 기다렸다. 그러자 부인은 짜고 있던 베틀의 날실을 모두 움켜잡고 가위로 싹둑 잘랐다.

"선비의 각오가 무너지면 이 베처럼 쓸모없게 됩니다."

명익은 조용히 방문을 닫고 돌아섰다.

그날 밤, 청년 명익은 신라재에서 만난 호랑이와 청량산 안중암까지 밤길을 동행했다. 절간으로 돌아온 청년 명익은 글공부에

빠져들었다.

반초당 이명익(李溟翼, 1617~1687)은 32세 되던 해에 별시 문과에 급제하여, 승정원의 검열을 시작으로 1657년《실록實錄》을 춘양 태백산사고에 봉안하였고, 1677년 충청도관찰사로서 대동법을 전국에서 처음 시작할 때, 충청도의 세곡稅穀뿐 아니라 경상도 북부지역의 안동·영천·예천·봉화·문경 등 67읍의 세곡을 단양나루로 옮겨서 가흥창까지 운송하여, 부역과 세공에 의한 백성들의 부담을 덜었다.

남편을 내조하고 자식교육에 지극한 정성을 기려서 나라에서 권씨 부인에게 정부인貞夫人의 칭호를 내렸다. 정부인의 따님은 하회 양진당(養眞堂, 겸암 류운룡의 종택) 종손 류후창柳後昌의 아내(配)로서 법도와 전통을 잇는 양진당 종가의 슬기로운 안주인이 되었다. 후일에 알게 된 것이지만, 젊은 사위가 서책을 가까이하지 않는다는 사정을 알고, 친정아버지 권상충權尙忠 공은 가족들과 짜고 사위를 홀대한 것이었다.

대한민국 제과명장 권상범은 봉화읍 선돌마을에서 초등학교를 졸업한 후 중학교 진학을 포기하고 집안일을 도왔다.

16살 때 경북 의성에서 다과점을 운영하는 외갓집에서 일을 거들면서 빵 만들기가 적성에 맞는 것을 알고 대구와 서울의 제과점에서 기술을 익혔다. 그는 일과 후에도 혼자 남아 청소와

뒷정리를 하면서 눈치껏 어깨너머로 제빵기술을 배웠다. 당시 유명한 제과 기술자 김충복 선생에게 케이크 데커레이션 기술을 배웠고, 그의 소개로 삼선동 나폴레옹제과점 공장장으로 옮겨서 제과학교를 수료한 후 1975년 일본유학을 떠났다. 낮에는 양과자, 밤에는 화과자和菓子 제과를 배웠다.

그가 서울 서대문구 홍익대학교 앞에서 40년 가까이 운영했던 '리치몬드제과점'은 '추억의 빵집'으로 서울 사람들의 기억에 남아 있다. 지금은 고인이 된 모 일간지의 한 여기자는 퇴근길에 멀리 둘러야 하는데도, 언제나 '리치몬드'에서 빵을 샀다고 한다.

"중학교 진학 못한 것 후회하냐고요? 어머니와 두 동생을 책임지는 소년가장이었습니다. 그 좌절감은 경험하지 못한 사람은 모릅니다. 그러나 진학했으면 명장이 될 수 없었지요."

권상범 명장은 자신이 16세에 제빵기술을 익혔듯이, 제빵기술은 열대여섯 살 전후에 익혀야 한다고 했다. 그것은 혀가 오염되지 않은 상태를 의미한다. 그는 대한민국 제빵명장으로서의 긍지를 갖고 세계를 다니며 현장에서 연구하고 있다.

문부네는 서벽에서 금정으로 넘어가는 옥석봉 아래 화전민촌 가래골에 살았었다. 1,200m 넘는 선달산, 구룡산, 문수산이 높이 솟아 앞산과 뒷산만 보이는 깊은 골짜기에 손바닥만 한 하늘

에 해는 늦게 뜨고 별은 일찍 반짝였다. 그곳에 굴피집 두 세 채가 화전 근처에 흩어져 살았으니, 가끔 산삼이나 더덕, 약초 캐러 오는 사람이 있을 뿐 노루·토끼·너구리·다람쥐, 뻐꾸기·산비둘기·장끼·까투리 들이 친구였고, 돌 틈 사이로 요리조리 피하는 가재와 송사리·텅고리와 숨바꼭질하며 자랐다.

부엉이 울고 밤하늘에 별이 총총할 때, 겁쟁이 문부는 밤똥이 마려워도 뒷간에 갈 수 없어 할머니 몰래 섬돌 아래 볼일을 보았다. 할머니는 문부가 이불에 실례하지 않은 것이 희한하다며 세상에서 제일 착한 손자라고 칭찬했다.

여섯 살 무렵에 밤이면 공비들이 출몰하자, 이를 피해서 물야면 소재지의 물야초등학교 앞 솔안마을로 옮겨왔다. 학교 뒤의 창마을(倉村)은 울창한 소나무 숲속에 장암정藏庵亭을 비롯해 고택이 즐비한 풍산김씨 집성촌이었으니, 가래골에 비하면 솔안마을은 도회지였다. 옥석봉 아래 깊은 골짜기 가래골에서 친구도 없이 혼자 살았던 순진한 문부는 솔안동네 형들의 연애편지 전달부요, 참외서리 망꾼이 되었다.

참외서리 망을 보다가 형들은 달아났지만, 도사리 참외밭 주인은 잘 익은 참외를 골라서 할머니 드리라고 쥐어주었다.

"망을 보라고 시킨 저놈들이 나쁘제, 니가 뭔 죄가 있노."

너다리 과수원 영자누나한테 전하라는 쪽지를 들고 갔다가,

"이딴 심부름 하지 마래이." 꿀밤 한 대 맞고 왔다.

초등학생 문부는 방학이 오기를 기다렸다가, 할머니가 싸준 밥주발을 둘러메고 혼자서 길을 떠났다. 쑥밭(오전) 골짜기로 들어서서 오르막을 한나절 올라서 한배이재(흰뱅이재, 한비재)를 넘을 때는 어둠이 산을 덮어왔다. 부모님과 동생들이 있는 금정광산 마을 우구치에 도착하였으나, 한밤중에 들어오는 아들을 보고 놀란 아버지가 야단을 쳤다.

"너는 겁도 없나. 혼자서 왜 왔노?"

당시 금정광산 변전소 소장이던 그의 아버지는 오랜만에 찾아온 아들이 반가웠지만, 험한 산길을 혼자 온 것에 놀랐다.

이웃마을의 너다리 과수원에 교회가 있었다. 동네 꼬마들은 그 과수원 다락방에서 아담과 이브의 선악과, 노아의 방주, 모세의 기적 등 신비로운 성경이야기를 듣고, '복의 근원 강림하사', '날빛보다도 밝은 천당', '내 주를 가까이' 찬송을 불렀다.

문부가 과수원 다락방교회에 다니게 된 것은 전도사의 성경이야기보다 과수원에서 낙과한 사과를 마음대로 먹을 수 있었고, 특히 동네 형들의 연애편지 배달하러 갔던 영자누나를 만날 수 있었기 때문이었다. 누나가 없는 문부는 영자누나가 웃을 때마다 보조개가 예뻤고 머릿결에서 풍기는 향긋한 냄새가 좋았다.

문부가 사범학교에 다니던 어느 해 여름, 과수원 그늘에서 그는 '아 목동아'을 불렀고, 음악대학에 다니던 영자누나는 '라 스파뇨라(La Spagnola)'를 불렀다. 그는 팔순을 바라보는 지금도 영자누

나의 향긋한 냄새와 그 소프라노 음성이 가끔 생각날 때면, '고향의 노래'가 절로 흥얼거려진다. '달 가고 해 가면 별은 멀어도, 산골짝 깊은 물, 초가마을에……'

사람들은 눈에 보이는 것을 신뢰하지만, 세상에는 눈에 보이지 않는 중력·자기력이 존재한다. 선박과 비행기는 아래쪽에 평형수나 화물칸을 두어 균형을 잡는다. 사람의 무게중심은 겸손에 있다. 겸손은 마음의 무게중심을 낮추어 정신을 안정시키고 고요하게 한다. 작은 일에도 감사하고 외부 대상에 기대지 않고 만족이 내부로부터 나온다. 외부의 힘에 흔들려도 탄력성이 있어 쉽게 균형을 유지할 수 있다.

《노자 도덕경》에 오래 가고 오래 사는 비결은 본성을 온화하고 부드럽게 하는 데 있으며, 바울은 고린도교회 성도들에게, "하나님께서 세상의 미련한 것들을 택하사 지혜 있는 자들을 부끄럽게 하시고, 세상의 약한 것들을 택하사 강한 것들을 부끄럽게 하시며, 세상의 천한 것들과 멸시받는 것들과 없는 것들을 택하사 있는 것들을 폐하려 하신다. (고린도전서 1 : 27, 28)"

고문부 교장은 부산광역시 교육계에서 장학관, 학교장을 지내면서 늘 자신을 낮추어 '어리바리한 봉화 촌사람'이라 스스로 말하지만, 자기만 잘난 세상에서 강하고 영악한 사람들을 부끄럽게 하였다. 그가 주위 사람들을 부끄럽게 하는 동심童心을 지닌 것은 문수산의 산운山運과 물야物野의 산들바람이 길러낸 들꽃이

기 때문이다.

봉화를 떠나 객지에서 둥지를 튼 봉화 사람들은 남쪽의 봄소식이 들리면 고향의 산수유와 진달래가 눈에 선하고, 여름이면 멱 감던 계곡물을, 가을이면 고향의 만산홍엽을 생각한다.

명절 때, 고향 가는 마지막 밤차에 입석표를 겨우 구해서 발 디딜 틈 없는 완행열차에 올랐으나, 고향 역에 닿는다 해도 버스로 갈아타거나 밤길을 더듬어 굽이굽이 고개를 넘어야 했다. 기차역마다 가다 서다 반복하던 완행열차가 어느 역에 닿았을 때, 플랫폼의 한 역무원이 붐비는 열차 안을 들여다보더니,

"거, 촌놈들 억수로 마이 탔네."

봉화 문수산 축서사 아래 북지리에서 발굴된, 보물 제997호 봉화북지리석조미륵보살반가상은 원래는 북지리의 마애불좌상 옆에 있던 것이었는데, 1965년 11월 26일 경상북도 봉화군 물야면 북지리 구산동龜山洞에서 신라 오악五岳 조사단이 발견했다. 이후 1966년 6월에 경북대학교가 이 지역에 대한 발굴조사를 담당하여 원래 위치를 확인한 후, 이 불상을 경북대학교 박물관이 소장하고 있다. 단단한 화강암 재료로 총 높이가 250cm나 되는 거대한 석상을 조성하였는데도, 국보 제83호 금동미륵보살반가상의 세련된 조각기법이 거의 그대로 재현돼 있다. 돌로 된 옷자락이 살랑살랑 바람에 나부끼는 느낌이 들 정도다.

상반신은 깨져 없어지고, 하반신과 둥근 연꽃무늬 발 받침대만이 남아 있어서 상반신을 알 수 없으나, 상반신은 옷을 벗은 듯 추측되고, 하체에 표현된 옷은 매우 얇고, 왼쪽 무릎 위에 올려놓은 오른쪽 다리는 무릎을 높이 솟게 하였으며, 올려놓은 다리 밑에는 3단으로 옷 주름이 부드럽게 흐르는 선이 분명하며, 불상의 뒷면은 옷 주름만 단순하게 표현하였다.

현재 남아 있는 부분의 높이가 1.6m나 되는 것을 보면 세계 최대 규모의 반가사유상이었음을 알 수 있는데, 남은 부분을 근거로 복원하여 높이를 계산하면 2.5m나 된다고 한다. 망실된 상반신은 보는 이 나름대로 상상할 수밖에 없다. 석굴암의 불상이나 제비원의 미륵을 떠올리거나 목조 반가사유상으로 미루어 연상할 수 있으나, 실체를 알 수 없으니 안타깝다.

왼쪽 다리 위에 얹은 오른쪽 무릎의 발목을 잡은 왼손의 너그러운 볼륨, 사실적인 옷 주름, 화려한 구슬장식 등에서 뛰어난 조각기법이 나타난다. 하체의 법의는 몸을 드러낸 듯이 얇고, 왼쪽 무릎 위에 오른쪽 다리를 얹은 반가半跏 형태가 국보 제83호 금동미륵보살반가상과 그 재질과 크기만 다를 뿐 생김새는 서로 매우 닮은 것으로 짐작할 수 있되, 지옥문(La Porte de l'Enfer) 위에서 지옥을 내려다보고 앉은 로댕의 '생각하는 사람(Le Penseur)'과 같은 근육질이 아닌 것은 분명하다.

오늘을 살아가는 봉화 사람들은 7세기경에 살았던 석조 반가
사유불佛의 후예임에 틀림없다. 봉화 사람들은 슬픈 일이 있어
도 그리 슬퍼하지 않고, 즐거워도 미소를 누르고 느긋하여 태백
산사고를 은밀히 품었으며, 인자하면서 불의에 항거한 닭실 제
궁골 청년들이 손톱 밑에 대바늘을 꽂는 일경의 고문에도 불굴
의 의지를 지녔고, 탄광의 막장에서 죽음의 그림자와 싸웠으며,
통나무를 목도로 운반하는 합판공장의 고된 노동에도 참고 견뎌
냈다.

봉화북지리석반가사유상奉化北枝里石半跏思惟像 높이 **1.6m**(경북대학교소장)

　'강한 것은 숭배되기 위해서, 즐거운 것은 맛보이기 위해서, 쓸쓸한 것은 위로받기 위해서'라고 한다. 탐스럽고 화려한 장미는 사람들의 시선을 끌었지만, 볼품없는 들꽃은 성가시게 여기고 뽑아내기에 급급했다. 물질만능에 빠져 인간성을 상실하고 삶의 방향을 정립하지 못하는 오늘의 사회 현상에서 이제 들꽃에 관심을 갖기 시작했다.

　화려하지 않지만, 남을 위로하는 유란幽蘭의 은은한 밀의密意를 지닌 것이 봉화 촌사람이다. 성품이 순박하여 그다지 기쁜 일도 없지만, 슬픈 일에는 함께 걱정하고 힘든 일은 품앗이로 어울려 살다가, 후회할 것도 원망할 것도 없이 흙이 되어 갔다.

　낙동강, 내성천, 운곡천의 원류인 봉화 땅. 봉화 사람들은 강물을 닮아서, 막히면 돌아가더라도 순리대로 끊임없이 흐르고, 청암정처럼 안정되면서도 자유분방한 창의성으로 세상을 놀라게 하고 있다.

　춘원 이광수의 수필 〈우덕송牛德頌〉에, 소는 짐승 중에 군자라고 하면서, 소가 멍에를 메고 밭을 갈거나 무거운 짐을 지는 양이 거룩한 애국자나 종교가가 창생(蒼生, 세상 모든 사람, 백성)을 위하여 자기의 몸을 바치는 것과 같아서 눈물이 나도록 고맙다고 했다. 장사꾼 아이놈의 손에 고삐를 끌리어서 순순히 걸어가는 모양이 예

수께서 십자가를 지고 가시는 것 같고, 그의 목에 백정의 칼이 푹 들어갈 때, '으앙' 하고 지르는 큰 소리는 "아아! 다 이루었다." 하는 것이다. 소는 인욕(忍辱, 참음)의 아름다움을 안다.

영화 〈워낭소리〉

봉화읍 가래골 봉우재 너머 상운면 하눌마을의 최씨 노인 부부와 소에 얽힌 〈워낭소리〉는 한낱 미물微物일지라도 40년을 함께한 소를 가족처럼 여기는 봉화 사람들의 삶의 이야기다.

귀가 잘 안 들리는 최 노인이지만 희미한 워낭소리는 귀신같이 들을 수 있고, 다리가 불편해서 걸을 수도 없지만, 논두렁에 엎드려 소 먹일 풀을 베고, 비료나 농약도 소에게 해로운 것은 절

대로 치지 않았으며, 겨울에는 따뜻한 옷을 둘러 입혔다.

늙은 소 역시 다리를 절룩거리지만, 노인이 고삐를 잡아 이끄는 대로 논밭을 갈았고 시오리 봉화장터까지 수레를 끌고 황전마을 앞을 지나서 별이 반짝이는 하눌재를 넘고 또 넘어왔다.

노인은 다리를 절룩거리는 소가 힘들어 할까봐, 당신의 지게에 짐을 짊어지고 빈 수레를 따라서 걸어서 갔다. 돌아올 수 없는 저 별나라로 절룩거리며 갔다.

석조반가사유불佛의 왼쪽 다리 위에 얹은 오른쪽 무릎의 발목을 잡은 왼손의 너그러운 볼륨, 그 손은 고삐를 잡은 최노인의 손을 닮았으니, 노인은 천년을 사유하는 미륵불의 환생일까? 〈보물 제 997호 봉화북지리석조미륵보살반가상〉 미륵불佛의 망실된 부분에 최노인을 앉혀 본다.

6. 청량산 가는 길

淸凉山行

청량산에는 '山寺 음악회'가 열린다. 음악회에 오는 그들은 가을의 청량한 山韻에 젖어보고 싶어서 먼 길을 찾아오는 게 아닐까?

봉화역 측백나무 울타리 사이로 샛노란 개나리에 봄 햇살이
내려앉아 있었다. 새벽부터 불을 밝히고 붐비던 청량리역 풍경에
비하면 정겨운 시골역이다.

1944년도에 건설된 철로는 봉화가 종착역이었다. 6.25 동란
이 나던 해, 전쟁을 피해서 기차를 타고 남쪽으로 가던 사람들이
종착역인 이곳에 머물게 되었다. 그 속에 나의 친구 준雋의 가족
도 있었다. 임시로 지은 판잣집 지붕의 루핑 조각처럼 각 지방의
방언이 더덕더덕 묻어났었다.

양조장 아래기(술 막지)를 먹거나, 산나물을 뜯거나, 소나무 껍
집을 벗겨 먹을 정도로 모두가 주머니사정이 비슷하니 남을 헐뜯
을 일도 없었으며, 전방의 전황을 살피며 하루하루 불안한 삶이
었다. 전쟁이 끝나갈 무렵부터 전쟁복구와 산업화를 위해 철로를
연장하여, 1955년 영동선이 완공되면서 태백산 지역의 목재와 석
탄, 해산물을 실어 나르게 되었다.

내가 타고 온 열차가 봉화역에 나를 비롯하여 겨우 몇 사람의
승객을 풀어놓고 떠났다. 열차가 사라진 철로 위로 봄 햇살에 아
지랑이가 남실거린다. 그 아지랑이 속에 내 친구 준雋의 모습이
아른거린다.

준雋이 피난지 풍호리에서 봉화읍으로 옮겨왔을 때, 또래 아
이들은 군청과 양조장 사이의 전봇대 근처에서 놀았으나, 준雋은

참새처럼 측백나무 울타리에 올라앉아서 놀았다. 어떤 아이가 반칙을 저지르고 또 잘 우기는지 환히 내려다볼 수 있어서, 마음속으로 심판이 되고 코치가 되기도 했다.

혼자인 줄 알았는데, 준隽이 앉아 있는 나무에서 세 번째 나무에 또 한 아이가 있었다. 준隽은 그 아이가 집으로 가는 뒷모습을 보면서, 내일도 그 자리에 올 것이라 생각했다. 역시 이튿날도 준隽이보다 일찍 와 있었다. 준隽이 누룽지를 나눠주었더니 훈이라는 아이는 손가락에 묻은 밥풀까지 핥아 먹었다. 그 아이는 형제들이 많아서 큰 집에 살았다. 준隽의 작은형은 그 집을 고아원이라 했다.

"내 친구 훈이는 고아원이 집이래."

"그래? 어린 것이 피난통에 부모를, 쯧쯧……."

준隽의 어머니는 훈이가 가여운지, 국수를 썰고 남은 것을 불에 구워서 빵처럼 부풀게 하여 훈이와 나눠먹게 했었다.

훈이는 찰고무공과 빨간 양철자동차를 갖고 있었다. 준隽의 작은 형이 만들어 준 실패 탱크는 훈이의 자동차에 비할 바가 못되었다. 태엽을 감으면 앞으로 내닫는 훈이의 빨간 자동차는 작고 앙증맞았으며, 찰고무공은 천장까지 탱탱 튀어 오르기도 하지만 향긋한 냄새까지 좋았다. 작은형은 그 장난감들은 크리스마스 선물로 받은 구호물자라고 하였다. 준隽은 그 장난감이 갖고 싶어서,

'나도 고아가 되었으면 좋겠다.'라고 생각했다.

동네 아이들이 학교에 가고 텅 빈 골목길에서 늘 심심했지만, 장날이면 달랐다. 장날에는 구경거리가 쏠쏠했다. "뻥!" 하면서 튀밥을 쏟아내는 고소한 냄새와 약장사의 라이브 악기연주는 구경거리를 찾아서 장판을 헤매는 꽃제비들을 불러 모았다.

장꾼들이 둘러선 가운데 큰 고무코가 달린 알이 없는 뿔테안경에 피에로(Pierrot) 모자를 쓴 약장사가 발을 옮길 때마다 북소리가 '둥둥'거렸고, 바이올린이 깽깽거렸다. 혼자서 북치고 장구 치고 춤까지 추면서 돌아가자 사람들이 악기소리를 듣고 몰려들었다. 준儁은 훈이와 북소리가 들리는 곳으로 냉큼 달려갔다.

약장사는 악기를 내려놓고 시퍼렇게 날이 선 칼로 자신의 팔뚝에 상처를 내자 붉은 피가 뚝뚝 떨어져 흘러내렸다. 그럴 때마다 준儁은 얼굴을 돌리거나 손으로 눈을 가렸다. 신기하게도 그 약장사가 칼로 그은 상처를 수건으로 닦아내고 조그만 양철통에 든 약을 바르면 그 상처가 금방 없어졌다.

얼굴에 연지곤지 찍고 입술을 빨갛게 칠한 젊은 여인이 속바지가 드러나는 짧은 치마를 입고 약상자를 들고 한 바퀴 돌면, 마술에 홀린 사람들처럼 너도나도 그 약을 사기 시작했다. 아이들이 앉아 있는 곳으로 그 여인이 가까이 오더니,

"아이들은 저리 가라!"

약장사에게서 배척당하고 집 앞 골목길에 왔을 때, 엿장수의

가위소리가 났다. 그 소리를 듣는 순간, 입안에 달짝지근한 군침
이 돌았다. 준嶲은 마루 밑 구석 끝까지 기어들어가서 먼지와 거
미줄을 머리에 온통 뒤집어쓰고 나와서, 고무신 한 짝과 빈병 한
개를 들고 엿장수를 놓칠까 냅다 뛰어나오다가 대문 문지방에 발
이 걸려 넘어져 눈물이 나도록 아팠지만, 금방 일어나서 또 뛰었
다. 훈이도 뒤를 따랐다.

　이튿날, 훈이와 준嶲은 같은 측백나무에 올라갔다. 훈이는 어
제 먹은 엿이 생각나서 입맛을 다시면서 말했다.

　"나는 커서 엿장수가 될 테야."

　"나는 약장사가 될 테야."

　준嶲은 약장사처럼 북 치고 장구 치면 신이 날 것 같았다. 둘
이는 엿장수와 약장사에 대하여 한 치의 양보도 없이 하루 종일
우겼다.

　유엔군이 인천에 상륙하면서 북한군은 퇴각했으나, 미처 후
퇴하지 못한 패잔병들이 산속으로 숨어들면서, 봉화에도 유엔군
이 주둔하게 되었다. 봉화역 구내에 커다란 드럼통을 반으로 잘
라서 엎어 놓은 듯한 미군의 퀀셋(Quonset) 막사가 들어서면서, 미
군들이 가끔 내성천 목조다리를 건너왔다. 당시 전쟁으로 폭파된
교량을 나무로 만들어 놓았던 것이다. 미군들은 상점을 기웃거리
면서 골목을 이리저리 몰려다녔다. 그들이 껌을 질겅질겅 씹으면

서 읍내에 나타나면, 동네 조무래기들은 그들을 졸졸 따라다녔다. 그 아이들 속에 훈이와 준隽도 있었다.

백인이든 흑인이든 처음 보는 키다리 외국인이 신기하기도 하고, 간식이란 생각도 못하던 배고픈 처지에 초콜릿과 츄잉껌을 얻어먹는 재미가 쏠쏠했고, "헤이, 초콜릿 김 미!" 준隽의 첫 영어는 신기할 정도로 유창했다.

준隽이 베트남에 파병되었을 때, 그는 매주 2회 사이공에서 한국군이 주둔한 낫짱(백마부대), 퀴논(맹호부대), 다낭(청룡부대)까지 위문품을 수송하는 임무를 맡았었다. 준隽은 자신을 태우고 우편물을 수송하는 공군조종사 최 소령을 대할 때마다 생텍쥐페리(Antoine de Saint-Exupéry)의 소설 《야간비행(Vol de Nuit)》의 아르헨티나 남방우편기 조종사 파비앵이 생각났다.

그 날, 사이공 탄손누트(Tan Son Nhat) 공항에서 위문품을 잔뜩 싣고 이륙한 C—46 수송기가 캄란베이(Cam Ranh Bay) 미군기지에서 기체를 정비하는 동안, 준隽은 야자수가 늘어선 해안을 따라서 다음 기착지 낫짱(Nha Trang)까지 혼자서 걷기로 했다.

그 당시 캄란베이 안에는 비행장, 보급창, 해군기지 및 컨테이너 부두 등 동양 최대의 미군 병참기지가 있었다. 고막을 찢는 듯한 제트엔진 테스트의 굉음에서 벗어나, 시원한 해풍이 불어오는 캄란베이 연육교를 건널 때에는 해변의 야자수와 파도를 생각하

면서 휘파람까지 불었는데, 수진마을의 시가지로 들어서면서부터 서울사진관, 아리랑식당 간판들이 반가웠으나, 뜨거운 태양이 따갑기도 하고 검은 옷을 입은 민병대들이 성가셔서 지나가는 세발승합차 람브레타(Lambretta)에 올랐다.

한 소년이 어머니인 듯한 여인과 단 둘이 타고 있었다. 그 소년이 낯선 외국 군인인 준雋에게 눈인사를 했다.

"chào(안녕)" 하면서, 준雋이 답례로 그 소년에게 껌 한 통을 건네주는 순간, 어릴 때 그 흑인병사의 기억이 떠올랐다.

훈이와 준雋은 새벽안개 속을 걸었다. 봉화읍 소재지에서 십 리나 떨어진 미군부대에 가기로 일주일 전에 약속하였던 것이다. 미군들을 앉아서 기다리기보다는 그들을 직접 찾아가는 적극적인 마케팅을 택했다. 경쟁자가 없는 곳에서 단독 대시(dash)하게 되면 초콜릿과 츄잉껌뿐 아니라, 운이 좋으면 C-레이션(전투식량)까지 덤으로 생길 수 있다는 계산으로 커다란 헝겊주머니도 옆구리에 차고 갔다.

미군이 주둔한 막사들이 안개 속에 조용히 잠들어 있었다. 막사 사이를 기웃거리며 돌아다니다가, 고깔모양으로 지붕이 뾰족한 집 안에 쪼그리고 앉아 끙끙거리는 한 병사를 발견하고, "하이, 굿모닝!" 손을 들고 인사하였다. 두루마리 휴지뭉치를 손에 든 흑인병사가 두툼하고 붉은 입술 사이로 하얀 이빨을 보이며

히죽이 웃었다. 기회를 놓칠 수 없었다.

"헤이, 초콜릿 김 미!"

그 병사는 웅크리고 앉은 채 아직 잠에서 덜 깨어난 쉰 목소리로, "게러웨이!" 하며 한 손을 들어 휘저었으나, 준隽과 훈이는 절호의 찬스에 쉽게 물러설 수 없었다.

"초콜릿 김 미!"

그 순간 흑인병사의 얼굴이 험악해지더니 흥분된 목소리로 고함을 질렀다.

"벅@#$%! 쌀라쌀라……"

그가 좀 성가셔서 그렇지, 미군들은 착하다는 것을 알고 있었다. "헤이, 초콜릿 김 미!" 가까이로 대시하자, "벅@#$%! 쌀라쌀라." 그 병사가 큰 소리를 지르면서, 한 손은 허리춤을 잡고 한 손으로 두 아이를 붙잡으려고 엉거주춤한 자세로 일어섰다.

갑자기 돌변한 그의 공격 자세에 위기를 감지하고 엉겁결에 뒤로 슬금슬금 물러서다가 기찻길 위를 냅다 달렸다. 그가 침목을 두세 칸씩 성큼성큼 건너뛸 때, 아이들은 겨우 한 칸씩 종종걸음으로 앞만 보고 뛰었다.

"귀여운 아가야, 나와 함께 가지 않으련?"

기찻길 위로 아지랑이가 마왕의 혀처럼 날름거렸다.

"준아, 같이 가. 으아앙!"

겁에 질려 구원을 외치는 훈이를 힐끔 돌아다봤을 때, 훈이는

호랑이를 요리조리 피해 달아나는 상처 난 톰슨가젤이었다.

준雋이는 걸음을 멈추고 그 자리에서 숨을 몰아쉬면서 헐떡였다. 그 때, 미군병사가 훈이의 뒷덜미를 잡아채서 번쩍 들어올리자, 나오미 왓츠처럼 킹콩의 굵은 팔뚝에 달랑 들린 채 발버둥치는 훈이의 소아마비 다리가 떠오르는 붉은 햇살에 활활 타고있었다. 그 순간 귀가 멍해지면서 무성영화처럼 들리지 않았다. 준雋은 철로에 고꾸라져서 눈물과 콧물과 토가 입가에 범벅이된 채,

"초콜릿, 츄잉껌 다 싫다. 이 나쁜 양키 놈아."

준雋의 일그러진 표정에, 그 베트남 소년의 어머니가 소년을 끌어안았다.

나는 '준雋의 일그러진 표정'을 기억 속에서 떨쳐버리듯 자리에서 벌떡 일어나서, 역사驛舍를 빠져나와 봉화 읍내로 향했다. 흑인병사에게 혼나고 준雋이 훈이와 울면서 걸었을 그 길을 걸어서 봉화 읍내로 들어가는 길에 내성천 다리 위에 섰다.

저 멀리 호골산을 돌아나가는 내성천은 준雋이 또래의 천둥벌거숭이들이 자맥질하던 큰 거랑이 분명한데, 하얀 모래밭은 사라지고 둔치에 테니스장과 운동시설이 널려 있었다.

고깔모자를 눌러쓴 피에로를 앞세우고 북 치고 나팔 불며 내성천 다리를 건너온 유랑곡마단이 아이들을 몰고 돌아가던 강가

모래사장, 온갖 깃발을 펄럭이며 공처럼 부풀어 있던 커다란 천막도 보이지 않는다.

　TV나 영화관이 없던 시절에 전쟁의 공포에 질린 사람들과 송구(소나무 껍질)를 먹고 통시(변소)에서 끙끙거리던 배고픈 아이들을 즐겁게 했던 그 곡마단은 한 번 천막을 치면 보통 한두 달 눌러 있었다. 준儁과 아이들은 하루도 안 빠지고 구경했지만 입장료를 내고 들어간 아이는 한 놈도 없었다.

　나는 내성천 다리 위에 서서 한참 동안 곡마단의 아련한 추억에 젖었다가 시내의 중심가 십자골목 쪽으로 발을 옮겨갔다. 봉화 군청이 옮겨간 자리에 보건소가 들어서면서, 군청을 둘러싸고 있던 측백나무 울타리가 사라지고 없었다. 준儁과 훈이의 둥지가 없어진 것이다.

　보건소 옆을 지나 옛 고아원 사이의 길을 올라서 봉화군청 뒤 언덕의 충혼탑에 갔다. 그곳에 서면 봉화 읍내를 모두 조망할 수 있는 곳이다. 특히 준儁의 아버지가 미망迷妄 속을 헤맬 때 준儁이 아버지와 함께 올랐던 곳이다.

　5학년 담임교사가 눈짓을 하면, 준儁은 공부하다가 말고 충혼탑으로 달려갔었다. 짐작한 대로 그날도 준儁의 아버지는 충혼탑 앞에 넋이 나간 듯 멍한 표정으로 미망 속에 갇혀 있었다.

　'칠흑같이 어두운 밤, 맏아들 화준이 강을 건너다 말고 강물에

서서 울었다. 아들에게 손을 내밀자, 맏아들 화준은 화염 속에 피 범벅이 된 얼굴로 변하면서, 살려주세요! 하고 울부짖고 있었다.'

아버지는 환청과 환영으로 괴성을 질렀다. 준雋은 아버지에게 매달려서 울었다. 아버지의 광란이 진정되자, 아버지와 준雋은 말 없이 앉아 있었다.

"아부지, 그거 생각나?"

아버지는 아무 반응이 없다.

할머니는 지쳐 쓰러질 것 같은 제 어미 젖가슴에 손자가 파고 들 때마다 탄식하듯 소리쳤다.

"저 놈이 애미 죽인다!"

할머니는 준雋을 살모사로 여겼다. 만주에서 피난 오면서 젖 배를 곯은 준雋은 밥투정이 심했다.

"밥투정한다고 날 참나무에 매달았제?"

준雋은 전쟁이 나기 전에 안동에서 있었던 일이 생각났기 때 문이다. 공산군 측의 선전포고 없이 6.25 침공을 당한 국군이 후 퇴를 거듭하다가 인천상륙작전으로 압록강까지 올라가서 곧 전 쟁이 끝난다더니, 겨울이 되자 중공군의 개입으로 다시 삼팔선까 지 후퇴했다가 밀고 당기는 전투가 계속되는 동안 소식이 없던 아버지에게서 연락이 와서, 준雋의 가족은 고향 여깨에서 봉화읍 으로 옮겨왔다.

어느 날, 준雋의 외종형이 결혼하여 신부와 함께 준雋의 집에

왔다. 외종형은 사범학교 3학년 때 전쟁이 터지자, 그는 3대째 외동이어서 남쪽으로 피란을 보냈는데, 영천고등학교에서 국군 학도병에 지원하였다. A-19 정찰기를 조종하여 적진지를 정찰비행 중에 평강 지역 상공에서 적탄에 엔진이 정지된 채 활공비행 (Glide Flight)으로 무사히 부대로 돌아올 수 있었다. 충무무공훈장을 받은 후, 광주 육군항공대 비행교육대장으로 복무할 때, 영주에서 한의원을 하는 안동권씨 댁 규수와 영주에서 결혼식을 올렸다.

육군항공대의 한국군·미군 동료 조종사들이 3대의 비행기를 몰고 와서 안동·영주·봉화 상공을 선회 비행한 뒤 영주의 서천 강변에 착륙하였다. 결혼식 후에 신랑 신부가 인사 차 준雋의 집에 왔었다.

"이게 누구야, 꼬맹이 대준이? 많이 컸구나. 너, 내가 해방시켜 준 거 기억나지? 하하하……."

6.25가 발발하기 바로 전에 안동에서 있었던 일이다. 그 당시 여섯 살이던 준雋은 매일 식사 때마다 밥투정을 하는 버릇이 있었다.

"누가 내 밥을 퍼갔어. 내 밥 내놔. 앙앙!"

준雋은 밥 먹다가 뒷간에 가는 버릇이 있어서, 뒷간에 갔다 와서 자신이 먹어서 생긴 숟가락 자국을 다른 이가 먹었다고 생떼집을 부렸다.

'음식에 탐심이 많은 것은 젖배를 곯은 탓이지.'

결국 어머니한테서 밥 한 숟가락을 더 받아냈다. 그러나 준雋의 고집이 늘 통하는 것은 아니었다. 하루는 또 밥투정을 부리자,

"누구든지 절대로 풀어주지 말아라."

아버지가 준雋을 뒷산 참나무에 매어 놓고 출근했다. 아버지의 명령에 형들이 준雋을 풀어줄 수 없었지만, 동생의 밥투정에 짜증이 났던 형들은 해가 중천에 떴는데도 동생을 풀어주지 않았다.

준雋은 배도 고프고 기진맥진하여 얼굴에 눈물자국인 채로 매달려 있었다. 그 날, 고모 댁에 왔던 외종형이 참나무에 묶인 준雋을 풀어주었다.

"아, 참나무에 매달렸던 그 도련님? 참 귀엽게 생겼네요."

서울에서 살았던 새아주머니가 서울말로 준雋을 아는 체하였다. 그 때 외종형님이 자신을 해방시켜 준 것은 고맙지만, 형수가 그것을 알게 된 것이 늘 못마땅했었는데, 충혼탑에 아버지와 둘이 마주앉아 있자니, 준雋은 갑자기 그 생각이 떠올랐던 것이었다.

"밥투정한다고 날 참나무에 매달았제?"

그제야 고개를 돌려 준雋을 멍하니 보더니, 아버지는 준雋의 두 손을 꼭 잡은 채,

"니, 내하고 약속할 수 있나?"

무슨 뜻인지 몰라 머뭇거리자,

"니는, 군대 갔다 와서 장가가야 한다. 알았제?"

형수 생각이 스쳤다. 준雋이 씩 웃으며 일어나자, 아버지도 일어섰다. 호골산虎骨山 위로 노을이 펼쳐지고 내성천이 붉게 굽이쳤었다.

나는 충혼탑 계단에 앉아서 봉화역 철로와 하얗게 굽이치는 내성천과 들판을 내려다보았다. 60여 년의 세월이 흐른 지금, 봉화읍도 조금씩 달라지고 있다. 들판이었던 보 밑 논바닥에 크고 작은 건물이 들어서고, 산기슭에 옮겨지은 봉화 군청 청사 앞을 돌아 나온 넓은 도로가 내성천에 가로놓여 있었다.

봉화군청 소재지 내성천이 흐르는 봉화읍

　봉화군의 군청소재지이긴 하지만, 다른 지역의 군소재지에 비하면 아주 작은 소읍에 지나지 않는다. 그러나 아파트들이 군데군데 우뚝 서 있어 바래미마을까지 이어지는 들판을 내려다보는 시야를 가리고 있다.

　부산 해운대구 우동 마린시티의 두산위브더제니스 아파트(80층 3개동 1,788세대, 높이 301m의 대한민국 최고층 마천루)는 봉화읍 내성 1~4리의 1,754세대 모두를 이 아파트에 수용할 수 있는 규모이다. 봉화읍 내성 3리(개평)의 최삼섭은 빈손으로 봉화를 떠나서 건축사업을 시작하였다. 몇 번의 어려운 고비를 맞기도 했지만, 해운대 해수욕장 인근의 마린시티에 두산위브더제니스 아파트 사업을 성공적으로 마무리 짓고, 지금은 송도 해수욕장 위를 날아다니는 송도 케이블카를 건설하여 직접 운영하고 있다.

　퇴계의 詩 〈매화梅花〉에, '한 해의 봄꽃을 보고 꽃에 대해 가벼이 논하지 말라(一春花事未暇論).'는 구절도 있듯이, 인생은 한 면만 보고 평가할 수 없다.

　최삽섭은 이제 많은 것을 움켜잡게 되었지만, 비움의 철학을 실천하는 큰손이기도 하다. 그는 고향의 어머니 친구들을 초청하여, 80층 아파트 펜트하우스에 모시고 시내관광을 시키기도 하고, 고향 선배들이 부산에 왔다는 소식을 듣고, 바쁜 일정을 미루어 가면서 그들을 초청하여 고향의 정을 베풀기도 하였다. 어느

날, 건축사 류춘수가 해운대에 왔었다. 그와 최삼섭이 같은 봉화 사람으로서 건축사와 건축주의 관계이다.

호수의 물이 줄어들어 피부가 말라가면(열악한 환경),

'물 가까이 있는 물고기가 멀리 있는 물고기의 몸을 적셔준다 則相濡之德生也칙상유지덕생야'는 왕필王弼의 노자 주석이 생각났다.

건축사 류춘수는 최삼섭이 서울과 부산에 서로 떨어져 있지만 직접 차를 운전하여 그를 만나러 온 것이다.

봉화읍에서 청량산까지는 큰 도로로 차를 타고 주마간산走馬看山격으로 지나갈 수도 있지만, 마을길이나 농로·산길을 걸으면서 산촌의 풍물을 완상玩賞한다면 여행의 의미가 깊어질 수 있다.

나는 봉화읍에서 청량산까지 걸어가기로 했다. 안전하게 걷는 길은 자동차가 많이 다니는 다덕로를 피해서 석천계곡으로 들어가는 것이 좋다. 설악산에 천불동계곡이 있다면, 봉화에는 석천계곡이 있기 때문이다. 내성천이 너래 반석 위를 흐르는 냇가에 앉은 석천정사石泉精舍는 산과 내와 정자가 어우러져서 신선이 노니는 곳이란 뜻의 '청하동천靑霞洞天'이다.

준雋이 다니던 봉화초등학교 옆을 지났다. 100년 전통의 오래된 목조 교사校舍를 헐고 새로 지은 현대식 3층 건물이 아담하였다. 학교를 지나서 석천계곡으로 향하면서, 준雋의 소풍 사건이 생각이 나서 소풍가는 기분으로 걸었다.

준雋은 석천정사에 소풍을 갔었다. 1학년 첫 소풍인 데다 그날
은 어머니가 보리밥에 쌀을 좀 낫게 섞어서 도시락을 싸고 고구
마 한 개도 특별히 얹어주었다. 모처럼의 별식에 준雋은 "떙호
와!"를 외쳤다. 준雋이 며칠 전부터 기다렸던 첫 소풍이었고, 또
생전 처음으로 도시락을 들었으니 신바람이 났다. 그러나 첫 소
풍에서 준雋은 평생 잊지 못할 사고를 치고 말았다.

학교 교문을 나서면서부터 아이들과 합창으로 동요를 흩날렸
다. 나는 그날의 준雋이가 걸었던 길을 따라서 석천계곡으로 들
어섰다. 삼계리 내성천 다리를 건너서 오른쪽으로 꺾어들어 내성
천을 따라서 들어가면 석천계곡이다. 삼계서원三溪書院의 누樓가
산 밑에 덩그렇게 서 있었다.

석천 초입에는 도깨비가 썼다는 붉은 뱀처럼 구불구불한 글
씨를 새겨 놓은 큰 바위가 있어서 그 앞을 지날 때는 외면한 채
숨도 죽이고 빠른 걸음으로 지나간다. 그날은 뱀 형상의 '청하동
천靑霞洞天'도 준雋은 겁나지 않았다.

석천정사 너럭바위는 오랜 세월 물에 닳고 닳아서 경사면에
홈이 파져 있어 천연 미끄럼틀이다. 여름철 하동들은 너나없이
홀랑 벗은 알몸으로 너럭바위에서 물 미끄럼을 탄다.

지난여름에 준雋은 훈이와 너럭바위 미끄럼을 수도 없이 탔었
던 기억이 새로웠다. 그 날 아침, 언덕을 오르자 금강송 숲 사이
로 석천정사가 아침햇살로 세수하고 맑은 물에 발을 담근 채 준

雋을 반겼다.

　준雋은 시선視線을 석천정사를 향한 채 언덕에서 너럭바위로 건너뛰다가 발을 헛디뎠다. '오 마이 갓!' 생전 처음으로 들고 온 도시락을 든 채 반석 홈통에 빠졌다. 준雋은 정자 축대 밑에 쪼그리고 앉아 있어야 했다. 옆 반 여선생님이 물에 헹궈서 볕바른 너럭바위 위에 널어둔 옷이 마를 때까지 벌거숭이 알몸으로 웅크리고 앉아 있어야 했다.

짓궂은 아이들이 다가와서 혀를 날름거리며 놀렸다.

"박대준 궁둥이는 빨게, 빨간 건 사과……"

"얼래리 꼴래리, 얼래리 꼴래리……"

코찔찔이 김태동이 큰 소리로 놀리자, 여학생들도 힐끔힐끔 돌아보며 저희들끼리 희죽거렸다. 봄이긴 하나 5월이라도 아직은 쌀쌀한 날씨에, 한여름철의 석천과는 다르게 물 미끄럼 타는 아이는 없었다. 여학생들은 둘러앉아서 수건돌리기를 하고, 남자아이들은 종아리를 걷어 올린 채 송사리와 피라미들을 찾아서 막대기로 바위 밑을 쑤시고 다녔다.

여름철 夏童들은 너나없이 홀랑 벗은 알몸으로 너럭바위에서 물미끄럼을 탄다.

"박대준을 찾아라." 담임 선생님은 석천정사 돌 축대 밑에 있어야 할 아이가 없어진 것을 알았다. 준雋은 커다란 너럭바위 아래 물속에서 얼굴만 빼쏨 내밀고 있었다.

이튿날, 준雋은 참을 수 없을 정도로 기침을 콜록이고 몸이 불덩이같이 달아올랐다. 어머니가 한의원에 데려가서 약을 지어왔다. 부엌에는 약탕관이 끓고 있었고, 어머니는 준雋의 이마에 물수건을 얹어주고 녹두죽을 쑤어 주면서, 아픈 자신보다 어머니가 더 아파했다. 그런 엄마를 더 이상 속일 수는 없어서 준雋은 이불을 머리까지 둘러쓴 채 쉰 목소리로 더듬거렸다.

"소 풍 날 물 속 에 숨 어……."

"숨바꼭질? 숨을 데가 없어 찬물 속에 숨었나? 너도 참……."

석천계곡 초입의 암각 '청하동천靑霞洞天' 은 충재 선생의 5대 손인 권두응(權斗應, 1656~1732)이 쓴 글씨를 바위에 새기고 주사 칠을 한 것인데, 초서체의 글씨가 마치 뱀처럼 구불구불해서 섬뜩한 기분을 느꼈으나, '준雋의 소풍날'을 생각하니 '靑霞洞天' 이 정겹게 느껴졌다.

'靑霞洞天' 각자刻字 바위를 지나서 소나무 숲 언덕에 올라서니, 강 건너편 산기슭에 말쑥하게 단장한 정자가 보였다. 석천정사는 높다란 돌로 쌓은 벽 위에 지어져서 멀리서 보면 정자가 아니라 높다란 누樓로 보인다. '亭'자의 옛 글자는 높은 곳 위에 세

워진 집이란 뜻이며, 마루를 높인 곳이 아니라 높은 곳 위에 세운 집이란 뜻이다. 누樓는 기둥이 층받침이 되어 가운데 亭이 높이 된 다락집이다. 석천정사는 정자이면서 누樓이기도 하다.

석천정사 앞 너럭바위 타고 옥같이 맑은 물이 사철 흘러내려서, 여름철이면 반석 위를 미끄럼 타는 봉화 아이들의 에버랜드가 되었었다. 정자 뒷마당의 석천정 샘은 맑고 물맛이 시원했다. 물 한 모금 마시고 정자에 오르니, 소나무 숲 사이로 난 내성천이 우측에서 좌측으로 S자 형으로 흐르는 자연이 만들어낸 장관이 시야에 펼쳐졌다. 누구나 이 정자 바닥에 누워서 눈을 감으면 새소리 물소리에 귀가 시원하고 머리가 맑아지면서, 소나무 숲을 거니는 신선이 된다. 지금도 봉화 사람들은 어디에 살든지 모임의 이름을 '석천회'로 정할 정도로 석천을 사랑한다.

이 정자를 건립한 청암 권동보의 〈석천정사石泉精舍〉 詩에서 정자의 운치가 그림처럼 내 맘에 그려졌다.

작은 가마가 지날 수 있는 시냇가 길에
글 읽는 정사가 물과 구름 사이에 보이네.
깊은 가을밤에 내린 비바람과
뿌연 서리에 시월의 공기 차갑구나.
나뭇잎은 떨어져 바위틈에 빽빽하고
이끼는 바위틈에 두껍게 끼여 아롱졌네.

백세토록 조상께서 거니시던 이곳에
친한 벗들 얼마나 오갔던고.

肩輿溪上路 견여계상로 　書舍水雲間 서사수운간
風雨三秋夜 풍우삼추야 　烟霜十月寒 연상십월한
葉凋巖竇密 엽조암두밀 　苔厚石稜斑 태후석능반
百歲倘佯地 백세상양지 　親朋幾往還 친붕기왕환

　　권동보의 詩 가운데 '친한 벗들 얼마나 오갔던고(親朋幾往還).'
에서 '1학년 봄 소풍 때 물에 빠졌던 사건'이 떠올라서, 정자 난간
에서 너럭바위를 흐르는 냇물과 정자 축대 근처를 내려다보았다.
그 날, 물에 빠져서 준雋이 벌거숭이로 쪼그리고 앉아 있던 정자
의 그 돌축대와 석천정 지붕이 예전 것이 아니라 새로 수리한 것
으로 보인다. 깊은 물속에 준雋이 몸을 숨겼던 그 큰 바위가 궁금
해서 살펴보았지만, 냇물에 몸을 담그고 앉아 있는 바위들이 모
두가 그것 같아서 가늠할 수가 없었다. 건너편 숲에서 강 쪽으로
늘어진 소나무가 솔바람소리를 내면서 가지를 흔들어 반겼다. 너
럭바위·물·소나무·크고 작은 바윗돌 하나, 보이는 것 모두가
있을 자리를 찾아서 제 자리에 있어 보였다.

　　석천정사 뒷문을 나와 정사 관리인 가옥 앞을 지나서 내성천
을 따라 오솔길을 오른편으로 돌아나가니, 너른 들판 뒤로 닭실

마을이 한눈에 펼쳐지고, 들판 가운데 우묵한 숲 속에 정자 지붕
이 보였다. 숲에 둘러싸인 청암정이었다. 청암정 뒤로 충재 박물
관과 종택이 나란히 자리하고 있었다.

　정자에는 남인의 영수였던 미수 허목(許穆, 1595~1682)의 전서체
'靑巖水石' 현판과 퇴계의 詩가 걸려 있었다. 퇴계는 지난날 권벌
과의 기억을 되살리며, 충재공의 사화 당함을 안타까워하면서 청
암정의 정취를 〈유곡청암정寄題酉谷靑巖亭〉으로 읊었다.

　　우리 공 지난날 깊은 충정 품었으나,
　　화와 복은 아득히 한 줄기 하늘의 번개 같았다네.
　　지금껏 정자 기이한 바위 위에 있는데,
　　여전히 연꽃 옛 연못 속에서 피어나네.
　　눈 한가득 드는 운무 평소의 즐거움 품어보고,
　　온 뜰의 지란과 아름다운 나무는 공의 유풍 나타나네.
　　하찮은 몸 몇 번이나 지우의 잘못된 칭찬 입었던가.
　　흰 머리 되어 시 읊으니 그 뜻 끝이 없구나.

我公平昔抱深衷 아공평석포심충　　倚伏茫茫一電空 의복망망일전공
至今亭在奇巖上 지금정재기암상　　依舊荷生故沼中 의구하생고소중
滿目烟雲懷素樂 만목연운회소락　　一庭蘭玉見遺風 일정난옥현유풍
鯫生幾誤蒙知獎 추생기오몽지장　　白首吟詩意不窮 백수음시의불궁

유곡酉谷은 선공께서 너르게 닦은 터,
구름 낀 산 두르는 데다 물은 고리처럼 굽어도네.
떨어진 섬에 정자 지으니 다리 놓아 들어가고,
연꽃 맑은 물에 비치니 그림이 살아 움직이는 듯.
농사일이야 본래 잘해 일부러 배우지 않으셨고,
수레며 관복 사모하지 않아 마음에 두지 않았다네.
바위 구멍에 작은 소나무 있음 더욱 어여쁜데,
바람과 서리 거세고 혹독하여 늙은 기세 서렸다네.

석천정사

西谷先公卜宅寬 유곡선공복택관　雲山回復水彎環 운산회복수만환
亭開絶嶼橫橋入 정개절서횡교입　荷映淸池活畫看 하영청지활화간
稼圃自能非假學 가포자능비가학　軒裳無慕不相關 헌상무모불상관
更憐巖穴矮松在 갱련암혈왜송재　激厲風霜老勢盤 격려풍상노세반

닭실마을은 모든 가옥의 용마루 양쪽 끝에 닭 모양의 상징물
을 설치해 놓았으며, 이 마을 여인네들이 함께 만드는 전통한과
가 멋과 맛이 유명하다.

닭실마을의 경로당 앞에서 토일 길을 걸어서 토일吐日마을로
가는 길에 들판 너머 산 아래 전통한옥이 눈에 들어왔다. 등록문
화재 218호 김직현 가옥은 1904년경에 김직현의 할아버지 김창
한金昌漢 공이 건립하였다,

이 건물을 건립한 구미당 족손 김창한金昌漢에게 보낸 여깨의
만운 선생의 〈구미당족손 김창한에게 답함答族孫昌漢〉34) 편지에
서, 김창한의 후덕함과 당시의 반천재槃泉齋 역사役使를 살필 수
있다.

"매양 편지를 보내 살고 있는 정황이 어떤지 묻고자 하였는
데, 뜻하지 않게 먼 곳에서 보낸 편지가 먼저 이르니 감사하고 부
끄러움이 교차되어 사례할 바를 알지 못하겠네. 삼가 묻자오니,

---

34) 이창경 국역, 《만운유고》 2015.

편지를 받은 지 여러 날이 지났는데 벼슬살이 하는 몸 만왕萬旺하시고, 상床 위의 거문고가 무릎의 학(床琴膝鶴)35)이 날마다 재미를 제공하여 고향생각을 잊어서 보낼 수 있는가? 삼가 위로하고 비는 것이 실로 예사로운 말은 아니로세. 족종足從 등은 졸렬한 형상이 각각 그대로이니, 다행스럼을 어찌 번거로이 미치겠는가?

반천재(槃泉齋)36)의 역사役事는 일은 크고 힘은 약하여도 진실로 부득이한 데서 나온 것인데, 이제 그대의 특별한 찬조를 입었으니 박봉薄俸을 받으면서 어찌 이 넉넉한 수에 미칠 수 있었는가? 그 복복(僕僕, 번거롭고 황송함)한 바는 바로 물에 있은 것이 아니고 다시 어진 분에게 기약하여 바람이 있는 것이 자못 얕지 않으니, 원컨대 만 배로 진보하여 후일에 크게 쓰임에 이바지한다면 어찌 홀로 현집(賢執, 어진 그대)의 다행이겠는가? 실로 일문의 영광일 것이니, 생각건대 나의 거친 말을 기다리지 않고도 힘씀이 있을 것이로다. 고향을 찾는 것은 혹시라도 사이에 여가가 있을 것인가? 편지는 대면하여 이야기함만 같지 못해서, 종이에 임하여서 서글퍼지네."

김창한 공의 손자 김직현·김주현 형제가 어렸을 때 뛰놀았을 호젓한 고샅길을 이슬처럼 싱그런 봄비를 맞으며 걸었다. 논

---

35) 청렴한 관리가 전근할 때 가진 것은 오직 거문고와 학만이 따른다.
36) 봉화군 봉성면 봉성리의 반천서원 근처에 있는 안동김씨 선조의 묘역을 돌보는 재사齋舍.

둑길을 지나서 창평천의 신촌교를 건너니, 유곡 삼거리 쑥쟁이
마을이다.

삼거리 쑥쟁이마을의 강순화 된장 식당의 구수한 된장냄새에
끌렸다. 먼저 온 손님들의 밥상에 먹음직한 고등어자반과 그들
이 고추장을 넣어 쓱쓱 비벼먹는 산채비빔밥을 보니 침이 꼴깍
넘어갔다. 무안해서 눈을 돌리니, 이 식당 벽에 걸린 김동억[37]
시인의 詩, 〈청량산에 가 봐요〉가 눈에 띄었다.

비 오다 그친 날이면,
청량산에 가 봐요.
어머니 젖줄 같은
강물이 안고 흐르는
산자락을 오르면

발아래 안개가 피어나
마음 속 헝클어진 얼레
슬슬 풀려나고
갓 내린 빗방울 털고
다시 서는
산빛 마냥

---

37) 김동억 동시집 《정말 미안해》

싱그러운 생각들
파란 하늘에
연으로 뜰 테니까

식사하는 동안에 봄비가 그쳤다. 청량산 산빛처럼 싱그런 기분으로 식당을 나섰다. 식당 앞에서 들판 저 멀리 빤히 보이는 곳 **1.5km** 지점에 동양초등학교 마을이 있다. 이 학교 마을의 뒷골이 띠띠미(뒷골) 산수유마을이다. 곧장 학교 앞을 지나면 창바대(昌坪)마을과 우곡 약수탕, 그리고 문수산 골짜기에 천주교 우곡성지가 있다.

금봉리 봉성지구 문화마을을 건너다보면서 나지막한 동산 뒤로 돌아들면 산수유 피는 띠띠미(杜洞두동)가 시작된다.

띠띠미 마을에 산수유가 피면 문수산 뻐꾸기가 봄을 노래한다

　이 마을 뒤로 1,205m의 문수산이 가로막아 더 이상 나아갈 길조차 낼 수 없는 막다른 골짜기다. 마을 옆으로 실개천이 흐른다고 해서 "뒤떠물"이라 한 것이 부르기 쉽게 띠띠미 마을로 변했단다.

　두곡杜谷 홍우정(洪宇定, 1593~1654)이 병자호란 때 남으로 피난을 갔다가 삼전도의 소식을 듣고 이 골짜기로 들어와 은거하였다. 그의 후손들이 대를 이어 살면서, 두곡 종택(종손 홍대교)을 중심으로 남양홍씨 집성촌을 이루게 되었다.

　산수유는 두곡선생이 이천에서 산수유 종묘를 들여와 심었는데, 400여 년의 세월이 흐른 지금은 골짜기가 온통 산수유꽃이다. 단아한 담장에 둘러싸인 고택 안에도 귀농으로 들어온 듯 새로 지은 집 마당에도 산수유가 피었다.

모두가 떠나간
한적한 산골마을
우툴두툴 해묵은 산수유나무

겨우내 햇살 모아
가지마다 달아논
노오란 꽃등

온 동네를 밝히면

골목길 가득

부풀었던 가슴

그리움 되어 피어나는

고향, 그 산수유 꽃

지금도 나를 붙들고 있다.

봄을 찍고 봄을 그리고(畵) 봄 속을 노닐다가 한 그루의 산수유가 된다.

　산수유 꽃 피는 봄날이면, 김동억 시인은 〈고향, 그 산수유 꽃〉을 노래했으며, 그를 비롯해서 문인들은 해마다 시화전을 벌이고, 화가들은 그림을, 사진작가들은 셔터를 눌러댄다. 그들은 산수유를 찍는 것이 아니라, 봄을 찍고 봄을 그리고(畵) 봄 속을 노닐다가 한 그루의 산수유가 된다.

　이곳이 특별한 것은 옆 동네 금봉리에는 산수유가 한 그루도 없음이다. 어머니의 품속 같은 문수산의 햇볕과 물, 그리고 골짜기 바람이 산수유를 피우는 것인가 보다. 그러나 한때는 밭에 있던 산수유나무를 캐내고 그 자리에 다른 작물을 재배하기도 했다. 지금 산수유는 집 둘레나 밭둑 그리고 산기슭과 실개천 언덕에 남아있을 뿐이다.

　띠띠미마을 사람들은 누구나 나무를 사랑하고 나무를 잘 자라게 하는 성정이 있는지, 이 마을 한녘진 곳 산수유나무 뒤에 작은 집 한 채가 있다. 그 집 주인 홍정선은 부산·경남 지역의 고속도로 주변의 조경공사를 도맡고 있다.

　그는 영주와 대구 그리고 부산으로 옮겨 다니며 몇 가지 사업을 벌였으나 부침浮沈을 거듭한 후, 마지막에는 부산 대연동의 어느 농가에 머슴살이로 들어갔다. 조경이 전문인 그 집 주인을 따라다니면서 어깨 너머로 조경을 익혔다.

　그를 눈여겨보던 주인이, 어느 날 조경 도면을 그에게 주면서 독자적으로 해결해 보라고 하였다. 그는 머슴살이 3년 만이지만, 그 도면을 볼 수 있을 만큼 조경에 대한 기초지식이 없었다. 그러나 그동안 사업에 실패하고 막다른 처지에 몰린 그로서는 다른 선택의 여지가 없었으며, 나무 심고 가꾸는 것이 적성에 맞는 것을 발견한 이상 그 길에 매달리기로 했다.

　홍정선은 그 도면을 들고 조경 전문가들을 찾아다녔다. 조경 전문대학 교수들까지도 그를 '미친 사람'으로 여겼다. 조경이 무엇인지 기본지식도 없으면서 도면 한 장 들고 횡성수설하는 그는 분명 '미친 사람'임에 틀림없었다.

　서구에서 조경은 산업혁명과 도시화로 인해 도시의 환경의 위생문제에 대처하고 시민들에게 여가 공간을 마련해 주기 위한 목적으로 시작되었으나, 오늘날의 조경은 도시환경과 자연환경의 곳곳을 인간에게 보다 쓸모 있고 아름답게 다듬고 가꾸는 역할을 하고 있다.

　한국에서는 1970년대 초반 대규모 국토개발사업 및 고속도로 건설에 맞추어 조경업이 출범하였다. 대표적인 공공 조경으로는 파리공원, 올림픽공원, 용산가족공원, 예술의전당, 무역센터광장, 과천·분당·일산 신도시 등의 조경을 들 수 있다.

　백방으로 노력한 결과 홍정선은 그 도면대로 조경을 끝낼 수 있었으며, 그 집 주인은 그의 실력에 놀라면서 자신이 맡은 일감까지 건네주고 조경 사업을 권유했다. 처음에는 하청을 받아서 일을 추진했지만, 점차 자신감을 갖고 독자적으로 사업을 진행할 수 있었다.

　지금은 부산·경남 지역의 수많은 조경회사 중에서 규모가 큰 두 개의 조경회사를 운영하면서, 팔순을 바라보는 나이에도 여러 현장을 뛰어다니고 있다.

　띠띠미 동네의 산수유는 거꾸로 꽂아도 활착을 한다는데, '띠띠미 사람도 나무 키우는 소질을 타고난 것이 아닐까?'

　띠띠미 동네에서 바깥으로 나와 동양초등학고 앞을 지나서

창평마을에 서니, 너른 들판에 봄 햇살이 봄바람에 살랑거렸다. 창평교에서 창평천을 따라 산길을 오르니, 우곡 저수지가 맑고 맑은 산물을 가득 담고 있었다. 저수지를 돌아들자 골짜기에 우곡성지愚谷聖地가 있는데, 우리나라에 천주교회가 세워지기 전 최초의 수덕자修德者 농은 홍유한의 묘가 있는 곳이다.

홍유한(洪儒漢, 1725~1785)은 16세부터 실학자 성호 이익李瀷 선생의 문하에서 학문을 닦았다. 그곳에서 《천주실의(De Deo Verax Disputatio, 天主實義)》38), 《칠극七極》39) 등을 공부하다가, 1757년 충청도 예산으로 내려가 18년간, 1775년 현 영주시 단산면 구구리 지역으로 옮겨서 그곳에서 10년간 혼자서 천주교 수계생활을 하였다. 당시에는 기도책도 없고 축일표祝日表조차도 없었으나, 7일마다 축일(주일)이 온다는 것을 알고 있어 경건하게 축일을 지켰다. 홍유한의 후손 중에는 7명의 순교자가 있다.

1993년 10월 홍유한의 묘가 발견된 후, 봉화성당 성지개발위원회에서 묘지 주변의 임야를 매입하여 성지로 조성하여 사제관과 피정(避靜, retreat)의 집, 수련원을 건립하고 홍유한의 동상과 야외 제대祭臺, 십자가의 길 14처 등을 조성하였다.

---

38) 예수회 소속 이탈리아 신부 마테오 리치(Matteo Ricci:利瑪竇)가 한문으로 저술한 천주교 교리서.

39) 예수회 신부 판토하가 지은 카톨릭 수덕서로 천주실의와 함께 전래되어 연구되고, 남인 학자들을 천주교에 귀의케 하는 데 기여한 책 중 하나다.

　우곡성지에서 나오는 길의 동쪽 갈방산 기슭은 준雋의 집안 선산이 있다. 준雋의 선조 낙한정樂閒亭 박승준(朴承俊, 1512~1543) 공이 사마에 올라 성균관에서 공부한 후 닭실마을 충재 선생의 후손인 권윤형權允衡의 무남독녀와 혼인하여 창평에 낙한정을 짓고 살았다. 지금도 박승준의 후손들이 해마다 권윤형 공의 무덤에 제사를 올리는 외손봉사를 계속하고 있으며, 창평의 산야 중에는 준雋의 집안 소유로서 대대로 관리되고 있는데, 일제 강점기에는 동양척식회사에 탈취당하기도 했지만 일부는 되찾았고, 준雋의 할아버지 묘소 아래에 맏형 화준의 무덤이 있다.

　준雋의 선산을 내려서면 울진·태백 방향의 국도변에 다덕 약수터 마을이 있다. 옛날 시무나무 아래 약수가 있어 이를 마시고 많은 사람이 덕을 보았다 하여 다덕多德 약수라 불리는 이곳은 탄산과 철분 등이 함유되어 있어 톡 쏘는 맛이 나고, 소화가 잘 안될 때 한 잔 마시고 나면 금방 속이 편해진다. 예로부터 피부병과 위장병에 많은 사람들이 효험을 보았다 하고, 지금도 전국에서 많은 사람들이 찾고 있다. 야외 캠핑장이 설치되어 있어서 이용하기에 편리하다. 봉화 농특산물 직판장과 토속음식단지가 있다. 특히 약수로 삶은 약수 닭백숙, 오리 한방 백숙을 비롯해서 봉화 산송이 돌솥밥, 봉화 한약우 구이 등 토속음식을 맛볼 수 있다.

　문수산은 동쪽 기슭의 서벽에 두내 약수, 서쪽 기슭의 오전

약수, 그리고 남쪽 기슭에 다덕 약수가 있다. 문수산은 봉화의 진산鎭山이자, 젖과 꿀이나 다름없는 약수가 한 시도 가물지 않는 봉화 사람들에게 어머니와 같은 산이다.

동양초등학교 맞은편에 봉화목재문화체험장이 있다.

83%가 산과 숲으로 되어 있는 춘양목의 고장인 봉화의 자연환경을 살려서 다양한 숲 체험시설을 조성하여, 나무와 관련된 콘텐츠를 개발하였다. 목재를 오감으로 체험하게 하여, 목재의 가치 및 중요성을 쉽게 전달하는데 큰 의미를 두고 있다.

숲 체험장 입구의 아치형 문을 들어서면 2층이 실내 목재체험장인데, 관람자들의 흥미를 끌 수 있는 십이지상 동물 목각상, 목각 악기류, 곤충 목각 등을 전시하였고, 숲 해설가와 함께하는 산림교실, 어린이를 위한 마술공연, 장승깎이 체험, 3단 선반 만

들기, 목가구조립 체험, 곤충목각 조립 등 다양한 체험을 할 수 있다. 야외에는 산림전망대, 자생식물단지, 숲속을 걷는 야외 산림욕장도 있다. 목재 전시장을 둘러보고 밖으로 나오면, 나무곤충 만들기, 연날리기 등 아이들이 놀 수 있는 놀이시설이 갖추어져 있다.

나무는 자연에서 태어나 자연으로 돌아가는 자연의 이치를 잘 보여준다. 나무가 전해주는 즐거움과 교훈을 온 가족이 함께 느껴볼 수 있는 체험장이다.

숲 체험관을 나올 때 산허리에 안개가 자욱했는데, 구절로를 따라서 숲속을 걷는 동안 점차 하늘이 파랗게 개었다. 외삼리 장그래미 재를 지나 봉명로(봉화—명호)에 접어들어 봉성재를 넘어서 돌아드니, 향교와 봉성 면소재지 마을이 보였다.

봉성鳳城은 봉황의 집이란 뜻인데, 경상남도 합천군 삼가, 전라남도 구례의 옛 이름이며, 경상남도 함안군 함안면 소재지도 봉성이다. 우리나라와 중국은 지명이 비슷한 곳이 많은데, 압록강을 건너면 청나라 입구 책문의 중심가에 봉황성이 있다. 봉화의 봉성鳳城은 조선시대 봉화현의 동헌과 향교가 있던 현의 소재지이다.

1569년 퇴계의 맏아들 이준李寯, 1576년 퇴계의 고제高弟 조목趙穆이, 1600년에는 조목의 매제妹弟 금난수琴蘭秀가 70세에 이곳의 현감이 되었다.

봉화향교는 세종 때 창건됐는데, 1579년에 봉화 현감 월천 조목趙穆이 중건했다고 전한다. "향교가 옛터를 잃고 고을 서쪽의 궁벽한 곳에 있었는데, 매우 누추하고 체제도 갖추어지지 않았기 때문에 지금의 위치로 옮겨지었다."고 한다. 팔작지붕(八作—)40)에 홑처마로 된 6칸의 명륜당, 대성전에는 5성(五聖, 황제·요·순·우·탕왕) 과 우리나라 18현의 위패가 봉안돼 있다.

갑오경장 이후 신학제 실시에 따라 교육적 기능은 없어지고, 봄·가을에 석전을 봉행하며 초하루·보름에 분향을 하고 있다. 향교의 높다란 명륜당은 무너져 내릴 정도로 퇴락하였다. 쓰러질 것 같은 향교만큼이나 나이 든 은행나무는 늙어서 생명이 다 할 지경으로, 온 몸에 깁스를 하고 겨우 버티고 서 있으나, 가을이면 노란 잎 사이로 굵은 은행알이 무수히 열린다고 한다. 인걸은 간 데없으나 향교를 홀로 지키는 은행나무는 나이가 먹어도 제 할 일에 충실하다.

봉성 우체국 근처에 다다르니, 돼지불고기 냄새가 입맛을 돋웠다. 봉성은 숯불돼지단지가 있을 정도로 유명하다. 주방에서 숯불에 구워 금강송 솔잎에 얹어서 나오는 돼지고기가 별미여서, 처음에는 한 집이 있더니 지금은 대여섯 집으로 늘어났다. 이 숯

---

40) 지붕 위까지 박공이 달려 용마루 부분이 삼각형의 벽을 이루고 처마 끝은 우진각지붕과 같다. 맞배지붕과 함께 한식 가옥에 가장 많이 쓰는 지붕의 형태이다.

불돼지고기 식당 주위가 5일장터이며, 이곳에서 미륵골길로 걸어서 1.5km쯤에 돌미륵이 있다.

고등학생 때, 추석 연휴기간에 나는 준儁과 훈이와 셋이서 청량산에 갔었다. 우리는 미륵재가 봉성에서 명호로 가는 지름길이라는 준儁의 주장에 따라 이 길에 올랐는데, 그때는 논둑과 산비탈 사이의 좁은 길이었지만 지금은 자동차가 다닐 정도로 넓어져 있었다.

봉성리석조여래입상 (미륵이)

미륵재에 오르니, 미륵은 고등학교 때 준隽과 셋이 왔을 때와 조금도 변함없이 그 자리에 앉아서, 엷은 미소로 지나는 길손을 물끄러미 바라보고 있었다. 이 미륵이 바로 유형문화재 제132호인 '봉성리석조여래입상'이다. 거대한 바위에 불상을 새긴 것인데, 머리 부분은 다른 바위로 만들어 그 위에 얹어 놓은 것이다. 바위 자체의 테두리는 자연히 불상의 광배光背가 되었는데, 현재는 깨진 상태이다.

127cm 높이의 머리는 우람하지만, 굵은 눈썹이 좁은 이마에 바짝 붙어 있는 눈은 인자하게 웃는 모습이다. 코는 턱 가까이까지 내려와서 입이 간신히 표현되어 있어 화려하거나 거대하지 않지만, 토속미가 물씬 풍긴다. 그 날, 준隽은 이 미륵 앞에 앉아서 지난날 그가 이곳을 지나갔던 이야기를 했다.

준隽이 오후 수업을 마치고 교실 밖으로 나왔을 때, 그의 어머니가 기다리고 있었다. 준隽이 5학년이 되도록 한 번도 학교에 온 적이 없는 어머니였다.

"여깨 큰집에 너 혼자 갈 수 있겠니?"

안절부절못하면서 애간장이 녹는 듯한 고통을 얼굴 가득 품은 어머니의 그 표정을 준隽은 평생 동안 잊을 수 없다고 했다.

엄마가 죽을 것 같다는 생각을 하면서, 준隽은 큰댁이 있는 여깨마을까지 50리 길을 나섰다. 조금이라도 빨리 가기 위해서 지름길인 산길과 철둑길을 쉼 없이 뛰었다.

　사그막골 고개를 단숨에 넘고 나서부터 철둑길을 뛰었다. 외
삼리를 지나서 살인사건이 있었다던 터널 속에 들어서자, 눈앞이
캄캄하고 머리끝이 쭈뼛했다. 자갈을 밟는 발자국소리와 자갈이
튀는 소리의 공명共鳴이 귓속에서 윙윙거리더니 마치 귀신소리처
럼 들리면서 귀신이 준儁을 계속 따라왔다. 어릴 때 솔안 역에서
훈이와 도망칠 때의 기억이 떠올랐다.

　그 흑인병사 귀신이 빨간 입술 사이로 하얀 이빨을 드러내어,
"귀여운 아가야, 나와 함께 가지 않으련?" 하며 기찻길 위로 따라
오는 발자국소리가 점점 가까워질수록 준儁은 단춧구멍만한 하
얀 터널 출구를 향해서 전력을 다해 달렸다.

오후 수업을 마치고 교실 밖으로 나왔을 때, 그의 어머니가 기다리고 있었다.

터널을 빠져나오자, 뒤를 바짝 따라온 듯이 기차의 기적소리
와 철거덕거리는 바퀴소리가 점점 가까이 들려왔다. 숨을 헐떡거
리며 터널 쪽을 돌아보니, 흑인병사의 환상은 사라지고 까만 터
널 구멍에서 기차가 튕겨지듯 나왔다. 마침 봉성으로 가는 신작
로가 보였다. 철길에서 도로로 뛰어내리자, 수십 개의 열차가 먼
지바람을 일으키며 머리가 어지러울 정도로 끝없이 지나갔다. 열
차가 다음 터널로 들어간 뒤에도 한참 동안 얼얼하여 멍하니 그
자리에 서 있었다.

고갯길을 넘어서 굽이돌면 향교가 있다. 준儁의 증조부님이
전교典校를 지내셨다는 향교는 할아버지처럼 늙어 보였다. 향교
앞을 지나쳐서 봉성면 사무소 앞에서 지름길인 논두렁길로 들었
다. 요리조리 구불구불 가르마 같은 길을 한참 오르니, 고갯마루
에 돌부처가 세월의 이끼를 버짐처럼 더럭더럭 붙이고 오도카니
앉아 있었다. 오랜 세월 비바람에 앉아서 온몸이 닳도록 도를 닦
은 미륵이 틀림없이 영험이 있어 보였다.

준儁은 온몸에 땀을 소낙비처럼 흘리며 미륵 앞에 서서, "미륵
님, 우리 어매 살려 주이소. 나무아미타불관세음보살, 수리수리
마하수리……" 하며 빌고 또 빌었다.

준儁이 가끔 아플 때마다 어머니는 좁쌀을 넣은 종지에 숟가
락을 거꾸로 세우며 주문을 외웠다.

"갑신생이…… 영금을 내라."

귀신이 주문에 응답하는지 신통하게 숟가락이 거꾸로 섰다. 준雋은 그것을 생각하면서 온갖 주문을 떠올렸는데, 심지어 크리스마스 때 예배당에서 따라 외운 주기도문까지 술술 외웠다.

사색이 된 어머니의 얼굴이 떠올랐다. 준雋은 만주에서 태어났으나 해방 이듬해, 어머니는 만주에서 고향 풍호리까지 수천리 길을 첫돌이 막 지난 그를 업고 압록강을 건너고 러시아 병사가 총 들고 서서 지키는 삼팔선을 칠흑 같은 어둠을 뚫고 넘어왔었다. 만약 어머니가 잘못 된다면 자신도 죽어야 마땅하다고 생각했다.

준雋은 미륵불을 힐끔힐끔 돌아보면서 산길로 접어들었다. 여기서부터 키가 큰 소나무들이 빽빽이 모여 서 있는 소나무 숲을 지나야 했다. 날씨가 흐린 날은 여우가 나타난다는 곳이다. 산골짜기의 골바람이 불어와서 키 큰 금강송 잎과 가지를 흔들었다. '쏴아, 쏴아' 솔바람 소리는 영락없는 귀신소리로 들렸다. 머리끝이 쭈뼛하고 온몸이 오싹하여 귀신으로부터 도망치듯 뛰었다. 웅덩이나 언덕을 뛰어내리고 기어올랐다.

미륵재에서 신작로를 계속 내려가면 준雋의 고향 여깨마을로 갈 수 있으나, 준雋은 삼거리와 고감리 동구를 지나고 나서 조금이라도 빨리 가는 지름길을 택했다. 그 길은 산동네인 메냉이마을까지 하늘에 매달린 듯 가파른 산길이다. 숲속의 적막은 자신의 발자국소리에도 깜짝깜짝 놀라게 한다. 언덕 위에서 갑자기

흙이 뿌려졌다. 어둑한 덤불속에서 살쾡이가 눈에 불을 흘리면서 흙을 뿌려댔다. 돌멩이를 주워 양 손에 들고서 눈을 부라리며 고함쳤다.

"어흥! 나는 호랑이다."

고함소리가 메아리쳐 숲으로 돌아왔다. 온 세상이 죽은 듯이 조용하던 숲에서 갑자기 윙윙거리는 메아리가 호랑이 울음처럼 울렸다.

땀이 범벅이 된 준雋이 숨을 몰아쉬며 큰댁에 들어서자, 백모님이 화들짝 놀랐다.

"니가 웬일이고?"

백부님과 종형은 집에 없었다. 준雋은 또 십리 길을 뛰어갔다. 예고도 없이 갑자기 논에 나타난 준雋을 본 백부님과 종형이 모내기를 하다 말고 엉거주춤 섰다.

"어매가 죽을 것 같아요!"

준雋이 울먹이자,

"작은 어매가 왜?"

종형이 놀라서 물었다.

"아 아니요. 엄마가 그러는데, 아부지가 죽을 것 같아요."

큰댁으로 다시 돌아가서 행장을 차려입은 백부님을 모시고 동구洞口를 나왔을 때, 이미 검은 차일을 닮은 풍락산 산그리매가

산골짜기로 덮어 내려오고 있었다. 봉화 읍내까지 밤새도록 걸어
가야 한다는 생각에 마음이 급했다.

'내가 늦으면 엄마가 죽게 될 거야.'

근심스런 엄마의 얼굴이 머릿속에서 사라지지 않았다. 백부
님은 준의 애타는 심정을 아는지 모르는지 詩를 흥얼거리면서 느
릿느릿 팔자걸음이었다. 얼마 후 뒤쪽에서 자동차 엔진소리가 들
려오더니 한 대의 트럭이 원목을 가득 싣고 산굽이를 느릿느릿
힘겹게 돌아오고 있었다.

준儁이 두 팔을 번쩍 들고 길 한가운데 섰다. 트럭이 점점 다
가오고 있었다. 백부의 만류하는 소리와 트럭의 경적소리가 귓전
에 아련한데 헤드라이트 불빛에 준儁은 눈을 꼭 감았다.

준儁이 봉화 읍내 자기 집 대청마루에 올라섰을 때 방 안에서
걱정하는 말소리가 두런두런 새어나왔다.

"준儁이 지금쯤 큰댁에 갔을까?",

"어린 것이 길은 찾아 가기나 했을까?"

고등학생 때 준儁과 청량산 가던 때는 미륵이 앞 건너편에 공
동묘지가 있었는데 지금은 사과밭으로 가려져 있었다.

찻길이 생기면서 사과밭 너머의 솔밭길은 사람이 다니지 않
게 되었다. 칡넝쿨과 가시덤불이 길을 덮어서 길이 없어졌기 때
문에 돗밤실〔栗谷〕 마을 안을 거쳐서 신작로(봉명로)로 가야 한다.

돗밤실 마을을 빠져나와 마을 앞 신작로에서 봉화 방면으로 되돌아서 미륵재를 넘으면 오른편 길가에 지용호池龍浩 봉화 경찰서장의 추모비가 있다.

1949년 6월 17일 봉화군 재산면에 일월산의 공산당원들이 출현하여 살인과 방화를 저지르자, 전투경찰과 청년단원들, 봉화군청 직원 등 46명이 재산으로 가던 중에 미륵재 능선에 잠복한 무장 공산당원들의 기관총 난사와 포위망에 걸려 전원이 몰살될 위기에 처하였다. 지용호 서장은 적 앞에 나아가 자기 신분을 밝힌 후 자기를 죽이고 다른 사람들은 살려 보내라고 하였다. 그리하여 30여 명은 살아 돌아가고 지용호 서장은 현장에서 전사하였다.

〈대동여지전도〉 발문에 '산자분수령山自分水嶺'이라는 말이 있는데, 이는 산과 강을 하나의 유기적인 자연구조로 보고, "산은 물을 가른다." 또는 "산은 물을 넘지 못하고, 물은 산을 건너지 않는다."라는 뜻이다. 문수산의 정맥은 다덕재에서 미륵재로 이어지고, 여깨마을의 풍락산을 지나 퇴계 이황의 생가 뒷산인 용두산에서 맺혔다가 녹전의 예고개에서 학가산을 거쳐 경상북도 도청 뒷산 검무산까지 이어진 뒤 삼강나루에서 정맥이 명을 다한다. 분수령인 미륵재 위에 떨어진 빗물이 도천과 토일천으로 갈라져서 각각 다른 방향으로 점점 멀어지면서 낙동강과 내성천으로 흘러 들어간다.

해발 400m의 미륵재에서 청량산 앞을 지나 도산서원이 있는 영지산 송티(松峙)까지는 내리막길이다. 이스라엘의 여리고(Jericho)는 예루살렘 북동쪽의 요르단강과 사해가 합류하는 지점에 있으며, 각종 과실수가 우거진 오아시스로, 방향芳香의 성읍이라 불리었다. 여리고(Jericho)는 지중해 수면보다 약 250m 낮은 데 비해 예루살렘은 해발 약 790m로, 예루살렘에서 여리고로 가는 길은 급한 내리막길이다.

준雋은 그의 고향 명호면 풍호리의 '여깨(麗浦)마을'을 '여리고麗里故'라고 하였다. 여깨는 산과 개울이 아름다워 《천자문》의 '금생여수金生麗水'에서 유래한 지명이라는 것처럼, 풍락산 경사 급변점의 선상지扇狀地로서, 산 밑 염장들에는 나락이 여물 무렵 해마다 백로가 찾아와서 먹이를 찾아 거닐었다. 밭과 과수원이 발달하여 주민들의 삶은 풍족하고 인심은 넉넉하였다.

호수처럼 잔잔한 낙동강이 흐르는 명호가 그 지척에 있어, 낙동강에 명호댐이 설치된다면 명호가 물속에 잠겨 호수로 변하게 되고 여깨(麗浦)는 마을 이름처럼 나루(浦)가 될 것이다. '아름다운 고향마을'이란 뜻도 있지만, 여리고(Jericho)와 지형이 비슷하다는 생각에 준雋이 여깨(麗浦)를 '여리고麗里故'라 하였었다.

여깨는 '청량산 가는 길'에서 지나치기 쉬운 좁은 골짜기로 들어가야 한다. 지리적 사회·문화적으로 외부와는 격리된 곳이어서, 영화 〈동막골〉처럼 바깥세상에서 전쟁이 일어난 것도 모를

정도로 외진 곳이다.

여깨마을은 구미당九未堂 종택을 중심으로 안동김씨 집성촌이다. 구미당 종택은 봉화에 입향한 김극례金克禮[41]의 현손인 구전苟全 김중청(金中淸, 1565~1629)이 세운 서당이었다. 구전 선생은 소고嘯皐 박승임과 월천 조목의 문인이며, 그의 어머니는 박승임의 형 박승인朴承人의 딸이다. 구전 선생의 후손들이 명호와 봉화 일대에 흩어져 살고 있다.

큰 도로에서 벗어나 여깨마을로 가는 길을 우람하게 버티고 내려다보는 풍락산을 바라보면서 오르막길을 오르면, 마을 입구에 한 무더기 당 숲에 마을을 지키는 수호신을 모시는 당집이 있다. 그 당집에서 마을 쪽으로 150m 거리에 준雋의 아버지 박찬홍이 태어난 생가가 있었다. 박찬홍의 조부 만포晩圃 박승후(朴勝厚, 1857~1920) 공이 후학을 가르치시던 의숙義塾이 있었으나, 지금은 그 자리에 만포 박승후의 묘소가 있다. 제자들에 의해서 묘소가 만들어졌지만, 안동김씨 집성촌의 마을 입구에 묘를 쓴다는 것은 흔한 일이 아니다.

고등학생 때 준雋과 우리 일행이 청량산을 가면서, 준雋은 여깨마을에 들어가지 않는 이유를 말했다.

"여리고(여깨)는 만주에서 돌아왔을 때와 6·25 전쟁을 피해서 왔던 곳이다. 기쁘거나 슬플 때나 찾아가는 내 마음속의 보리수

---

41) 보백당 김계행의 셋째 아들.

다. 큰형님이 군 입대를 앞두고 백부님 뵈러 갈 때 나는 형님을 따라갔었다. 여깨에서 돌아오는 날은 지금까지 내가 겪은 겨울 날씨 중에 가장 추웠던 걸로 기억된다. 명호에서 미륵재까지 불어오는 골짜기의 북풍에 살점을 에는 추위를 참을 수 없어서 나는 길바닥에 서서 울면서 발을 동동 굴렀지. 형님은 입고 있던 자신의 재킷을 벗어서 나에게 입혀주고, 자신은 홑 내의차림으로 나를 업었지."

준雋이 고통스런 얼굴로 나를 힐끗 돌아보더니 떨리는 말소리로 다시 이야기를 이어갔다.

"그 해 겨울이 지나고 큰형님이 군에 입대하던 날 감꽃이 피었고, 감꽃 목걸이를 걸어주던 내 누님 같던 형수가 그 감나무 아래서 홍시처럼 빨갛게 달아오른 볼로 군사편지를 읽었었지."

준雋은 한참 동안 말을 잇지 못하더니, 나를 빤히 쳐다보면서 물었다.

"진실과 사실은 같아야 할까? 아니, 사실을 말할 때 꼭 진실 그대로 말해야 하나?"

그의 격앙된 목소리에서, 그것은 단순히 질문이 아니라는 것을 알았다.

붉은 감잎이 뚝뚝 떨어지던 날, 형의 부대에서 책임감이 매우 투철한 한 전령이 준雋의 아버지를 찾아왔었다.

"참호 안으로 갑자기 수류탄이 날아들었는데, 모두들 어쩔

줄 모르고 있었어요. '꽝' 하며 폭발하더니, 검은 연기와 화약 냄새가 확 퍼지고 피가 사방으로 튀었어요. 소대장님이 수류탄 위에 몸으로 덮친 거지요. 창자가 몸 밖으로 터져 나오고 눈알이 뭉개져서 볼 수도 없으면서, '살려 달라'고 울부짖었어요. 손으로 잡으면 살점이 새카맣게 익어서 떨어져 나갔고, 지 얼굴에 피가 막 튀었구먼요. 소대장님이 자신의 모습을 볼 수 없는 것이 다행이었지요."

그 병사는 손짓 발짓에 눈을 치떴다 깔았다 하면서 침을 튀겼다고 했다. 준儁은 그 병사의 언행을 그대로 흉내를 내면서 말했다.

이스라엘 백성은 약 30리나 된다는 여리고성을 하루에 한 바퀴씩 6일간 돌고 마지막 7일째 되는 날은 마라톤으로 일곱 바퀴를 돌았는데, 여리고성을 돌 때 행렬 앞에는 하나님의 임재臨在를 의미하는 법궤를 메고 들어갔으니, 이를 막을 자는 없었다고 한다.

나는 청량산으로 가는 길에 준儁의 고향마을 여깨 거리에 서서 주저했다. 그의 '여리고'에 꼭 가보고 싶었다. 그러나 그때의 준儁처럼 여깨를 지나쳐서 명호로 곧바로 향했다. 나는 아직 그 법궤를 준비하지 못했기 때문이다.

여깨거리(洞口)를 지나서 500m쯤 왼편에 갈래(葛川)마을 삼거

리가 있다. 문수산에서 발원하여 춘양을 거쳐서 흘러온 운곡천과 미륵재에서 흘러온 골짜기 도랑물인 도천이 갈래에서 만난다.

풍호리 여깨마을에 살았던 만운 김병조 선생은 1915년 9월에 20여 명의 회원들과 청량산을 유산遊山하였다.

그 때 갈래에서 청량산까지 낙동강을 따라 걸으면서 느낀 감회를 적은 〈자갈동지청량自葛洞至淸凉〉42)에서 가을날의 정취가 눈에 선하다.

강촌의 늦은 걸음 사양을 띠어
바라보는 속에 산은 높고 물은 길어라.
곳에 따라 연하煙霞는 도리어 신발에 묻히고,
때는 단풍과 국화는 서리에 물들었네.
애오라지 늦은 절기 삼 년 세월의 흥을 가졌고,
신비스런 만첩 숨겨짐을 읊어 깨뜨렸네.
천년이 지나도 오직 정기 문채 새로운 곳에
늦게 태어난 이가 오늘 남은 빛을 끌어내다.

江村緩步帶斜陽 강촌완보대사양　　望裏山高又水長 망리산고우수장
隨處煙霞還沒屐 수처연하환몰극　　來時楓菊且酣霜 내시풍국차감상
聊將晚節三秋興 요장만절삼추흥　　吟破靈區萬疊藏 음파령구만첩장
千載惟新精采地 천재유신정채지　　晚生今日挹餘光 만생금일읍여광

---

42) 이창경 국역 《만운유고》 2015.

이곳에서부터 도로를 따라 흐르는 갈래(葛川)가 명호초등학교 동쪽의 계곡(매호 유원지)에서 승부동천과 임기의 좁은 골짜기를 40여 회 돌아서 매호 계곡을 빠져나온 낙동강 본류와 합류하면서 호수를 이루게 된다.

명호明湖는 명호 면소재지이며, 1960년 중반까지만 해도 청량중학교로 건너가는 도천교 다리 초입의 냇가에 물레방아 돌아가고, 청량중학교 뒤 언덕에 삼동마을로 오르는 꼬불꼬불 산길이 있었다. 지금은 갈래마을에서 삼동으로 가는 '삼동도깨비도로'가 생겼는데, 약 80m 정도의 도로가 착시현상으로 내리막길처럼 보인다. 도깨비도로의 범바위에서 내려다보면, 매호 유원지를 돌아 흐르는 낙동강과 풍락산 아래 풍호리의 여깨마을이 보인다.

면소재지 중심가에서 영양 방면의 도로를 따라서 금융조합·버스정유소·약방·대서방·잡화점·식당 등을 지나서 나지막한 고개를 넘어가면 길 왼편에 명호초등학교가 보이고 학교 진입로 오른편의 명호면 경찰지서는 돌로 성城을 쌓은 담장이 높게 둘러쳐져 있었다. 6.25동란 전후에 청량산 빨치산들의 습격이 있었던 것을 짐작할 수 있었다.

명호초등학교 운동장 남쪽은 낙동강이 호수처럼 잔잔하게 흐른다. 매호 계곡을 빠져나온 강물이 이곳에서 폭이 넓어지면서

물의 흐름이 강 하류처럼 느려져서 마치 호수와 같다.

황지에서부터 출발한 시냇물은 삼방산(1,177m)·진조산·동고산·일월산(1,218m)에 막혀서 낙동 정맥을 넘지 못하고, 높고 깊은 산협을 40여 차례 뱀처럼 구불구불 흘러오면서 골짜기 물을 보태고 보태면서 명호에서 강의 면모를 갖춘 뒤, 청량산까지 넓어진 물길을 허리를 펴고 유유히 흘러간다.

명호에서 낙동강을 따라 내려가다가 재산·영양 방면으로 갈라지는 곳이 강림대江臨臺이다. 안동에서 봉화를 거쳐서 영양으로 순환하는 시외버스가 하루 한두 차례 양방향으로 운행하였는데, 이 강림대江臨臺에서 나룻배에 버스를 싣고 건너야 했다.

만운 김병조 선생의 詩〈강림대江臨臺〉는 어느 가을날, 선생이 청량산으로 가는 길에 이 나루터에서 느낀 감회를 읊었다.

맑고 참된 이 일이 단연코 티끌이 없어,
짧은 신 더디게 다시 나루터로 내려왔네.
흥이 이름에 어지러이 강 위의 길에 읊고,
해 기울메 부지런히 생각 속 사람 기다리네.
서로 장자를 좇아 인연이 중하고,
바로 명산을 향하니 생각이 새롭도다.
이번 걸음이 시절이 늦다 이르지 말라,

누른 꽃 붉은 잎이 봄철보다 좋도다.

淸眞此事繼無塵	청진차사계무진	短屐遲遲更下津	단극지지갱하진
興到浪吟江上路	흥도랑음강상로	日斜若待意中人	일사야대의중인
相從長者夤緣重	상종장자인연중	卽向名山意思新	즉향명산의사신
莫道今行時節晚	막도금항시절만	黃花赤葉騰於春	황화적엽등어춘

지금은 강림대에 명호교 다리가 놓이고 강을 따라서 청량산까지 포장도로가 생겼지만, 고등학생 시절에 준雋과 함께 청량산에 가던 때만 해도 강기슭의 좁은 길을 걸었다. 청량산 장인봉 아래 뒤실〔北谷〕 골짜기의 대추나무 가지가 찢어지도록 대추를 주렁주렁 달았고, 마을의 집집마다 지붕이나 마당의 멍석에 대추가 가을 햇살에 빨갛게 익어가고 있었다.

대추나무에 겨우살이가 기생하게 되면 그 대추나무는 대추가 열리지 않는다. 뒤실마을의 토종 대추나무가 이어지는 것은 이곳의 토양과 낙동강의 강바람, 그리고 청량산의 기운이 만들어내는 자연환경이 대추나무가 생장하고 열매를 맺게 하는 생리에 맞아서인 것 같다. 청도의 씨 없는 감이나 띠띠물의 산수유처럼 특정 지역에서 잘 자라는 것은 나무의 생리적 특성이다.

나는 명호교를 건너서 북곡마을 앞을 지났다. 강가 언덕에 펜션들이 들어서면서 유럽의 풍광을 느낄 수 있으며, 여름철이면 매호 유원지에서 낙동강 물을 타고 내려가는 래프팅이 벌어지는

곳이다. 북곡에서 낙동강에 걸쳐진 관창교를 건너 남애마을 길로
올라갔다. 이 마을에 설치된 청량산 조망대는 청량산 서쪽 기슭
을 가장 가까이에서 볼 수 있는 곳이다.

청량산의 전체를 보려고 만리산(791m) 항적사 입구의 전망대
까지 더 올라가면 청량산 뒤편의 웃뒤실까지 조망할 수 있으나,
거리가 멀어질수록 경관이 또렷하지 않게 된다.

나는 강 건너 청량산 아래로 강을 따라서 이어지는 좁을 길을
내려다보면서, 고등학생 때 준儁과 셋이서 그 길을 걸어갔던 기
억이 되살아났다. 북곡에서부터 강기슭을 따라 난 좁은 길을 걸
어서 청량산 초입에 도착했을 때는 이미 해가 기울어지고 있었
다. 강가 모래톱 위에 군용 A형 텐트를 쳤다. 강 건너 나븐들(廣石,
넓은 돌) 나루터 마을에 저녁연기가 피어오르고, 나루터에는 작은
나룻배 한 척이 물결에 일렁이고 있었다. 강물에 쌀을 씻어서 군
용 반합을 나무에 걸고, 삭정이 나무를 주워서 불을 붙였다. 세
사람 모두 처음으로 경험하는 캠핑이었다.

강가 자갈 위에 앉아서 만찬을 벌였다. 강 건너 나븐들마을의
초가에 불이 켜졌다. 뒷설거지를 후딱 해치우고 그 자리에 둘러
앉았다. 강 건너 불티재가 검게 변하면서 하늘에 별이 하나둘 반
짝이기 시작하고, 반딧불이 한 쌍이 탱고를 춰댔다.

저녁 강물이 속으로 울음을 삼키듯 흘렀다. 갑자기 정적을 깨
고 훈이가 벌떡 일어나 돌을 강물 위로 던져서 퐁퐁퐁 물수제비

를 일으키자, 나와 준儁도 납작한 돌을 주워 셋이서 물수제비 시
합하듯 돌팔매질을 해댔다. 한참을 씩씩거리다가 물수제비 놀이
도 심드렁해지자, 우리는 지쳐서 모래톱에 쓰러졌다.

강물 위로 자욱이 깔린 밤기운이 잿빛 어둠으로 점차 짙어지
면서 강물은 점점 더 하얗게 모습을 드러냈다. 나는 저물어가는
강물을 바라보면서, 〈흐르는 강물처럼(River Runs Through It,)〉(파울
로 코엘료)의 노먼 형제의 플라잉 낚시가 생각났다.

"낚시가 있었으면……."

나와 준儁도 납작한 돌을 주워 셋이서 물수제비 시합하듯 돌팔매질을 해댔다.

내가 말을 꺼내는 순간, 준儁은 나를 돌아보면서,

"너는 학교를 계속 다닐 거지?"

불쑥 던지는 준儁의 한 마디가 무엇을 의미하는지 처음에는 짐작이 안 갔다. 한참 뜸을 들이더니,

"나는 집에 돌아가면, 탈출할 생각이야……."

준儁은 어머니가 너무 힘들어하는 것이 안타깝다고 했다. 아버지의 발병이 큰형의 귀신에 쐰 탓이라고 해서 귀신 쫓는 굿을 해보았지만 아무 소용이 없었다. 어느 날, 준의 아버지는 자신의 후두부를 면도칼로 그었다. 그 일이 벌어지자, 어머니는 집안 어른들과 의논한 끝에 준儁의 고향 마을 '여리고'에 데려가서 아버지에게 행한 것은 예수를 십자가에 매달고 희롱함과 다를 바 없었다. 고향 사람들 앞에서 망가진 자존감은 증오로 변했다.

피를 흘리며 살려달라고 울부짖던 아들의 환청이 바뀌면서, 아버지는 준儁에게, "니 어미가 음식에 독약을 넣어서 날 죽이려 한다."라며 어머니가 증오의 대상이 되자, 식사까지 거부했다.

차도가 없던 아버지의 병이 시간의 묘약으로 몽롱한 미망에서 점차 헤어나는 듯했지만, 경제적·정신적으로 피폐해진 가정 파탄에 대한 자괴감을 술로 해소하려는 나약함을 보였다. 준儁은 어머니가 고통스러워할수록 아버지에 대한 반감이 커갔으며, 아버지의 행동이 심하면 심할수록 아버지를 해치고 싶은 충동까지

느낀다고 했다.

"아버지가 없는 곳이면 어디든지……."

자식이 아버지에게 감히 대들 수 없으니, 자기 스스로 어디론가 피하는 도리밖에 없다고 했다. 그러나 불쌍한 어머니를 생각하면, 이러지도 저러지도 못하는 처지였다. 머리가 터질 것 같아서 학교 공부도 집중이 되지 않는데다가 밀린 수업료도 못내는 형편이니, 결국 어디든지 떠나야 할 것 같다고 했다.

나와 훈이는 말없이 저녁 강물만 바라보고 있었다.

나는 남애 전망대에서 내려와 큰 도로를 약 700m 정도 걸어서 청량산 삼거리에 닿았다. 준이와 셋이 캠핑 왔을 때의 나븐들 마을이 관광단지로 변해 있었고, 한가로이 일렁이던 나룻배는 사라지고 청량산 입구로 통하는 청량교가 낙동강에 걸쳐 있어서 차량들이 청량산 속으로 들어가고 나온다. 우리가 캠핑하던 자리는 쓸려나가고 조금 남은 것은 억새밭으로 변해 있었다. 억새밭 뒤 산 언덕에 폭포와 작은 구름다리가 걸려 있었다.

청량교를 건너서 길을 가로막고 선 웅장한 '청량지문淸凉之門'에 들어서니, 오른편의 퇴계 詩 공원에는 "글 읽는 것이 산에 오르기와 같다."라는 퇴계의 〈독서지유산讀書知遊山〉 시비詩碑가 서 있었다.

글 읽는 것은 사람들의 산놀이와 비슷하다고 하는데,

지금 보니 산놀이가 글 읽기와 비슷하다네.

노력하고 힘 다할 때는 원래 아래서부터 시작하고,

얕고 깊음 얻는 곳은 언제나 그곳에서 말미암네.

앉아서 구름 이는 것 보자니 묘함 잊겠고,

걸어서 물의 권원에 이르니 비로소 시작하는 곳 깨닫네.

산꼭대기 높이 찾음 그대들 힘쓰게나,

늙고 쇠하여 중도에 그만둠 내 심히 부끄럽네.

讀書人說遊山似 독서인설유산사　今見遊山似讀書 금견유산사독서

工力盡時元自下 공력진시원자하　淺深得處摠由渠 천심득처총유거

坐看雲起因知妙 좌간운기인지묘　行到源頭始覺初 행도원두시각초

絶頂高尋勉公等 절정고심면공등　老衰中輟愧深余 노쇠중철괴심여

〈독서지유산讀書知遊山〉 詩비 둘레 잔디밭에 설치된 석조 원통과 반구형의 석조물에 퇴계의 세 가지 가르침(訓)이 각각 한 가지씩 새겨져 있었다. 퇴계의 학문은 오로지 경敬에 있으며, 성인聖人과 광인狂人의 차이는 경敬과 일逸에 있다고 하였다.

"사람이 개와 닭을 잃어버리면 찾을 줄 알지만, 마음을 잃어버리고는 찾을 줄 모른다."

라고 하면서, 이 세 가지를 가르치고 스스로 생활 속에서 지켰다고 한다.

母不敬무불경 모든 것을 공경하라.
母自欺무자기 스스로를 속이지 마라.
思無邪사무사 사특邪慝한 생각을 품지 마라.

이 세 가지 가르침은 유학에서뿐 아니라 기독교에서 이를 중시하고 있음을 《성경》을 통해서 알 수 있다.

母不敬(벧전 2:17) 뭇 사람을 공경하며 형제를 사랑하며,
母自欺(갈라 6:7) 스스로를 속이지 말라, 그대로 거두리라.
思無邪(신명 15:9) 마음에 악한 생각을 품지 말라.

불가佛家의 '성철스님'도 '자기를 속이지 말라(不欺自心).'를 화두로 품고 8년간의 장좌불와(長坐不臥, 눕지 않고 늘 좌선함) 수행으로 자신과의 약속을 지켰다고 한다. 남을 속이는 것이 좀도둑이라면 자기를 속이는 것은 큰 도둑이라고 하였다. 이처럼 세상의 바른 이치는 종파를 초월하여 통하는 것이다.

청량산에는 지난날 연대사蓮臺寺를 비롯한 20여 개의 암자가 있었으며, 지금은 청량사 유리보전琉璃寶殿과 외청량의 금탑봉 절벽 아래 응진전應眞殿이 남아 있고, 퇴계 이황이 공부한 장소에 후학들이 세운 청량정사淸凉精舍가 있다.

통일신라시대 서예가 김생金生이 글씨공부를 한 곳으로 알려져 있는 김생굴金生窟, 대문장가 최치원이 수도한 풍혈대風穴臺, 그리고 건너편 축융봉에는 고려 공민왕이 홍건적의 난을 피해 와서 쌓았다는 산성이 있다.

청량산은 기기묘묘한 암벽으로 이루어진 봉우리들이 제각각 이름을 가지고 있다. 풍기군수 주세붕이 청량산을 유람하며 명명한 12개 봉우리(일명 六六峰)와 12대가 있다. 최고봉인 장인봉丈人峰을 비롯해 외장인外丈人·축융祝融·경일擎日·선학仙鶴·금탑金塔·자소紫宵·자란紫鸞과 연화蓮花·연적硯滴·향로香爐·탁필卓筆 등의 봉우리를 이르는데, 하나하나가 모두 절경이다.

청량정사(오산당 吾山堂)

12대는 금탑봉 오른쪽의 어풍대御風臺와 밀성대·풍혈대·학소대·금강대·원효대·반야대·만월대·자비대·청풍대·송풍대·의상대를 일컫는다.

퇴계는 풍기군수를 마지막으로 벼슬을 그만두고 고향으로 돌아가 산림에 묻혀 사는 선비로서 청량산을 찾아 독서하거나 산을 찾아 노닐기를 즐겨했다.

청량산은 퇴계 가문의 산으로 5대 고조부가 송안군으로 책봉되면서 나라로부터 받은 봉산이므로, 청량산은 오가산吾家山이라 하였고 청량정사를 오산당吾山堂이라 하여, 청량산은 퇴계의 학문과 사상의 산실이었다. 이곳에서 학문을 심화시켜 독자적인 학문을 완성하였으니, 말년에 자신의 호를 청량산 노인으로 삼은 것은 청량산에 대한 그의 남다른 애정에서 비롯된 것이다.

퇴계의 詩 중에는 청량산을 읊은 시가들이 많은데, 그 가운데 〈청량산가〉는 〈도산십이곡〉과 함께 시조이다.

清凉山(청량산) 六六峰을 아느니 나와 白鷗(백구),
白鷗ㅣ야, 헌亽ᄒ랴. 못 미들 손 桃花(도화)ㅣ로다.
桃花ㅣ야, 써나지 마라. 漁舟子(어주자)ㅣ 알가 ᄒ노라.

갈매기는 청량산 육륙봉을 소문내지 않겠지만, 물에 떠 흘러가는 복사꽃은 바깥세상 사람에게 비경을 알려줄 것이니 미덥지 않다는 것이다.

퇴계 詩 공원에 있듯이 '유산여독서遊山如讀書'라 하여 산에 오르는 것을 글을 읽는 것과 같다고 했다. 심성을 닦는 일, 학문을 하는 일이라고 할 정도로 퇴계는 산을 즐겼다.

퇴계의 〈도산십이곡〉은 학문과 사유가 완숙기인 65세에 지은 한글 시조 형식으로서, 우리 시조 문학사에 수준 높은 작품이다. 그는 〈도산십이곡〉에서 '正·素·和'의 조화를 설명하였다.

"이 詩는 도산노인이 지은 것이다. 내가 이것을 지은 것은 무엇을 위함인가. 우리나라 노래 곡조는 대부분 음란하여, 족히 말할 것이 없다. 〈한림별곡〉 같은 것은 선비의 입에서 나왔으나, 교만하고 방탕하며 아울러 비루하게 희롱하고 상스러워 군자가 마땅히 숭상할 바가 아니다. 오직 근세에 이구李龜의 〈육가六歌〉가 세상에 성하게 전하니, 오히려 이것이 〈한림별곡〉에 비하여 좋기는 하나, 역시 세상을 희롱하고 불공한 뜻만 있고 온유돈후溫柔敦厚한 내용이 적음을 애석하게 여긴다.

나는 원래 음률을 알지 못하나, 오히려 세속의 음악 듣기를 싫어하였다. 한가롭게 살면서 병을 수양하는 여가에 무릇 성정에 감동이 있는 것을 언제나 서로 나타내었다.

지금의 詩는 옛날의 시와 달라서, 가히 읊조리기는 하되 노래하지는 못한다. 만약 노래하려면 반드시 이속俚俗의 말로 엮어야 했으니, 대체로 나라 풍속의 음절이 그렇지 않을 수 없기 때문이다. 그러므로 내가 일찍이 이 씨(李氏)의 노래를 모방하여 〈도산육곡〉이란 것을 지은 것이 둘이니, 그 하나는 뜻을 말함(言志)이요, 하 나는 학문을 말한(言學) 것이다.

아이들로 하여금 조석으로 익혀서 스스로 노래하고 춤추고 뛰게도 하니 거의 비루한 마음을 씻어버리고 감발하며 화창하여, 노래하는 자와 듣는 자가 서로 유익함이 있을 것이다."

한문 시가가 시가의 원래적 기능이라고 할 수 있는 가창과는

청량사 전경(한국관광공사)

거리가 멀기 때문에, 노래하려고 하면 반드시 우리말로 엮어야
하나, 〈한림별곡〉이나 〈육가〉는 선비의 입장에서 볼 때 비루할
뿐 온유한 맛이 없으며, 노래하는 풍속이 속되고 상스럽다는 것
이다. 노래하는 자나 듣는 사람이 유익해야 하므로 〈도산십이곡〉
을 지었다고 했다. 〈도산십이곡〉은 명종 20년(1565)에 작자의 친
필로 된 목판본이 도산서원에 전한다.

　　이런들 엇더ᄒ며 뎌런들 엇다ᄒ료.
　　초야 우생草野愚生이 이러타 엇더ᄒ료.
　　ᄒ믈며 천석고황泉石膏肓을 고텨 므슴ᄒ료.
　　연하煙霞로 지블 삼고 풍월風月로 버들 사마,
　　태평성대太平聖代예 병病으로 늘거 가뇌.
　　이 듕에 ᄇ라ᄂ 이른 허므리나 업고쟈.

　　순풍淳風이 죽다 ᄒ니, 진실眞實로 거즈마리,
　　인성人性이 어디다 ᄒ니, 진실로 올ᄒ 마리,
　　천하에 허다영재許多英才를 소겨 말솜홀가

　　유란幽蘭이 재곡在谷ᄒ니, 자연이 듣디 됴해.
　　백운白雲이 재산在山ᄒ니, 자연이 보디 됴해.
　　이 듕에 피미일인彼美一人을 더옥 닛디 몯ᄒ애.

산전山前에 유대有臺ᄒ고, 대하臺下에 유수有水ㅣ로다.

뼤 만흔 굴며기는 오명 가명 ᄒ거든,

엇디다 교교백구皎皎白鷗는 머리 므슴 ᄒ는고.

춘풍春風에 화만산花滿山ᄒ고, 추야秋夜에 월만대月滿臺라.

사시가흥四時佳興ㅣ 사롬과 ᄒ가지라.

ᄒ믈며 어약연비漁躍鳶飛 운영천광雲影天光이ᄉ 어늬 그지

이슬고.

천운대天雲臺 도라드러 완락재玩樂齋 소쇄蕭洒 ᄒ듸,

만권 생애萬卷生涯로 낙사樂事ㅣ 무궁無窮ᄒ애라.

이 듕에 왕래풍류往來風流롤 닐어 무슴홀고.

뇌정雷霆이 파산破山ᄒ야도 농자聾者는 몯 듣느니,

백일白日이 중천中天ᄒ야도 고자瞽者는 몯 보느니,

우리는 이목총명남자耳目聰明男子로 농고聾瞽ᄀ디 마로리.

고인古人도 날 몯 보고, 나도 고인古人 몯 뵈,

고인古人을 몯 뵈도, 녀던 길 알ᄑ 잇니.

녀던 길 알ᄑ 잇거든, 아니 녀고 엇덜고.

당시當時예 녀던 길흘 몃 히를 브려두고,

어듸 가 든니다가 이제ᄉ 도라온고.

이제나 도라오나니, 년듸 무슴 마로리.

청산青山는 엇데 호야 만고萬古에 프르르며,
유수流水는 엇데 호야 주야晝夜에 긋디 아니는고.
우리도 그치디 마라 만고상청萬古常靑호리라.

우부愚夫도 알며 호거니, 긔 아니 쉬운가.
성인聖人도 몯다 호시니, 긔 아니 어려운가.
쉽거나 어렵거낫 듕에 늙는 주를 몰래라.

〈도산십이곡〉 가운데 후 6곡 제1수는 자연과 풍류를 즐기면
서 호연지기를 기른다는 내용을 담고 있다. 퇴계는 자연과 교감
하면서 풍류를 즐기는 데 노래가 불가결한 것임을 인식하고 있
다. 그는 노래가 더러움과 인색함을 씻어버리고 느낌이 일어 녹
아 통하기 때문에, 노래가 부르는 이와 듣는 이에게 유익하다는
것이다.

천운대天雲臺 도라드러 완락재玩樂齋 소쇄蕭洒 흔듸,
만권생애萬卷生涯로 낙사樂事ㅣ 무궁無窮호애라.
이 듕에 왕래풍류往來風流룰 닐어 무슴홀고.

〈도산십이곡〉 가운데 전 6곡 제4수에서 미인美人을 잊지 못한

다는 것은 고인古人 중에 주자(朱熹)를 지칭한다.

　유란幽蘭이 재곡在谷호니, 자연이 듣디 됴해.
　백운白雲이 재산在山호니, 자연이 보디 됴해.
　이 듕에 피미일인彼美一人을 더옥 닛디 몯호얘.

　〈도산십이곡〉 가운데 후 6곡 제3수는 '당시에 녀던 길'이란 진정한 학문의 길을 내버려두고 과거시험을 치르고 관료생활에 빠졌는데, 이제 본령인 학문으로 돌아왔으니, 벼슬길에 마음을 두지 않고 학문에 정진하겠다는 다짐을 담고 있다.

　당시當時예 녀던 길흘 몃 히를 브려두고,
　어듸 가 둔니다가 이제아 도라온고.
　이제나 도라오나니, 년듸 므슴 마로리.

　〈도산십이곡〉 가운데 후 6곡 제5수는 퇴계의 시조 가운데 대표작이라 할 정도로 많이 알려진 작품이다. "우리도 그치디 마라 만고상청호리라."는 늙음을 한탄하는 것이 아니라, 학문과 결부하여 쉼 없는 정진을 의미한다.

　청산靑山는 엇뎨호야 만고萬古에 프르르며,
　유수流水는 엇뎨호야 주야晝夜에 긋디 아니는고.

우리도 그치디 마라 만고상청萬古常靑호리라.

퇴계 선생이 토계에서 청량산까지 낙동강변을 걸어서 다니시
던 길을 오늘날은 '퇴계 예던 길'이라 한다. 〈도산십이곡陶山十二
曲〉을 읊으며 우리도 '예던 길'을 걷는다면, 당시 선생의 유란幽蘭
의 기품을 맛볼 수 있을 것이다.

어떤 이가 도산에 살고 있는 퇴계에게 "옛날 산을 사랑하는
사람들은 반드시 명산名山을 얻어 의탁하였거늘, 그대는 왜 청량
산에 살지 않고 여기 사는가?" 하고 물었더니,

"청량산은 만 길이나 높이 솟아 까마득하게 깊은 골짜기를 내
려다보고 있어서 늙고 병든 사람이 편안히 살 곳이 못 된다. 또
산을 즐기고 물을 즐기려면 어느 하나가 없어도 안 되는데, 지금
낙천洛川이 청량산을 지나기는 하지만 산에서는 그 물이 보이지
않는다. 나도 청량산에서 살기를 진실로 원한다. 그런데도 그 산
을 뒤로하고 이곳을 우선으로 하는 것은, 여기는 산과 물을 겸하
고 또 늙고 병든 이에게 편하기 때문이다." 하였다.

청량산은 주위에 웅위한 만리산·풍락산·문명산·일월산과
는 산세가 판이하다. 산의 높이나 웅장하기는 일월산에 비할 바
못되지만, 가파른 암벽 봉우리가 중첩되어 주변의 수목과 산 아
래의 낙동강과 어우러진 곳에 안개와 구름이 산봉우리를 감돌고

오르면 별유천지가 된다.

1543년에 백운동서원을 창설한 주세붕이 청량산에 오르기 위해 풍기를 떠난 것은 50세였던 1544년 4월 9일이었다. 동행은 이원, 박숙량, 김팔원(1524~1589)과 그의 아들 전傳이었는데, 후에 송재 이우의 사위 오인원이 합류하였다.

당시 청량산에는 웃재, 구름재, 두들, 웃뒤실 등 띄엄띄엄 산마을이 있었는데, 주세붕은 자신뿐 아니라 밭을 갈고 김을 매는 농부들까지 은자로 표현하며 그들의 삶을 동경하였다.

주세붕이 보현암 앞의 대에서 읊은 그의 詩〈보현암전대普賢巖前臺〉에서 봉우리의 기이한 경치와 바람과 새소리에 취했다.

기이한 열두 봉우리, 삼백 개의 대,

대 위 곳곳에서 푸른 이끼를 밟노라.

하늘의 바람이 동해의 달을 불어 보내니,

소쩍새 소리에 또 한 잔 술을 드노라.

六六奇峰三百臺 육육기봉삼백대　臺頭處處踏蒼苔 대두처처답창태
天風吹送東溟月 천풍취송동명월　杜宇聲中又一杯 두우성중우일배

　주세붕에게 청량산은 기락嗜樂과 시작詩作을 동반한 탕유宕遊
의 공간이었다. 4일째 되는 날 예고도 없이 오인원이 찾아와서
詩를 수창하면서 일행과 어울려 즐겁게 보냈다고 전한다.

　주세붕은 청량산 유산을 마치면서 이렇게 술회하였다.

　"아! 이 산이 만약 중국에 있었다면, 반드시 이백·두보가 읊
조리고 희롱한 것과 한유·유종원이 기록하여 서술한 것과 주자
朱子· 장식張栻이 올라가서 감상한 것이 아니더라도 천하에 크게
이름을 날렸을 터인데, 천년 동안 고요히 있다가 김생과 고운 두
사람을 빙자하여 일국一國에 드러나게 되었으니 진실로 탄식할
만하다. ……." 하였다.

　퇴계 이황이 사직원을 내고 귀전하여 한서암에서 지낼 때,
청량산에 가기 위해 한서암을 떠나, 제자 금난수의 고산정에서
하룻밤을 묵고, 늘매마을에서 놀티재(霞嶺)와 불티재(火嶺)를 넘어

나븐들에서 배를 타고 낙강을 건너 청량산으로 들어가면서 읊은 詩에서 '청량산 가는 길'이 그려져 있다.

가고 또 가니 힘은 이미 다했지만
오르고 또 오르니 마음 더욱 굳었노라.

行行力已竭 행행력이갈   上上心愈猛 상상심유맹

가고 또 가니 힘은 이미 다했지만, 오르고 또 오르니 마음 더욱 굳었노라.

　1555년 11월 30일, 맏손자 안도와 정유일을 데리고 청량산에 갔다. 청량산에서는 청량암에 머물렀다. 이 때 연대사 등 거처하기 편한 곳은 모두 사정이 있어서 이곳으로 옮겨서 지냈으며, 40여 년 전 숙부 우瑀를 모시고 상청량암에 묵었던 일이 생각나서, 詩 2首를 지어 여러 조카 및 손자들에게 보였다.

　1564년 4월 14일, 청량산 유람길에 올랐다. 그 해 초부터 계획되었다가 심한 가뭄으로 두어 차례 미루어진 끝에 이루어진 것이다. 이때 이문량·금보·금난수·김부의·김부륜·권경룡·김사원·류중엄·류운룡·이덕홍·남치리·조카 준寯·맏손자 안도安道 등 모두 13인이 동행하였다.

　청량산에서 3일을 머문 다음, 17일에 산을 내려왔다. 그 해 5월 정사성(芝軒, 1545~1607)은 금응협·금응훈·이안도와 청량산 연대사에서 글을 읽고 돌아가는 길에 퇴계를 찾아뵈었다. 퇴계는 《역학계몽易學啓蒙》을 다 읽었느냐고 물은 다음, 책을 읽을 때는 대충 읽어서는 안 되고, 조목趙穆이 하는 것처럼 반드시 꼼꼼하게 읽어야 소득이 있다고 훈계하였다.

　1570년 11월 7일, 퇴계 이황이 서거逝去 한 달 전, 권호문이 겨울 동안 글을 읽기 위해 청량산으로 가는 길에 가르침을 받기 위해 계상서당으로 찾아왔다. 곧이어 농운정사에 묵고 있던 민응기

와 류운룡 등 제생들이 와서 함께 가르침을 받았다. 이 자리에서
권호문이 청량산에 간다기에, 퇴계는 청량산의 겨울풍경은 좋지
만, 바람이 어지럽게 몰아칠 때는 온 산이 진동할 정도로 요란하
니, 양지바른 작은 암자에 거처하는 것이 좋을 것이라고 하였다.

주세붕은 유흥을 동반하여 유람을 즐긴 데 반해 퇴계에게 청
량산은 유가적 심성도야 공간이었다. 퇴계와 그의 문하생들은 청
량산의 암자에 머물면서 학습에 몰두함으로써 이후의 순례자들
은 청량산 곳곳에 스며 있는 퇴계의 흔적을 통해 그와의 정신적
교감을 시도하게 되었다.43)

퇴계는 독서하는 것과 산에서 노니는 것이 서로 같은 점을
들어 독서와 산놀이를 일치시키기도 했는데, 퇴계의 나이 13세
때부터 청량산과 인연을 맺었다.

그가 어린 시절 숙부 송재 공은 자신의 사위와 퇴계의 형제들
을 청량산에 보내 청량산의 대자연을 접하고 인격도야에 힘쓰게
했다.

〈청량산으로 독서하러 가는 조씨, 오씨 두 사위와 조카 해濬
를 보내며送曺吳兩郞與濬輩讀書淸凉山〉

공부하는 것은 산에 오르는 것이라 하지만,

---

43) 우응순(고려대 민족문화연구원 연구교수), 청량산 유산문학에 나타난 공간인
   식과 그 변모 양상 - 주세붕과 이황의 작품을 중심으로 - 어문연구 제34권 제
   3호(2006년 가을)

깊고 얕고 넉넉히 익혀 가고 오는 것 믿어라.

하물며 청량산은 깊고 경치 좋은 곳이니,

나도 일찍이 십 년간 거기서 공부했느니라.

원효봉은 서쪽에 가로놓이고 치원봉은 동쪽에 있으니,

홀로 와 북쪽을 보니 고운 것은 의상봉이다.

솥발(鼎)처럼 셋이 솟은 가운데 골이 열리니,

푸른 벽 낭떠러지 모두 비어 있네. (삼대봉)

천고의 오랜 절이 석굴 앞에 있고,

무지개가 골짜기에 샘을 마신다.

봄에 눈이 녹고 얼음 불어 물거품 많아지니,

누가 대 홈통 가져와 백 길 높이 이었는가. (김생굴 폭포)

돌 틈에 졸졸 흐르다가 곁에서 맑게 솟으니,

중이 말하기를 이 물 마시면 총명이 난다고.

우습다, 그 때 나도 천 말이나 마셨는데,

어둠을 깨우치지 못하고 한 늙은이가 되었구나. (총명수)

불교가 요즈음 쇠잔하려 하고,

삼백 년 이래로 옛 도가 돌아왔다.

한번 화한 몸이 푸른 절벽에 남았으나,

조계종 파가 끊겨 이어가지 못하는구나. (고도선사의 초상)

바위 구멍 남쪽 입이 어두컴컴하게 열리고,

솔 그늘이 둘려서 평평한 대를 덮어씌웠다.

연기가 불고 소리가 합쳐져 맑은 날에도 우렛소리 나니
더위에 시달려도 옷을 갖추어 입어야 된다. (송대의 바람구멍)
안중사에서 홍·황·나 세 사람, (홍언충·황맹헌)
병오년의 일이라 먼 옛이야기다.
인간이 죽고 사는 것은 잠깐의 슬픔,

청량산 김생굴 폭포

비바람 소나무에 어지러이 불고 밤은 쓸쓸하였다.
완고하게 한 조각이 높이 서서,
소낙비나 바람을 맞으면 움직였다 돌아선다.
고요한 성품이 다른 물건 때문에 움직이니,

인심이 움직일 때 누구 보내 편케 하리오. (청량사 흔들바위)

백운암은 흰 구름만큼이나 높고,

병든 다리로 올라가려고 여러 해 몽상했었다.

칡덩굴 당겨 오르니 도리어 어려워, (백운암)

등산의 묘미 있는 곳에서 오르기를 포기함이 한스럽다.

절벽 어귀 졸졸 작은 물소리가 나는데,

일찍 설유雪乳를 넣어 서늘하게 했도다.

소갈증 가진 노인 문원의 무게를 깨달아,

한번 바라보니 침이 말라 목마르려고 하네. (문수사 돌샘)

놀던 자취가 아직도 눈에 삼삼해서,

너를 보내고 공연히 시 열 수를 지었다.

이번 걸음에 놀던 곳 기록해 돌아오라,

상자 속의 옛것과 비교해서 보려 한다.

주세붕이 청량산을 유산하면서 봉우리를 각각 명명命名하였다 하나, 송재 공은 이미 청량산의 원효봉, 김생굴, 총명수, 고도 선사진, 송대풍혈, 안중사, 청량사, 백운 몽상, 문수사 석천을 읊었다.

청량산에는 백운암·만월암·원효암·몽상암·보현암·문수암·진불암·연대사·보문암·김생암·상대승암·하대승암·치원암·극일암·안중사·상청량암·하청량암이 있어 송

재·퇴계 등 많은 선비들이 공부하던 곳이었는데, 청량사 유리
보전과 금탑봉 아래 응진전이 남아 있을 뿐 지금 모두 사라지고
없다.

　예부터 선비들의 공부하던 절간이 청량산뿐이겠냐만, 송재가
퇴계 형제들을 청량산에 보내면서 "공부하는 것은 산에 오르는
것이라 하지만, 깊고 얕고 넉넉히 익혀 가고 오는 것 믿어라." 일
렀듯이, 어느 곳에서든 공부란 얼마나 정심하느냐에 달렸다.

축서사 괘불탱화, 높이 9m

　석포면 반야계곡에 살고 있는 건축가 류춘수는 고교 졸업 후
두 해 동안 문수산 축서사에서 보낸 적이 있다. 그는 축서사 아래
물야면 북지리 전주류씨 진일재 류숭조의 후손이다. 그는 출생
후 한 주일도 안 되어 맥박이 약하고 호흡이 끊어지면서 부모님
을 슬픔에 빠뜨리기도 했다.

　류춘수가 태어나기 전에 그의 형과 누나가 유아기에 사망한
후, 어머니는 축서사에 다니면서 불공을 드리는 동안 그가 태어
났으니, 축서사는 그의 정신적인 고향이다. 대학진학에 실패한
그가 축서사에 들어간 것은 가깝다는 지리地利 보다도 믿음의 선
택이었다.

　그의 산사山寺 생활은 새벽 잠결에 목탁소리로 깨어나서 찬물
에 세수하고 법당에 들어서 아침예불로 시작하였다.

　"옴 바아라 도비야 홈—지심귀명례之心歸命禮……."

　자유분방하게 대학 캠퍼스를 누비고 다녀야 할 나이에 자칫
자괴감에 빠지면 모든 것이 도로아미타불이 될 수 있다.

　"아제 아제 바라아제 바라승아제 모제 사바하……."

　그는 반야심경에서 피아일체彼我一切의 보리심을 찾아갔다.

　저녁 예불을 드리고 승방에 들 때, 숲속에서 들려오는 소쩍새
의 울음은 또 다른 목탁소리로 들리기에 밤새워 책장을 넘길 수
있었다. 그의 진정한 불심佛心을 본 문수산의 문수보살이 두 해만

에 그를 속세로 돌려보내 주었다.

나는 퇴계 詩 공원을 지나서, 하늘에 매달린 듯 가파른 언덕 길을 헐떡거리며 오른 뒤 고개를 드니 청량정사淸凉精舍가 축융봉을 마주하고 앉아서 해바라기를 하고 있었다.

만운 선생은 청량산을 유산遊山하면서 청량정사에서 하룻밤을 묵었다는 〈숙청량정사宿淸凉精舍〉44) 詩를 썼다.

높고 산뜻한 정사가 구름 사이에 나오니,
高人이 뜻을 길러 한가하기 적합하도다.
고요한 정신은 만 가지 물류에 귀 막은 듯하고,
가파른 형세는 여러 산을 묶은 듯하도다.
전세前世의 병진兵塵은 공민왕의 일을 이야기하고,
끼친 향기는 퇴계선생의 얼굴을 뵈옵는 듯하여라.
괴이하고도 기이함이 장차 다하고자 하니,
내일 짐 싸 떠나가면 다시 오기 어려워라.

50년 만에 혼자 찾아온 나를 아는지, 유리보전琉璃寶殿 기둥의 '무無'자 선문답 주련이 가슴을 헤집는다. '함께 왔던 준儁과 훈의 無去無來亦無往을 부처님은 일념으로 꿰뚫는구나.'

---

44) 이창경 국역《만운유고晩雲遺稿》 2015.

일념으로 무량겁을 관하노니
오고 가는 것 없고 머무름도 없다
이처럼 삼세의 일을 모두 안다면
모든 방편 뛰어넘어 십력을 이루리

一念普觀無量劫 일념보관무량겁　　無去無來亦無往 무거무래역무왕
如示了知三世事 여시요지삼세사　　超諸方便成十力 초제방편성십력

그 날, 준雋과 훈, 우리 셋은 청량산 초입의 낙동강변 야영지
에서 텐트와 캠핑도구들을 챙겨서 둘러메고 일찌감치 청량정사
로 올랐었다.

"청량산 육육봉의 암봉이 연꽃잎처럼 절을 둘러 감싸고 있어
서, 청량정사는 연꽃의 수술 자리에 앉은 형상이래."

"유리보전 현판은 공민왕이 썼다면서?"

준雋이 풍월을 읊자, 훈이도 맞장구를 쳤다.

유리보전 용머리(龍頭) 서까래 끝에 매달린 외로운 풍경風磬이
청량한 아침햇살에 요요耀耀할 뿐 절간은 적요寂寥했다.

'유리보전 약사여래는 지불(紙佛 종이로 만든 부처)이라는데……'
열린 문틈으로 삼존불상이 은근한 미소를 짓고 있었다.

"염화시중拈華示衆의 미소인가?"

"아, 하늘에 꽃비가 내리자, 연꽃 한 송이를 들어 보였다는?"

"가섭의 미소를 이심전심이라고……."

우리는 각자 들은풍월을 읊어대고 있는데, 언덕 아래 청량사의 방문이 바시시 열리더니 더벅머리 청년이 아침햇살에 눈이 부신 듯 눈을 제대로 뜨지 못하고 찡그린 채 얼굴을 내밀었다.

한 손에 휴지뭉치 다른 손에는 담뱃갑을 들고 슬리퍼를 질질 끌면서 다가왔다. 유리보전 앞에 서성이는 우리를 보더니, 부스스한 얼굴로 우리를 훑어보고는 서울 사투리로 내뱉었다.

"니들 캠핑 왔니?"

우리는 머리를 조아려 인사를 올렸다.

"함마슐드 총장이 하필 우리 상공에서 추락할 게 뭐람."

그는 '함마 슈 울 드'를 혀 꼬부라진 소리를 코로 부풀려내면서 가래침을 탁 뱉더니 뒷간으로 사라졌다.

우리는 의아해서 서로 얼굴을 마주 쳐다봤다.

'공부를 지나치게 한 것이 아닐까……'

1953년 제2대 유엔 사무총장으로 선임된 스웨덴 출신의 함마슐드는 한국전쟁에서 포로로 붙잡힌 미군 병사들의 석방 협상에 직접 나섰었다. 수에즈 운하 분쟁에 유엔 평화유지군을 파견하였으며, 벨기에에서 독립하자마자 내전에 휩싸인 콩고에 유엔은 2만 명의 평화유지군을 파견해 이 나라가 내분을 해결하고 다시 통합되도록 하는 지원 활동을 펼쳤다. 당시 콩고에서 떨어져 나가는 카탕가주의 엄청난 광물자원을 탐내던 여러 나라들이 콩고

가 통일될 경우 콩고 정부가 국유화할 것을 꺼리고 있었다. 이런 상황에서 함마슐드는 1961년 9월 18일 전세기 더글러스 DC-6B 기종을 타고 가다 추락사했다.

나는 캠핑 왔을 때 만났던 그 청년의 '함마 슈 울 드'를 떠올리며 저절로 염화시중의 미소를 지었다. 유리보전 마당에 서서 건너편 축융봉을 바라보며 젊은 시절의 퇴계를 생각했다.

1525년 1월, 퇴계는 청량산 자하문 아래 보문암에 있었는데, 글공부를 위해 청량산에 들었지만 경서經書 공부보다는 《주역》과 《시경》에 심취해 있었다. 《시경詩經》은 고대 중국 주나라 시절의 시가집이자 유가儒家의 경전이다. 그 시대를 살았던 사람의 생각과 사회의 생활, 꿈을 노래한 더할 나위 없이 귀중하고 빛나는 시가작품이 실려 있다.

당시 중국의 각 제후국에서 불리던 노래를 한데 모은 것인데, 퇴계가 즐겨 읊었던 《시경》은 소남召南의 〈까치집鵲巢〉으로, 이는 혼인을 축하하는 시이다.

까치가 둥지 지었는데, 비둘기가 거기 사네.
이 처자 시집가니, 수레 백량으로 맞이하네.
까치가 둥지 지었는데, 비둘기가 차지하네.
이 처자 시집가니, 수레 백량으로 전송하네.

까치가 집을 지었는데, 비둘기가 가득 찼네.
이 처자 시집가니, 수레 백량으로 성혼하네.

스물다섯 살의 젊은 퇴계는 산을 오르내리면서 늘 〈국풍〉을
흥얼거렸다. 첫아들 준의 재롱이 즐겁고, 아내의 부덕이 미뻤다.
걱정 근심이 없으니, 경서經書보다 〈국풍〉이 절로 나왔다. 청량산
의 살을 에는 추위에도 〈국풍〉을 흥얼거렸다.

그 해 겨울, 청량산에 눈바람이 열흘간 계속 몰아쳤다. 북풍이
노도처럼 휘몰아치니 만 가지 나무가 울부짖었다. 건너편 마주보
는 축융봉 산성山城에서 용이 내닫고, 만리산 호장골에서 백호가
포효하였다.

검푸른 구름이 사방에서 몰려와 순식간에 산을 에워싸고 파
도를 일으키니, 암자는 구름 속에 갇히고 뇌성벽력이 산을 뒤흔
들었다. 건너편 축융봉 오마대도五馬大道를 구름처럼 달리던 군마
들이 밀성대 산성 아래로 우르르 무너져 내리듯 떨어지며 울부짖
었다. 산 아래 골짜기 천길만길 지옥에서 흉년과 수탈, 전쟁과 전
염병에 백성들이 울부짖으며 손을 뻗쳐 시인을 끌어내리려 아우
성쳤다. 산사에서 게으름만 피우는 그에게 하늘이 노한 것이다.

세찬 바람은 문풍지를 울리고, 뇌성벽력은 창문에 번쩍였지
만, 퇴계는 면벽하고 무념무상의 경지에 들어갔다.

새벽이 되자, 용호상박의 기세가 꺾이더니, 등륙(騰六, 눈을 내리
게 하는 신)의 조화인지 싸락눈이 소금을 뿌리는 듯, 거위털이 날리
듯이 함박눈이 날렸다. 굳게 닫혔던 방문을 조심스럽게 열자, 축
융봉 위로 햇살이 비치면서 나뭇가지에 솜처럼 쌓인 눈으로 온
세상이 눈부시게 빛났다.

일찍이 고인들이 고뇌하고 호연지기를 키웠던 청량산은 사계
절이 매양 너그럽지는 않았다. 암벽을 드러낸 산봉우리가 안개를
두르고 신령한 기품을 보이지만, 글공부에 게으른 선비에게는 가
혹하리만큼 엄격했다.

국풍을 흥얼거리던 젊은 날의 퇴계는 2년 뒤 초배初配 허씨 부인을 먼저 저세상으로 보내게 된다. 아내를 하계下界로 떠나보낸 후는 시름에 젖는 나날이었다.

그는 국풍을 부르는 대신, "천지에 기대어 하루살이로 살아가는 우리의 삶이 그저 잠깐임을 슬퍼한다."라는 소식蘇軾의 〈적벽부赤壁賦〉를 읊으니, 청량산이 숙연해졌다.

하늘을 나는 신선과 만나 놀며
저 밝은 달을 품고 오래도록 머물고 싶은데
얻을 수 없음을 홀연히 깨닫고
그저 소리를 슬픈 바람결에 보낸다네.

挾飛仙以優遊 협비선이우유　　抱明月而長終 포명월이장종
知不可乎驟得 지불가호취득　　托遺響於悲風 탁유향어비풍

연로하신 어머니가 손자들의 젖동냥을 다닐 수도 없었고, 아기는 울고 보채더니 설사와 영양실조로 여위어 갔다. 어머니는 수소문하여 가난한 반가班家의 처녀를 유모로 들였다.

유모는 친모와 다름없이 사랑과 정성으로 아이들을 보살폈고, 반가의 여인답게 행동이 조신하고 예의범절이 발랐다.

퇴계는 아내를 여의고 눈물을 보이지 않았다. 그럴수록 어머니는 젊은 아들과 손자들의 처지가 안타까웠다. 어머니 박씨 부

인은 유모의 행동거지를 면밀히 살펴, 젖동냥이 아니라 친모의 사랑을 궁리하게 되었다.

어머니의 속내는, '아들을 안정시켜서 학문에 전념할 수 있게 하고, 손자에게 어미의 젖을 먹일 수 있게……'였다.

퇴계는 청량산 백운암에서 글을 읽고 있었다. 문밖에서 들리는 인기척에 방문을 열었다. 한 여인이 어둠 속에 비를 맞고 서 있었다. 불빛에 비친 그녀는 분명 집에 있어야 할 유모였다.

"이 밤에 어인 일이오?"

"마님의 심부름으로……."

비에 흠뻑 젖은 옷이 몸에 붙은 채 추위에 떨고 있었다.

"일단, 안으로 들어오시오."

고개 숙인 유모의 얼굴이 붉어지면서, 입술에 경련이 일었다. 유모가 풀어 놓은 대바구니에는 함지와 합식기가 들어 있었다. 목함지에는 시인이 갈아입을 옷가지가 들어 있었고, 합식기는 헝겊으로 몇 겹을 싸서 아직도 온기溫氣가 남아 있었다.

그녀는 합식기 뚜껑을 열어서 백설기와 식혜를 내어놓았다. 삼십 리 길을 오는 동안 그녀 자신은 온통 비를 맞아 가면서도, 옷가지와 백설기는 비에 젖지 않았다.

암자는 단칸방이었고 청량정사까지는 암벽을 더듬어 빗속을 헤쳐 가야 하는데, 초행길의 여인에게는 쉽지 않은 일이었다. 그렇다고, 산중 암자에 여인을 혼자 두고 갈 수도 없었다. 퇴계는

자신의 옷 한 벌을 꺼내어 젖은 옷을 갈아입게 하고, 그녀가 옷을
갈아입는 동안 아궁이에 불을 지펴 방을 데우는 한편, 그녀의 젖
은 옷을 말렸다. 그녀를 따뜻한 이불 속에 눕히고 돌아앉아 밤새
워 책을 읽었다.

1982년 청량산은 남쪽에 마주한 축융봉을 포함해 도립공원으
로 지정되었다. 초입의 입석을 지나 골짜기를 걸어서 비탈길을
오르면 안심당을 시작으로 종각과 탑, 청량정사 절집들이 어풍대
御風臺를 배경으로 한눈에 들어오고 산굽이를 돌아 오르면 금탑

겨울철 청량산 하늘다리

봉 아래 응진전이 외롭다.

청량산은 봄부터 가을까지 찾는 이가 많으며, 자란봉과 선학봉을 잇는 폭 1.2m 길이 90m의 하늘에 걸친 다리를 건너야 청량산의 최고봉인 장인봉에 오를 수 있다. 바람에 흔들리는 하늘다리 위에 서면, 낙동강이 산굽이를 돌아내리고 멀리 산들이 아스라이 겹쳐 보인다.

온 산이 단풍으로 울긋불긋 가을 옷으로 단장할 때면 청량산에는 해마다 '산사 음악회'가 열린다. 전국 각지에서 음악회에 오는 그들은 가을의 청량한 산운山韻에 젖어보고 싶어서 먼 길을 찾

청량산 산사음악회

아오는 게 아닐까?

봉화에서 평생을 살면서 청량산을 사철 드나들었던 김동억 시인의 詩, 〈청량산에 가면〉을 읽으면, 힘들게 청량산을 오르지 않아도 시인의 마음으로 청량산을 느낄 수 있다.

육육봉 하나 되어
어깨를 짜고
바람소리 물소리
산문을 연다.

금탑봉 꼭대기에
구름 한 점 연을 걸고
마음속 얼레를
풀어 보란다.

다툼도 풀란다.
성냄도 풀란다.
비 온 뒤 산빛마냥
더 푸른 가슴 되게

산처럼 살란다.
감싸 안고 살란다.

구름처럼 살란다.
욕심 없이 살란다.

― 끝 ―

소설 박대우朴大雨

봉화에서 유년을, 부산에서 교학상장敎學相長
국가인권위원회 인권 강사 / 소파인권연구소 이사장
《세월호, 퇴계선생이 아시면 어쩌할꼬》
퇴계의 민본사상《백성이 근본이다》
소설《쌍계사 가는 길》
단편소설집《배필配匹》
한국화 개인전

실경산수화 오용길吳龍吉

서울대학교 미술대학 / 동대학원
이화여자대학교 조형예술대학장 역임
현 후소회 회장. / 개인전 23회
선미술 · 월전 · 의재 · 이당 미술상
국전특선 · 한국일보 · 동아일보 미술상
현 예술의전당 아카데미 수묵풍경 강좌

드로잉 류춘수柳春秀

한양대학교 건축(의장)과 / 서울대 조경석사
경북 학생사생대회 대상 / 공간 12년 수련 / 이공건축 창립
88 올림픽 체조경기장(Quaternario 88 건축상)
2002 월드컵경기장(서울시 건축상 금상, IOC / IAKS 건축상)
한계령휴게소, 체조경기장, 리츠칼튼호텔, 부산국립국악원
서울월드컵경기장, 건국대예술관, 박경리기념관
사라와크 체육관과 주경기장, 중국 서먼 테니스공원
《흐르는 세월 변하는 장소》, 《진흙탕에 피는 연꽃을 위하여》
《개구리가 바다를 알려면》, 《건축사 류춘수의 Drawings》

박대우 장편소설

청량산 길

★

초판 인쇄일 / 2018년 06월 12일
초판 발행일 / 2018년 06월 17일

★

지은이 / 박대우
펴낸이 / 김동구
펴낸데 / ㈜明文堂
창립 1923. 10. 1
서울특별시 종로구 윤보선길 61(안국동)
우체국 010579-01-000682
☎ (영업) 733-3039, 734-4798
　　(편집) 733-4748　Fax. 734-9209
H.P. : www.myungmundang.net
e-mail : mmdbook1@hanmail.net
등록 1977. 11. 19. 제 1-148호

★

ISBN　979-11-88020-59-1　　03810

★

낙장이나 파본은 구입하신 서점에서 교환해 드립니다.

★

값 15,000원

젊은 날의 시인(퇴계 이황)은 사유와 통찰의 길을 찾아
떠난 고독한 여행길에서 별처럼 빛나는 詩를 읊었다.

박대우 역사인물소설   오용길 실경산수화

꿈(Vision)을 꾸는 사람은, 단 하나의 가능성을 위해 지도에도 없는 곳을 향해 예측할 수 없는 길을 떠납니다.

밥 딜런(Bob Dylan)은 〈바람에 실려서(Blowin in The Wind)〉라는 그의 노래에서

"얼마나 많은 길을 걸어야 진정한 인생을 깨닫게 될까?(How many roads must a man walk down before you call him a

man?)"를 노래하면서, 통기타를 둘러메고 길을 떠났습니다.

《쌍계사 가는 길》은 왕권 중심 사회에서 백성을 위한 정치를 고민했던 젊은 날의 시인이 사유와 통찰의 길을 찾아 떠난

고독한 여행이었으며, 그 길 위에서 별처럼 빛나는 詩를 읊었습니다. 그는 별이 빛나는 성산星山의 별터를 넘었고, 가야의

고분에서 꿈을 꾸면서 낙동강 상류의 도산에서 땅끝 곤양까지 천릿길을 여행하였습니다.

파울로 코엘료의 소설 《연금술사》의 양치기 산티아고는 스페인 안달루시아에서 출발하여 지중해를 건너고 사막을

횡단하여 이집트의 기자 피라미드(Giza Pyramid)까지 여행하면서 양치기에서 장사꾼으로, 사막을 횡단하는 대상에서

전사로, 매번 자신을 둘러싼 상황에 따라 변신하지만, 꿈을 포기하지 않음으로써

우주의 신비인 연금술의 원리를 찾을 수 있게 됩니다.

明文堂   A5판(150mm×210mm)/All Color/368쪽/값 18,000원

우리가 이 길을 걸으면 세계인도 따라 걷습니다.

쌍계사 가는 길
따라걷기

청량산
노송정
문경새재
하회마을
성산별티
경주남산
해인사
주남저수지
쌍계사

《쌍계사 가는 길》은 한 무명의 시인이 자신의 꿈을 찾아 눈 덮인 도산 골짜기를 떠나 강물이 풀리는 관수루에 오르고,
산수유 꽃 피는 가야산을 돌아 곤양까지 여행하면서 만나는 민초들의 가난한 삶을 애통해하고, 선인들의 충절에 감동하며
불의의 권력에 분노하고, 존망이합存亡離合에 가슴 아파하면서, 산티아고가 우주의 신비인 연금술의 원리를 찾게
되듯이, 시인도 수많은 시를 읊고 성리의 원리를 찾게 됩니다.
〈산티아고 순례길(Camino de Santiago)〉은 남프랑스의 생 장 피드포르(St Jean Pied d' Port)에서 시작되어 스페인 북서쪽
산티아고 데 콤포스텔라(Santiago de Compostela) 대성당 야곱의 무덤에 이르는 약 700km의 길입니다.
청량산에서 벚꽃 피는 쌍계사까지의 〈퇴계의 녀던 길〉은 서른세 살의 무관無冠의 처지에 한 무명 시인으로서 그의
생애에서 가장 자유로운 여행이었습니다. 이 길은 낙동강을 따라서 걷다가 옛 가야의 땅으로 들어가 통영대로를 거치는,
퇴계의 詩 흔적을 찾아서 걷는 우리의 문화유산 순례길입니다.
시인(퇴계)은 어관포에게 보낸 여행의 소회를 밝힌 편지에서, "집 떠날 땐 목말라 맑은 얼음 깨진 걸 찾았더니, 돌아올 땐
말안장 위에서 詩 읊으며 푸른 보리 이랑 건넜네."라고 읊었습니다.

明文堂

영업 733-3039/734-4798   편집 733-4748   FAX 734-9209
www.myungmundang.net   mmdbook1@hanmail.net